PAULINE LIBERSART

Juste ma Coloc...

AUDÉLO ÉDITIONS

Juste ma Coloc...

Cette œuvre est un ouvrage de fiction. Les noms, les personnages et les événements sont le produit de l'imagination de l'auteur ou utilisés de façon fictive. Toute ressemblance avec des faits réels, des personnages existants ou ayant existé serait purement fortuite.

Illustration : SJR
Photo de couverture : ©Depositphotos/ 4pmphoto
Image vectorielle intérieure : ©Pixabay/Stux
Tous droits réservés

AUDÉLO EDITIONSEI
4, rue jean Lurçat
95320 St Leu La Forêt

ISBN 979-10-359-5482-6

Chapitre 1

Slade

Bong. Bong. Bong.

— J'sais que t'es là, petite salope ! hurle une voix d'homme hystérique dans le couloir de l'immeuble.

Réveillé en sursaut, je me retourne, me collant l'oreiller sur la tête dans l'espoir de me rendormir, tout en remontant la couette avec un frisson de froid.

Mais trois secondes plus tard, le bordel recommence :

Bong. Bong. Bong.

— Espèce de pute, ouvre cette porte !

Le mec cogne comme un forcené.

Bong. Bong. Bong.

— Satanée garce, ouvre-moi !

En rogne parce que ce connard n'arrêtera pas son cirque si je n'interviens pas – inutile de compter sur les voisins –, je me lève d'un bond. J'attrape mon jean, tout en éternuant. J'enfile mon pull avec un nouveau frisson, le tissu est glacé.

Un coup d'œil à ma montre confirme qu'il ne me reste que deux petites heures de sommeil. Cette tête de nœud va me foutre la paix. Il va cesser de taper comme un sourd en vociférant comme un malade !

J'ouvre violemment la porte du taudis qui me sert de logement au risque de la sortir de ses gonds. Le type est en train de se déchaîner contre l'entrée de l'appartement voisin. Je hurle pour couvrir le vacarme :

— Elle n'est pas là !

En réalité, je n'en sais rien et je m'en branle, mais c'est la seule chose qui pourra le faire arrêter de s'acharner.

Le mec met au moins cinq secondes à comprendre ce que j'ai braillé. Il se tourne vers moi dans la lumière blafarde du couloir. C'est un junky ravagé. Le visage émacié, il est maigre et ses yeux brillent de cette lueur caractéristique des toxicos en manque.

Volontairement, je reste dans la zone obscure due à une ampoule grillée et jamais remplacée au-dessus de mon paillasson. Dans un vague éclair de lucidité, le type hésite, jugeant prudent de ne pas approcher un adversaire qu'il ne voit pas, comme je l'avais prévu. J'ai fréquenté trop de junkies…

— Qu'est-ce que t'en sais ? finit-il par demander en essayant de se redresser pour se donner un semblant de prestance.

— On entend tout d'un appart à l'autre. Elle n'est pas là.

L'insonorisation est inexistante, le reste est faux. Rentré du boulot à deux heures du mat, je me suis effondré sur mon lit sans prêter la moindre attention à ce qui pouvait se passer ailleurs.

Je vis dans ce taudis depuis trois semaines et j'ai pour principe de ne pas m'occuper des voisins. Jusqu'aux élucubrations de ce camé, il ne me serait pas venu à l'idée qu'il pouvait y avoir une fille seule dans ce bâtiment sordide.

— C'est ma gamine, se sent obligé d'expliquer le junky. Elle me doit un paquet de fric, cette petite conne.

Mais bien sûr !

Je ne réponds pas, ne voulant pas me retrouver embarqué dans une discussion sans fin avec un type dont les neurones sont cramés par les substances toxiques.

— Je repasserai plus tard, décide-t-il en se frottant les bras avec ce geste caractéristique des drogués qui se piquent.

Il descend l'escalier, et je surveille son départ. Pas question de me relever à l'arrache dans cinq minutes parce que cet abruti tentera un *come-back*. Le bruit de ses pas traînants s'éloigne et la porte du hall claque derrière lui.

Alors que je suis sur le point de rentrer dans mon appartement, la serrure de la porte voisine se déverrouille et celle-ci s'entrouvre en grinçant – tout fuit ou tombe en panne dans cet immeuble pourri.

Une gamine brune qui n'a pas l'air d'être sortie de l'adolescence, une latina, apparaît. Elle fixe la cage d'escalier avant de tourner vers moi un regard d'un noir profond.

Elle m'observe avec un mélange de reconnaissance et d'inquiétude. Il faut dire que je suis toujours dans le cône obscur et, pour elle, je ne suis qu'une ombre dans un couloir sordide.

— *Gracias*, murmure-t-elle avant de refermer.

Je rentre dans mon minable chez-moi, claquant le battant avec une énergie démesurée vu l'heure pour que les voisins, ceux qui ne lèveront jamais le petit doigt pour me venir en aide, entendent bien ma mauvaise humeur.

Dépité, je me débarrasse de mes fringues. Saisi par le froid, un éternuement m'échappe. Je me précipite sous la couette, bien décidé à me rendormir.

C'est le moment que choisit le couple du dessus pour attaquer une scène de ménage où elle va menacer de le quitter, il hurlera qu'elle est une traînée, le tout avec les gosses pleurant de panique et la vaisselle s'écrasant contre les murs.

Si elle est trop conne pour se barrer, ce n'est pas mon problème. J'attrape mon casque audio, l'enfonce dans mes oreilles, avant d'enclencher la playlist de mon portable.

— Fait chier ce quartier de merde. Il faut que je me tire d'ici.

Gabriela

Mon cœur cogne encore douloureusement. Je me laisse tomber sur mon lit. Le mauvais sommier grince sous mon poids et l'un des ressorts du matelas me rentre dans le derrière m'obligeant à changer de position.

Ça s'est joué à un cheveu.

D'habitude, mon père met plus de temps à me retrouver. Je ne perds qu'un jour ou deux de loyer en déménageant dès le lendemain pour aller m'installer dans un autre meublé du genre de celui-ci.

Seulement, là, je viens à peine d'arriver et de payer ma quinzaine. Je n'ai pas assez d'argent pour repartir avant d'avoir touché mon prochain salaire. Comment vais-je me sortir de ce mauvais pas ?

Inutile de compter sur la police, la dernière fois que mon père m'a menacée, ils ne se sont même pas déplacés.

L'opératrice m'a dit, d'un ton blasé, de demander l'aide de mes amis ou de m'acheter un flingue. Probablement le conseil le plus débile qu'on m'ait jamais donné. Mes copains sont lycéens et vivent chez leurs parents. En plus, je ne vois pas avec quel argent je pourrais m'offrir une arme ou payer des cours pour apprendre à m'en servir.

Mes bras sont encore couverts de chair de poule et pas seulement à cause du froid qui règne dans la pièce. J'essaie de reprendre mon calme, mais un violent frisson me parcourt à l'idée de ce qui serait arrivé si la porte avait cédé avant l'intervention inespérée de mon voisin. J'ai beau savoir me défendre, contre un toxico ravagé qui ne ressent rien d'autre que le manque, je ne ferai pas le poids.

J'ignorais que l'appartement d'à côté était occupé. Aucun bruit, pas même de la musique n'en sort.

Un sourire cynique m'échappe. L'homme qui m'a aidée est tout le temps resté dans l'ombre, je ne le reconnaîtrai pas si je le croise dans l'escalier. Il pourrait se vexer.

Les quelques dollars que je possède auraient été très insuffisants pour que mon père se paie une dose de la merde qu'il s'injecte dans les veines. Il aurait probablement tenté de me traîner dans le bar le plus proche pour vendre mon corps au plus offrant…

Comme il l'a déjà fait.

Je passe les mains dans mes cheveux, inquiète qu'il revienne et que mon voisin ne se dérange pas une seconde fois.

Sa première intervention tenait du miracle. Dans ce genre de quartier où la pauvreté est la règle, la solidarité n'existe pas. Dans ces immeubles où les appartements sont loués à la quinzaine, les gens vont et viennent sans se préoccuper les uns des autres. C'est chacun pour soi et Dieu pour tous.

Je m'allonge, ne retirant que mes chaussures – je ne me déshabille plus pour dormir –, incapable d'éteindre la lampe. Pourtant, cela cacherait le décor déprimant, ces murs au papier peint beigeasse plus vieux que moi, cet évier qui fuit et la bassine en plastique en dessous, ces meubles bancals et dépareillés bons pour la décharge.

À dix-huit ans, mon avenir n'a rien d'enviable…

Chapitre 2

Slade

Bong. Bong. Bong.

— Je sais que t'es là, salope, ouvre !

Je me redresse d'un bond.

Bong. Bong. Bong.

Ce n'est pas vrai, le bordel recommence. Deux nuits de suite ! Je m'éjecte du lit comme un diable de sa boîte. Cette fois, je vais me faire ce connard. Je cumule trois boulots, je n'ai droit qu'à quatre heures de sommeil, alors il ne faut pas me faire chier. Je fulmine en boutonnant mon jean à toute allure.

Bong. Bong. Crac…

La porte de l'appartement voisin vient de céder. Dans la seconde qui suit, un hurlement résonne dans le couloir. J'ai une hésitation. Si je m'en mêle, cela pourrait mal finir pour moi. D'un autre côté, la corrida pourrait durer des heures, et adieu mes précieuses heures de repos…

Il y a un violent bruit de bagarre, la fille se défend, mais un cri de douleur retentit. Je me précipite sans prendre le temps d'enfiler un tee-shirt. Je sors au moment où le toxico tente de traîner la gamine hors de son appartement. Elle est à genoux et s'agrippe de toutes ses forces au chambranle de la porte, luttant pour résister au type qui la tire brutalement par ses longs cheveux noirs.

— Tu vas venir avec moi, petite conne ! J'ai besoin de ce fric, éructe le mec encore plus mal en point qu'hier.

Elle se cramponne désespérément.

— Tu vas gagner ce blé pour moi. Une belle petite garce comme toi, ça vaut un paquet d'oseille sur le trottoir.

— Non ! Je t'en supplie, papa !

« Papa » ? C'est vraiment sa môme, et ce déchet humain veut l'envoyer faire le tapin pour payer ses doses. Écœurant… et pathétique à la fois. Mais cela n'a rien d'étonnant dans ce genre de quartier où se regroupe le pire de la misère. J'hésite une nouvelle fois à intervenir, mais lorsque cette ordure de camé balance un coup de pied sur les doigts de sa fille pour lui faire lâcher prise, c'en est trop pour moi.

Je n'aime pas les combats déséquilibrés.

— Fous-lui la paix !

Ma voix a claqué dans le couloir désert.

— Occupe-toi de ton cul ! répond le type en continuant de cogner.

— Je t'ai dit de la lâcher. Je ne le répéterai pas.

Mon ton est calme et assez menaçant pour que cela pénètre même le cerveau englué d'un toxico. Il se retourne, sans pour autant ôter ses doigts griffus de la chevelure de sa fille. Elle sanglote, mais elle s'accroche toujours au montant de la porte, se refusant courageusement à céder.

— Qu'est-ce que tu vas faire, pauvre con ? me provoque-t-il en bombant son torse décharné sous son vieux blouson.

Quand je suis fatigué, j'ai tendance à me tenir voûté. Il est trois heures du matin et je suis crevé. Avançant lentement dans la lumière, vêtu de mon seul pantalon, je m'oblige à déplier mon mètre quatre-vingt-dix avec tatouages d'ex-taulard en incrustation.

Un sourire mauvais s'affiche sur mes lèvres en voyant l'autre rat blêmir. Il reconnaît les marques sur ma peau.

— C'est ma gamine, tente-t-il de se justifier. T'as pas à te mêler de cette affaire, mec. On est cool, toi et moi…

— Il semblerait bien qu'elle n'ait pas l'intention de te suivre, « mec ». Et tes braillements m'empêchent de dormir.

— Tu la veux ? me propose-t-il en tirant les cheveux noirs en arrière pour obliger la môme à me montrer son visage. Elle est belle. Pour toi, ce sera gratos, pour compenser le dérangement.

Ce type me donne envie de gerber. J'avance d'un pas.

Changeant brusquement de stratégie, le toxico lâche sa fille et sort un couteau à cran d'arrêt. La lame s'éjecte dans un bruit métallique sinistre.

— Tu fais moins le malin, hein, connard ? plastronne-t-il.

Il l'agite frénétiquement devant lui. Cela n'aurait pas pu être simple pour une fois ?

La seconde suivante, mon poing heurte le junky en pleine face. Déséquilibré, il fait des moulinets presque comiques. Seulement, je n'ai pas le temps de jouer.

Je veux aller me pieuter !

D'un coup précis sur le poignet, je le désarme avant de lui balancer un uppercut, qui lui fait faire la culbute en arrière. Emporté par son élan, il dévale l'escalier cul par-dessus tête.

Je me poste en haut des marches pendant qu'il atterrit sur le carrelage crasseux du rez-de-chaussée. Il se redresse avec difficultés sous le regard morne du veilleur de nuit, qui ne veille que sur lui-même, planqué dans sa cage grillagée.

— Tu me le paieras, hurle le junky en brandissant le poing.

— Dégage, pauvre merde. Ne croise plus jamais ma route !

Il recule et quitte l'immeuble presque en courant, ayant compris qu'il n'a aucune chance de vaincre un type de ma stature, habitué à se battre et de sale humeur.

Au pas de charge, je retourne vers mon appartement et mon plumard.

— *Gracias*, dit une petite voix sur ma gauche.

La fille est toujours par terre. Elle est assise sur les talons et se tient la tête. Il faut qu'elle soit sonnée pour ne pas avoir bougé de ce lino immonde.

Malgré le mauvais éclairage, le sang sur ses doigts se voit.

Merde !

Je devrais la laisser se dépatouiller. Si je continue, je ne suis pas près de dormir. Mais c'est plus fort que moi… Je lui attrape les coudes pour la remettre debout.

Saisissant son menton tremblant, je lui tourne le visage vers la lumière. Elle a la lèvre fendue, l'arcade sourcilière tuméfiée. Elle se prépare un bel œil au beurre noir. Elle a aussi des écorchures sur les mains.

— Il faut nettoyer. Tu as du désinfectant ?

— Je… Je vais passer de l'eau, ça ira.

— Non, ça n'ira pas.

Je me traite d'abruti, mais mon habitude des bastons et un tout petit reste d'esprit chevaleresque datant de l'époque où j'étais encore un mec fréquentable m'interdisent de la laisser dans cet état.

Je ferme la porte de son appartement avant de l'entraîner chez moi. Elle est tellement sonnée qu'elle ne résiste pas comme une fille seule et prudente aurait dû le faire en pleine nuit dans un couloir sordide face à un type dans mon genre.

— Assieds-toi.

Elle obéit, se posant sur l'une des deux chaises branlantes qui meublent ce logement merdique, pendant que j'attrape la bouteille de désinfectant dans l'armoire de toilette au-dessus du lavabo.

Après avoir imbibé une boule de coton, je lui incline la tête, repoussant son épaisse masse de cheveux noirs, étonnamment doux sous mes doigts, pour dégager la blessure. Je tamponne sa lèvre avec précaution.

C'est une jolie fille, adulte elle sera très belle. Sa peau aussi est douce, épargnée par les tartines de maquillage qu'exhibent les nanas que je fréquente depuis ma sortie de taule.

Autrefois, dans ma vie d'avant, quand j'étais plus jeune, un étudiant sans problème, elle m'aurait beaucoup plu.

La douleur la fait sursauter et l'extirpe du coaltar.

Elle réalise soudain où elle se trouve et avec qui. L'inquiétude s'allume dans ses yeux noirs et profonds comme l'obsidienne, la pierre sacrée des Mexicains.

— Je… Je vais le faire, bafouille-t-elle.

Je lâche son visage et lui donne le coton. J'ouvre le mini-frigo et me plie en deux pour atteindre la poche de gel dans le bac à glaçons. Je la roule dans un torchon presque propre.

— Mets-la sur ton œil, ça limitera les dégâts.

La gamine ne peut retenir un soupir de soulagement quand le froid apaise le feu de la douleur. Elle est mignonne, on dirait un petit chaton effrayé…

Soudain, j'éternue.

— Fait chier ! Ce n'est pas le moment que j'attrape la crève.

Gabriela

Je m'en doute !

Mon voisin est comme tous ceux qui vivent dans ce taudis, moi compris, il n'a pas d'assurance maladie. Il fait froid dans les appartements qui ne sont déjà plus chauffés, alors qu'on est en mars.

Un frisson d'appréhension me parcourt en observant mon impressionnant sauveur enfiler un sweat-shirt à capuche qui masque une musculature et des tatouages spectaculaires, dont un superbe dragon noir qui lui prend une partie du dos.

Ce mec est une armoire à glace avec des épaules de déménageur. Pas étonnant qu'il ait dégagé mon junky de père d'un revers de main.

Profitant de ce qu'il ne me regarde pas, j'inspecte les lieux. Son studio est identique au mien, aussi miteux. Il possède moins d'affaires que moi – un seul sac de voyage est glissé sous le lit – et il n'a aucun objet personnel à part le téléphone portable sur la table de chevet.

Rien ne traîne, tout est parfaitement rangé.

Je tourne de nouveau mon attention vers lui. Il est vraiment immense. Quand j'étais debout, il me dépassait de plus d'une tête alors que je ne suis pas si petite. La pièce paraît être encore plus minuscule par sa simple présence et l'aura de force brutale qu'il dégage.

Un nouveau frisson d'inquiétude impressionnée me parcourt. Nous sommes seuls et il a verrouillé sa porte.

Une ironie douloureuse me rappelle que personne ne m'aidera s'il a de mauvaises intentions. Aucun voisin n'est venu lorsque mon père me frappait au milieu du couloir.

J'hésite à fuir, au mépris de la politesse et de la reconnaissance qui lui est due. Pour ma défense, son crâne rasé, ses piercings – oreilles et sourcils –, et ses tatouages n'inspirent pas confiance à première vue… sauf que lui, il est intervenu.

Je me reproche de le juger sur son physique. Ce n'est pas dans mes habitudes.

En plus, il a collé une raclée à mon père. Il est aussi en train de me soigner alors que nous sommes en pleine nuit, que rien ne l'y contraint et qu'il a l'air très fatigué.

Un vertige me fait soudain tourner la tête, m'obligeant à fermer les yeux. Au même instant, la vague familière du désespoir prend forme au fond de mon ventre. Elle va tenter de me submerger, me rappelant à quel point ma vie est nulle, que les rêves auxquels je m'accroche seront toujours inaccessibles pour une latina fauchée, sans famille, sans protection.

J'en ai assez de me méfier de tout le monde, de surveiller mes arrières, de me battre pour survivre décemment depuis des mois sans aucune aide. L'épuisement me terrasse.

Pour quelques minutes, je voudrais que quelqu'un de plus fort, de plus solide, s'occupe de tout, gère la situation à ma place.

— Je m'appelle Slade Tomkins.

Surprise, j'ouvre les paupières alors que mon voisin se laisse tomber sur la seconde chaise, qui craque bruyamment sous son poids.

— Gabriela Martins.

— C'était vraiment ton père ce mec ?

— *Sí.* Oui.

Je corrige pour revenir à l'anglais. Il n'est pas latino, il ne comprend probablement pas l'espagnol.

— J'ai cette malchance.

Mes yeux se ferment un instant, fatigue, lassitude. C'est terrible à dire, mais je suis si seule, isolée, j'ai désespérément besoin de parler à quelqu'un. Tenant la poche de gel sur mon œil blessé et alors que ma raison me traite d'imprudente, je lui explique :

— Ma mère était mexicaine.

— Était ?

— Elle est décédée, l'année de mes quatorze ans dans un accident de voiture. Mes parents étaient divorcés depuis des années. Quand mon père venait me voir, il était toujours très gentil et je ne comprenais pas pourquoi elle me disait de me méfier. Lorsqu'elle est morte, il m'a proposé de vivre avec lui.

— Et ça s'est gâté ?

— Presque tout de suite. J'étais installée chez lui depuis à peine une semaine, quand un samedi soir, il m'a entraînée dans un bar. Il a vendu ma virginité au plus offrant.

Slade se redresse si brusquement qu'il me fait sursauter. La chaise craque une nouvelle fois dangereusement.

— Bordel ! jure-t-il entre ses dents, serrant les poings.

Il a l'air scandalisé et furieux. Sa réaction me rassure un peu. J'essaie de lui sourire malgré ma lèvre fendue.

— Dieu était avec moi. Mon père a fait affaire avec un flic sous couverture qui était là pour une autre histoire. Le policier l'a coffré pour proxénétisme, et moi, j'ai atterri dans un foyer d'accueil pour mineures. Quand, j'ai eu dix-huit ans en novembre, j'ai dû partir et me débrouiller.

— Tu n'as pas de famille chez qui tu pourrais aller vivre ?

— Non.

Ma conscience réagit soudain :

Mais qu'est-ce qui me prends de raconter que je suis seule au monde à un type que je connais depuis même pas dix minutes, surtout un mec de ce genre ! Je suis complètement folle.

— Ton père est sorti de prison quand ?

— Il y a trois mois. Depuis il me traque pour « renouer le contact ».

Je dessine des guillemets de ma main libre.

— Visiblement, il n'a pas abandonné l'idée de faire de toi sa gagneuse, conclut mon impressionnant voisin en s'appuyant sur ses coudes, son visage se rapprochant du mien.

Ses paupières se plissent, une lueur étrange s'allume dans son regard. Ses iris, d'un bleu très clair, reflètent une intelligence froide et calculatrice.

Un nouveau frisson me parcourt.

Chapitre 3

Slade

Depuis ma condamnation et mon séjour en prison, je me suis replié sur moi-même, sur ma survie. Les autres, leurs histoires, leurs problèmes m'indiffèrent. Je ne veux surtout rien savoir et rester tranquille dans mon coin. Mais là, il est quatre heures du matin et aussi étonnant que cela puisse paraître, j'ai envie d'en apprendre plus sur cette gamine.

— Pourquoi ne vis-tu pas dans le quartier mexicain ? Il n'irait pas t'y chercher.

— Je l'ai fait. Ça ne l'arrête pas. Je change d'adresse toutes les deux semaines, seulement, il finit toujours par me retrouver.

— Et les flics ?

— Ils ne se dérangent pas malgré l'injonction du tribunal interdisant à mon père de m'approcher. Les problèmes d'une *chica* du *barrio* avec un blanc, ce n'est pas leur priorité.

Je pose le menton dans mes mains pour observer Gabriela.

C'est une fille, à la chevelure noire, épaisse et bouclée, à la peau mate – très douce –, aux yeux d'un noir profond et magnétique.

Elle paraîtrait moins ado si elle n'avait pas les traits si fatigués… et un coquard. Elle porte un jean large et un pull immense qui masque une silhouette que je devine harmonieuse. Ses jambes sont fines et toniques et je parie que sa poitrine, même si elle est menue, est tout à fait digne d'intérêt.

Je suis tout aussi certain qu'elle dort habillée pour être prête à réagir à toutes les situations. C'est une survivante qui tente de s'en sortir dans une société qui ne veut pas de nous.

Elle s'accroche avec autant de volonté que moi, même plus si on considère qu'elle est à peine majeure et qu'elle n'a ni ma force ni mon passif de taulard pour l'endurcir.

— Fais voir ta main.

J'attrape un autre coton. Sa peau est délicieusement agréable à toucher, mais froide. Gabriela est épuisée, son corps peine à maintenir sa température, et elle a peur de moi…

Ça n'a rien d'étonnant vu mon allure.

Je m'applique à désinfecter ses écorchures, dont certaines sont profondes, essayant de ne pas lui faire mal. Un sourire ironique me vient. Je n'ai plus l'habitude de faire preuve de douceur, même pas avec mon propre corps.

Gabriela a de belles mains. Elle est encore assez coquette et optimiste pour se vernir les ongles d'un joli rose pale, très classe, mais elle n'a aucun bijou en dehors d'une montre à deux balles.

— Tu bosses ?

— Je suis vendeuse dans une boutique de fringues, le soir et le samedi, répond-elle en surveillant mes gestes. J'ai aussi une bourse grâce à mes résultats scolaires. Elle me permet de poursuivre mes études dans un bon lycée. Mais c'est comme ça que mon père me retrouve à chaque fois. Il me suit à la sortie des cours.

Je l'observe avec intérêt, la demoiselle aurait-elle de l'ambition ?

— Tu veux aller à la fac ?

— C'est mon rêve, faire un cursus en littérature hispanique et devenir professeure dans une prestigieuse université.

Gabriela

Le silence tombe entre nous, s'éternise. Slade me fixe bizarrement tout en terminant de nettoyer mes écorchures.

J'observe ses mains.

Elles sont chaudes, fortes, solides, marquées de petites cicatrices. Il a aussi les ongles légèrement noircis, comme ceux d'un mécano. Ses phalanges sont rougies. Il s'était déjà battu il y a peu, mais plus violemment qu'avec mon père.

Sa présence est impressionnante, presque étouffante. J'en frissonne. J'ai envie de mettre de la distance entre nous, mais je n'ose pas bouger. J'ai été folle de le suivre dans son appartement et de lui raconter ma vie. C'est peut-être un pervers, un…

— Je suis sorti de taule en janvier, annonce-t-il soudain, me faisant sursauter. Une condamnation à dix-huit mois pour coups et blessures après une rixe dans un bar. J'ai fait un an et je suis en liberté conditionnelle.

Ça explique beaucoup de choses…

En tout cas, il ne paraît pas se vexer de ma réaction surprise et poursuit.

— J'ai trois jobs, mais j'ai un problème. Aucun proprio n'accepte de me louer un appart correct à cause de ma conditionnelle. Je me retrouve toujours dans ce genre de taudis. J'en ai marre d'entendre les voisins se mettre sur la gueule ou des ambulanciers embarquer des junkies trois fois par nuit. Je veux pouvoir dormir, peinard !

J'acquiesce même si je ne vois pas bien où il souhaite en venir.

— Tu as un problème. J'ai un problème, mais à nous deux, nous avons une solution.

— Comment ça ?

— On se tire d'ici. On prend une coloc dans un bon quartier. Si c'est toi qui signes le bail, personne ne saura pour mon casier. Avec moi dans le secteur, ton père ne t'importunera plus. Autrement, je lui ferai passer l'envie de t'approcher, je t'en donne ma parole. Alors, qu'est-ce que tu penses de mon idée ?

J'en reste sans voix. C'est une proposition hallucinante. Moi, la sage Gabriela Martins me retrouver en colocation avec un ancien taulard, qui n'a clairement rien d'un gentil garçon.

— Je dois y réfléchir. On dit que la nuit porte conseil.

La réaction de ce mec étrange et dangereux m'inquiète si je refuse. Le regard dégoûté que Slade a porté sur son logement démontre à quel point il a envie de partir d'ici. C'est compréhensible, ce meublé est le pire de tous ceux dans lesquels j'ai atterri depuis mon départ du foyer.

Je pose la poche de gel sur la table avant de me lever.

— Je t'accompagne. Je vais essayer de réparer ta serrure pour que tu puisses dormir, me dit-il.

Il est vraiment très grand, je me sens minuscule, à côté de lui.

Petite. Menacée. Perdue.

Slade attrape ses outils. Il empoche son téléphone et verrouille sa porte – quartier pourri ! Coup de chance, personne n'a profité de mon absence pour entrer chez moi. Toutes mes affaires sont encore là, y compris mon ordinateur portable.

Mon impressionnant voisin s'agenouille avec un tournevis.

— Ces portes, c'est de la merde, ronchonne-t-il en revissant la pauvre serrure dans le bois à moitié éclaté. Je pourrais les exploser d'un seul coup de pied, sans forcer.

Il me tourne le dos, alors je ne me gêne pas pour l'examiner. Vu la densité des muscles qui tendent le tissu de son jean dans cette position accroupie, aucun doute qu'il en soit capable. Ce mec est plus qu'impressionnant, il est d'une puissance dangereuse.

Pendant que je l'observe, il réussit aussi à refixer la chaîne, non sans avoir marmonné quelques jurons bien sentis.

— C'est du bricolage. Tu ne peux pas rester ici, tu n'es plus en sécurité… en fait, tu ne l'as jamais été. Et n'avertis pas le gérant ou il te facturera une serrure en plaqué or en te remettant la même camelote.

— Merci du conseil.

Slade ramasse ses affaires et avant de sortir, il me fixe, provoquant un frisson le long de ma colonne vertébrale.

— Pense à ce que je t'ai dit. On aurait une vie bien meilleure ensemble si on s'entraidait.

Je m'empresse de verrouiller derrière lui, d'accrocher la chaîne de sécurité et de bloquer une chaise sous la poignée. Je respire un peu plus librement sans son oppressante présence.

Une demi-heure plus tard, je ne suis toujours pas couchée, incapable de me calmer. Je redoute le retour de mon père et que la porte ne résiste pas à un nouvel assaut.

Le miroir me renvoie l'image de mon œil qui se dirige vers un beau noir intense. Ma lèvre fendue me fait mal.

— *Muy bien… Soy guapa… Gracias papá !*[1]

Cette pensée me ramène à l'intervention providentielle de Slade et à son offre démente.

Vivre en colocation, j'y ai songé, mais mes camarades de lycée habitent chez leurs parents. Mes collègues de travail sont plus âgées et elles ont une famille. Je n'ai jamais voulu passer une annonce de peur d'attirer des cinglés. Et voilà que mon voisin, qui m'a tirée d'un très mauvais pas, me propose de prendre un logement avec lui après m'avoir balancé qu'il sort de prison !

Peu avant six heures du matin, on frappe doucement à ma porte. Mes yeux peinent à s'ouvrir. Mon œil gonflé me fait mal.

[1] Bien… je suis mignonne… merci papa

Nouvelle série de petits coups rapides.

— Gabriela, c'est Slade !

Au moins, ce n'est pas mon père…

Pas rassurée, j'entrebâille le battant en laissant la chaîne de sécurité. Mon impressionnant voisin est planté sur mon paillasson. Il se balance d'un pied sur l'autre pour se réchauffer. Il est habillé comme hier – jean usé et vieux sweat –, mais il tient un dossier.

— Je peux entrer ? Je ne resterai pas longtemps, je vais bosser.

J'ouvre, car je lui dois d'écouter ce qu'il a à me dire. À peine à l'intérieur, il m'attrape le menton et tourne mon visage vers la lumière blafarde diffusée par l'ampoule nue pendue au plafond, me scrutant avec attention.

Inquiète, je n'ose pas bouger. Même s'il ne serre pas sa prise, je ressens la force brute de ses doigts, leur chaleur sur ma peau glacée. Aucun de mes camarades de lycée, pas même le prof de sport, ne pourrait rivaliser avec lui.

— Dans moins d'une semaine, tu n'auras plus de traces.

— Comment le sais-tu ?

— Le week-end, je bosse comme videur dans une boîte de nuit. Des gnons, j'en ramasse souvent.

Il est donc habitué à se battre. Je m'en doutais. Cela explique aussi les marques rouges sur ces phalanges.

Un soupir de soulagement manque de m'échapper lorsqu'il retire sa main et recule d'un pas. Son corps m'oppresse, me rappelle trop ma fragilité face à lui.

— C'est la copie de mon casier judiciaire, pour que tu voies que je n'ai jamais fait de mal à une femme. Tu n'as rien à craindre avec moi. Je ne suis ni un pervers ni un maquereau.

— Mon père non plus n'avait pas de casier pour ça.

— Un point pour toi ! admet-il en affichant un soudain sourire.

J'ai un coup au cœur. Cela le fait paraître bien plus jeune, moins patibulaire. En fait, s'il avait des cheveux pour adoucir sa mâchoire carrée, il aurait même l'air sympathique… presque.

— Je t'ai également amené mes feuilles de paie. Tu me rendras tout ça ce soir. Tu y fais gaffe ! Ce sont les originaux.

Il m'attrape par le coude pour que je le regarde.

— On doit se tirer d'ici. On peut s'en sortir, ensemble.

L'idée est démente, mais l'image de mon père ravagé par la drogue s'impose à moi.

Mon voisin repart aussi vite qu'il est arrivé, laissant derrière lui une agréable odeur de gel douche et une impression de vide. Je verrouille la porte alors qu'il dévale l'escalier en courant.

Je m'installe sur mon lit pour lire les documents. La copie de sa condamnation m'apprend son véritable nom : Arthur J. Tomkins – et pas Slade ! –, ainsi que sa date de naissance.

Il aura bientôt vingt-quatre ans. Je lui aurais donné plus…

Étonnamment la ligne « profession » indique : étudiant. Il devait être à l'université à l'époque où il a eu des ennuis. J'ai quand même un peu de mal à imaginer cette armoire à glace tatouée dans un amphithéâtre au milieu des fils à papa et des studieux boursiers.

En tout cas, il ne m'a pas menti. Il a provoqué une rixe dans un bar du campus et plusieurs personnes ont fini à l'hôpital.

Slade cumule trois jobs. Il bosse la journée dans un atelier de mécanique – ce qui explique l'état de ses ongles –, de dix-huit à une heure du matin, il est vigile dans un entrepôt sur les docks sauf le vendredi et le samedi, où il travaille comme videur dans un club chic, le *Blacklight*.

Pas étonnant qu'il soit à cran sur ses heures de sommeil !

Je ne devrais même pas songer à sa proposition démente, mais je me surprends à envisager de demander son avis à ma meilleure amie, Marina.

Quoique… elle ne va pas comprendre mon problème et ne pourra pas m'aider à prendre une décision. Marina vit avec ses parents, son frère et ses trois sœurs. Elle n'a pas la moindre idée de l'angoisse qu'on ressent à dormir seule dans un taudis avec pour unique protection une mauvaise serrure et une porte en papier mâché.

Il y a quelques semaines, elle a tenté de me convaincre que je devais soutenir mon père, lui tendre la main. Elle n'imagine pas ce que cela fait de devoir témoigner contre son propre père.

Elle ignore aussi tout de la vie dans un foyer pour mineures où les filles ont des trajectoires de vie plus pathétiques les unes que les autres.

Surtout, elle ne sait pas ce qu'on éprouve à être attrapée par les cheveux en pleine nuit et traîner sur le sol par un homme qui n'a plus rien d'humain.

Quant à devoir son salut à un inconnu à tête de tueur…

C'est la vue de la vieille Buick pourrie de mon père, garée près du lycée, qui provoque le déclic. Il me guette, il n'a pas renoncé.

Entre l'avenir qu'il veut m'imposer et l'étrange proposition de Slade, je n'hésite plus.

Je tente ma chance.

Dissimulée derrière un groupe de joueurs de foot, je me faufile hors de l'enceinte de l'établissement par la sortie du stade.

C'est mon soir de repos, je ne travaille pas à la boutique, je vais en profiter. J'attrape le bus qui va dans le *barrio*, le quartier mexicain, où je vivais enfant et où ma mère était honorablement connue.

J'y serai bien accueillie et si Slade Tomkins s'avère être un ami, il sera lui aussi accepté par la communauté.

Chapitre 4

Slade

Après avoir garé ma voiture sous l'un des seuls réverbères encore allumé dans ce quartier minable, mais sans aucune certitude de la retrouver là demain matin, je me précipite sous la pluie et cours vers mon immeuble.

Le veilleur de nuit ne daigne pas lever les yeux de son magazine porno quand je passe devant lui, tout en essuyant mon crâne rasé.

Je grimpe l'escalier en pensant à la petite Gabriela. Aussi hallucinant que cela puisse paraître, je suis sûr d'avoir trouvé « la » bonne solution pour nous deux.

Il faut à tout prix que je me tire de cette banlieue de merde où le premier accrochage faisant intervenir les flics me vaudra un retour en prison. Je dois la convaincre qu'elle a tout à gagner en créchant avec moi, que je serai le coloc idéal et pas seulement un protecteur contre son père… même si c'est l'argument qui lui parlera le plus.

Je suis loin d'être certain de mes chances. Il y avait de l'appréhension dans son beau regard noir quand elle le fixait sur moi.

Son mouvement de recul au contact de mes mains ne trompait pas. Elle vit seule, se débrouille, mais c'est une gamine tout juste sortie d'un foyer d'accueil devant un mec à l'allure inquiétante – je me suis déjà regardé dans un miroir !

Je trouve pourtant un mot glissé sous ma porte.

Viens me voir dès que tu rentres.

Gabriela

Ma montre indique presque deux heures du matin. Je vais tout de même frapper chez ma voisine. Celle-ci m'ouvre aussitôt. Elle est habillée et bien réveillée.

— Je suis d'accord pour la coloc, m'annonce-t-elle en relevant fièrement son petit menton. Mon père me guettait devant le lycée, il faut que je parte d'ici, très vite. Mais il y a des conditions.

Sans blague ! Quelle surprise qu'une fille intelligente ait des réticences à vivre avec un mec dans mon genre, à peine sorti de prison.

D'un geste, je lui demande de me faire entrer. On ne va pas discuter de ça sur le paillasson. Gabriela referme la porte, verrouillant la serrure et remettant la chaîne. Elle a visiblement décidé de ne pas avoir peur de moi…

— Annonce.

Je décroise vivement les bras, car ma posture n'a rien d'amical, c'est mon allure : « je suis le videur, tu m'emmerdes, tu dégages ». Ce n'est pas ce que je veux qu'elle voit en moi.

— On paie chacun la moitié du loyer. On a chacun notre chambre, chacun notre vie dans le respect de l'autre.

Jusque-là, classique, mais elle a autre chose en tête à la façon dont elle fixe ses baskets. J'attends qu'elle se décide sans la bousculer, me retenant de bâiller – je suis crevé.

— Tu ne comptes pas sur moi pour laver ton linge ou te faire la cuisine. Le ménage, c'est chacun notre tour. Pas de fiesta dans l'appart. Et tu rabats la lunette des toilettes.

— C'est tout ?

Elle m'amuse. Elle est trop mignonne et me fait penser à ma petite sœur que je n'ai pas vue depuis plus d'un an…

— On pourra ajuster. Tu me protèges contre mon père en échange de la signature du bail, mais je veux qu'une chose soit claire. Je… Je ne réchaufferai pas ton lit.

Je bloque un éclat de rire. Les lèvres pincées, je hoche la tête. Coucher avec elle ne m'a pas effleuré. Même si elle est plutôt jolie et promet de devenir très belle dans le style brune piquante, Gabriela paraît avoir quinze ans – seize en étant gentil.

Je ne baise que des femmes adultes, sexy, dénuées de toutes inhibitions et ne souhaitant pas s'engager. Au club, j'ai toutes les opportunités pour satisfaire mes pulsions avec des bombasses en chaleur, sans complications. Et, je tiens trop à ma liberté pour m'encombrer d'une petite amie. Le fiasco de ma dernière relation m'a servi de leçon.

— Ça vaut dans les deux sens. Je ne réchauffe pas le tien.

Dit sur le ton de la plaisanterie, ma réponse passe nickel, sans qu'elle se sente dévalorisée.

— Je ne veux pas non plus voir un défilé de nanas chez moi, précise-t-elle en me regardant enfin en face.

— Et moi, je ne veux pas d'un mec en calbut dans mon salon.

Elle sourit, amusée par l'expression.

— Je nous ai trouvé un truc sympa.

— Déjà ? Tu es super efficace.

Mon compliment lui fait plaisir. Si elle est comme moi, elle n'a pas dû en recevoir beaucoup dans la vie.

— C'est dans la 74ᵉ, dans une grande maison divisée en plusieurs appartements. Elle appartient à la *señora* Martinez. Elle connaissait ma mère et elle a bien voulu me le réserver, le temps qu'on décide ensemble. Il y a deux chambres, un salon et une vraie cuisine. Tout est presque neuf.

Le descriptif et le sourire enthousiaste de Gabriela sont encourageants, mais l'adresse pose un problème.

— C'est au cœur du quartier mexicain. Je vais faire tache.

— Pas tant que ça…

— Eh ! Petite *señorita*, je suis blond aux yeux bleus. Mon espagnol se limite à une vingtaine de mots, dont la moitié sont des insultes que j'ai apprises en prison.

Elle sursaute et me fixe.

— Je n'y avais pas pensé. Mais je suis certaine que si tu ne fais pas d'histoire, tout ira bien. Nous sommes une communauté accueillante.

À cet instant, une dispute éclate dans les étages supérieurs et des hurlements retentissent, des portes claquent violemment.

— D'accord. Il faut qu'on se tire de ce trou à rats ! On va tenter le coup. Quand est-ce qu'on peut emménager ?

— Dès demain. Tu ne veux pas visiter avant ?

— Ça ne pourra jamais être pire qu'ici ! Et puis, si ça ne convient pas, on pourra toujours changer.

Gabriela

Slade ne s'est pas éternisé, juste le temps d'échanger nos numéros de téléphone et il a filé dormir. Il avait l'air crevé.

— On va enfin avoir une vie normale, m'a-t-il promis avec un sourire rassurant avant que je me barricade.

Je somnole le reste de la nuit, craignant de voir débarquer mon père. Je me retourne dans mon lit en attendant l'aube, guettant le moindre bruit, même sachant mon voisin derrière la cloison, prêt à intervenir, comme il s'y est engagé. Vers six heures, il part travailler, ce qui accroît mon angoisse.

Je suis à présent seule et sans protection.

Dès le lever du soleil, je boucle mes sacs et tout est emballé avant l'heure du lycée. Je stresse à l'idée de vivre avec un homme que je connais à peine, mais je suis bien plus inquiète de la menace que représente mon père.

Toute la journée, je reste sur mes gardes. Et heureusement ! Je suis dans le bus, sur le chemin du retour, quand je repère sa bagnole qui se faufile dans la circulation derrière nous.

Problème, il y a plus de cent mètres entre l'arrêt de bus et l'entrée de l'immeuble. Il risque de m'attraper et, même en l'affrontant, il pourrait avoir le dessus et m'embarquer…

Réfléchis !

Je suis en baskets, je vais courir. « Fuir n'est pas une honte, c'est parfois la seule option », disait l'assistante sociale. Et puis… Slade a dit qu'il allait m'aider.

Je lui envoie un message. Pourvu qu'il soit là !

Je descends du bus à toute allure, bouscule les glandeurs qui tiennent les murs pour foncer droit devant moi, ignorant insultes et propositions salaces.

Soudain, Slade jaillit de l'immeuble, se précipite à ma rencontre. J'éprouve un tel soulagement que j'en pleurerais. Freinant à la dernière seconde, je lui rentre dedans. Il me rattrape par les coudes alors que je manque de perdre l'équilibre. C'était moins une, je n'aurais jamais réussi à atteindre mon appartement.

Les yeux bleus de mon futur coloc se braquent sur la voiture de mon père qui passe à notre hauteur. Il balance à mon paternel un regard mauvais qui m'aurait fait mourir de trouille s'il m'avait été destiné.

Mon indigne géniteur reconnaît sans doute le mec qui lui a déjà mis une raclée et préfère s'éloigner, renonçant – pour le moment – à ses projets.

Ce n'est qu'au moment où sa vieille bagnole tourne au carrefour que je me rends compte que Slade – qui la suit tout comme moi – ne m'a pas lâché et me serre toujours dans ses bras.

Pourtant, je n'ai pas à demander pour qu'il me libère.

Il passe la main sur son crâne rasé. Un geste qui a un petit côté flippant, attirant l'attention sur ses piercings et ses bagues en acier aux symboles étranges.

Je me rappelle soudain les bonnes manières.

— Merci de ton aide.

— Je te l'avais promis. Je me suis arrangé, je suis libre.

— Moi aussi, j'ai permuté ma soirée de travail avec une collègue.

— Alors, si tu es prête, on charge ma caisse et on y va. Je veux me barrer d'ici au plus vite.

— Et moi donc !

Je suis pressée de mettre le plus de distance possible – et un mec d'un mètre quatre-vingt-dix à la tête de tueur – entre mon père et moi.

Finir de boucler et descendre nos affaires dans la vieille Chevrolet nous prend peu de temps. Ça me fait bizarre. Les autres fois, c'était Marina et son frère aîné, Diego, qui m'aidaient.

— Tu as plus de livres que de fringues, note Slade, portant mon dernier carton.

— C'est plus utile pour mon avenir.

— Pas faux.

C'est la première fois que je monte dans sa voiture et, bêtement, je me fais la remarque que je suis devant. D'habitude, je suis celle qu'on trimballe par gentillesse, condamnée à la banquette arrière avec les bagages qui contiennent tout ce qu'elle possède dans cette vie. L'impression d'avoir pris de l'importance, d'être autre chose qu'une fille qui inspire la pitié est un peu bizarre.

Ce n'est pas une sensation désagréable.

Je profite du trajet pour observer discrètement Slade. Il a des yeux bleus, très clairs, presque gris, impossible de les manquer. À se demander comment j'ai pu oublier que ça ne passerait pas inaperçu dans le quartier mexicain.

Pour les cheveux blonds, j'ai une excuse, il les rase, mais ses sourcils ont une teinte qui ne trompe pas.

Torse nu, sa peau est pâle – tatouée –, presque imberbe, tendue sur des muscles puissants. Et ça, je préfère arrêter d'y penser en me sentant rougir.

C'est le genre de mec inquiétant, dont je me serais méfiée en temps normal, surtout sachant qu'il sort de prison. Mais, comme disait la responsable du foyer : « à situation exceptionnelle, mesures exceptionnelles ».

Je prends une inspiration, car j'ai un truc embarrassant à lui demander. J'aurais dû le faire avant, mais…

— Pourrais-tu m'avancer la quinzaine ? Je te rembourserai vendredi quand je toucherai mon salaire.

Slade me jette un coup d'œil avant de reporter son attention sur la route. Un petit sourire en coin, moqueur, étire ses lèvres.

— Fauchée ?

— Je venais d'arriver, et tu penses bien que le gérant de ce taudis ne veut pas me rendre mon argent.

— C'est marrant, avec moi il n'a pas discuté. Mais c'est d'accord, ne sois pas en retard, je ne roule pas sur l'or. Et que ça ne devienne pas une habitude !

Je vais pour contester, protester de mon honnêteté quand il explose de rire.

— Tu verrais ta tête ! Tu es trop sérieuse, détends-toi. On quitte les quartiers pourris. Nous allons avoir une belle vie.

Il y a un tel optimisme dans sa voix grave et sexy que j'ai envie de le croire. J'en ai marre de galérer. J'ai besoin d'avoir enfin un peu de chance dans l'existence.

Comme un signe positif, les nuages s'écartent, le soleil apparaît pour la première fois de la journée. Slade met ses lunettes noires qui lui donnent l'air… encore moins commode !

Lorsqu'on arrive, je lui indique la place de stationnement qui est réservé à notre logement. Les mains sur le volant, il s'attarde un moment pour observer la maison avant de descendre de voiture.

— Belle baraque.

Le porche accueillant, le jardin joliment fleuri, la terrasse que l'on devine à l'arrière le font sourire alors que la balançoire attire son regard.

La *señora* Martinez sort à notre rencontre. La pauvre manque de faire une syncope en découvrant que j'ai omis de lui préciser que mon colocataire était un homme, un WASP[2], un vrai *gringo* !

Son visage scandalisé mériterait une photo. Elle nous fait entrer dans son bureau, les lèvres pincées. Elle ne reviendra pas sur sa

---

[2] WASP : *White Anglo-Saxon Protestant*, pouvant se traduire en français par « Protestant anglo-saxon blanc », désigne les descendants des immigrants protestants d'Europe.

promesse, mais elle n'est pas contente. Je signe le bail. Slade paie en liquide notre quinzaine, puis elle nous remet nos trousseaux de clés.

— Je peux te parler, jeune fille, exige-t-elle en espagnol.

— Bien sûr. Slade, ça ne t'embête pas de commencer à monter les affaires ? C'est l'appartement au premier, la porte de gauche.

Il acquiesce.

— Je vous souhaite une excellente journée, Madame Martinez. Vous avez une très belle maison, nous avons de la chance.

Son sourire sincère et sa parfaite courtoisie à l'égard de notre logeuse nous étonnent presque autant l'une que l'autre. Par la fenêtre, nous le regardons attraper les premiers sacs dans le coffre après avoir coincé la clé entre ses dents.

Dès qu'il a disparu dans l'escalier, la *señora* Martinez se tourne vers moi et me fusille des yeux.

— Je ne veux pas de cela chez moi. Pas de concubinage ! Vous faites votre quinzaine et vous partez.

— Je ne vous ai pas menti. Je vous jure sur la mémoire de ma mère et sur la Bible que nous sommes juste colocataires. Il n'y a rien d'immoral dans notre relation !

Notre pieuse logeuse est ébranlée par un tel serment. Elle jette un regard vers le crucifix accroché au mur. J'insiste :

— Nous nous sommes rencontrés le jour où il a pris ma défense contre mon père. Depuis, Slade intervient chaque fois qu'il tente de m'approcher.

— Ce monstre, marmonne-t-elle. Je me souviens de ce qu'il t'a fait et du procès. Est-ce que c'est ton père qui t'a frappée ?

Elle désigne mon œil aux pourtours violacés qu'une couche du fond de teint emprunté à Marina n'a pas totalement masqués.

— Oui, mais Slade est arrivé à temps. Il lui a cassé la figure. Il est comme un grand frère pour moi.

— Pourquoi n'a-t-il pas signé le bail ?

J'ai préparé ma réponse, me doutant qu'elle serait suspicieuse.

— Il ne sait pas s'il s'adaptera au quartier. Il ne voulait pas que je perde l'appartement s'il devait partir.

Ma logeuse paraît convaincue. Des petits picotements de culpabilité me chatouillent la conscience. À ce moment, mon nouveau colocataire redescend pour aller chercher d'autres affaires. Il a ôté sa veste, révélant les tatouages de ses bras.

— Est-ce qu'il fait partie d'un gang ? me demande aussitôt *señora* Martinez, se raidissant. Ne me mens pas, jeune fille ! Les motifs de ce genre, c'est en prison qu'on les fait faire !

Zut !

Il ne voulait pas le dire. J'improvise.

— Je n'ai pas prétendu le contraire, mais il n'appartient à aucune bande. Il a eu des ennuis, maintenant il se tient loin des problèmes. Il travaille dur et honnêtement.

Señora Martinez reste interdite. Je peux lire sur son visage ce qu'elle pense : elle vient de louer son appartement le plus neuf à un ex-détenu entretenant une relation qui lui paraît ambiguë avec une fille qu'elle a connue bébé… Cela perturbe ses principes.

— C'est un *gringo*, impossible de le cacher ! ronchonne-t-elle.

— Si vous aimez les yeux bleus, attendez qu'il retire ses lunettes de soleil, vous allez vous régaler !

Ma plaisanterie ne marche qu'à moitié, mais je l'ai intriguée. Prenant la main de *señora* Martinez, je supplie avec ferveur :

— Puis-je vous demander un service ? En souvenir de ma mère, faites savoir dans le quartier que Slade ne cherche pas les ennuis. Il faut le laisser tranquille, il est prêt à faire tous les efforts nécessaires pour s'intégrer à notre communauté.

— Même à venir à la messe ?

— Il le fera pour être accepté ici.

Elle hésite, je la sens qui tergiverse, tiraillée entre ses principes catholiques, sa prudence et son cœur généreux.

— C'est d'accord, je vous accorde une chance. Mais au premier incident, je vous mets à la porte.

— Ça marche ! Mais vous verrez, nous serons encore là pour Noël !

Chapitre 5

Gabriela

J'ai pris les derniers bagages et fermé le coffre. En arrivant dans notre appartement, je découvre Slade assis, songeur.

Il a déposé mes valises dans la chambre qui domine le jardin à l'arrière de la maison, celle que j'espérais. Ses sacs sont dans la pièce sur le devant. Je ne sais pas comment le remercier.

— C'est chouette, murmure-t-il. Écoute le calme. Pas de sirène. Pas de bagarre. Juste des enfants qui jouent. La vie normale.

Il se perd un moment dans ses réflexions. J'hésite à aller m'asseoir à côté de lui pour profiter de ce moment de sérénité. Il m'impressionne toujours autant. Penché en avant, les coudes sur les genoux, ses biceps tendent le tissu de son tee-shirt d'une façon… waouh qui ferait baver nombre de mes copines, à commencer par Marina. Il se relève d'un bond.

— Madame Martinez n'était pas ravie en me voyant, tu ne l'avais pas prévenue, n'est-ce pas ?

— Elle pensait que ma coloc était une camarade de lycée, et il ne m'avait pas paru judicieux de la détromper trop vite.

— Elle va nous virer ?

— C'est une personne gentille. Elle nous laisse une chance. En revanche, c'est une catholique fervente, fais attention de ne pas la choquer.

— Donc, pas le droit de retirer le crucifix de ma chambre ?

— Je crains que tu ne sois condamné à cohabiter avec lui.

— On s'arrangera le petit Jésus et moi, s'amuse-t-il.

— Elle a repéré tes tatouages. Elle a compris pour la prison.

— Bordel… Elle nous garde malgré tout ?

— Elle est généreuse ! Elle est comme ma mère, elle croit dans la bonté de l'homme et dans les secondes chances. C'est pour cela qu'elles étaient amies.

J'hésite un instant, mais je finis par demander à Slade :

— Il y a des tatoueurs au pénitencier ?

— Dans mon bloc, il y en avait un, super doué. Le mec a tué sa femme dans une crise de jalousie. Le directeur lui a laissé son matos pour qu'il continue son activité.

— Pourquoi les as-tu fait faire ?

— Le dragon ou les runes autour des biceps datent d'avant. Là-bas, j'ai fait réaliser l'ange et le démon, dit-il en me montrant l'intérieur de ses avant-bras, le drakkar sur ma hanche, et la boussole sur mes côtes.

Je suis gênée qu'il m'exhibe sa peau tatouée. La puissance de son corps me saute au visage. Si je me suis trompée, je n'aurai aucune chance de me défendre contre lui.

— Un jour, je ferai retirer ceux-là, poursuit-il.

Il désigne ceux sur ses bras et à la base de son cou, des cercles, des triangles percés de flèches, des signes cabalistiques.

— En langage de taulards, c'est le nom du pénitencier et certains de mes exploits, comme les fois où j'ai atterri au mitard. On ne peut pas oublier la prison. Mais autant que les personnes que je rencontre ne me cataloguent pas comme un bon à rien avant même de m'avoir adressé la parole.

— Pourquoi attendre ?

— L'opération au laser coûte cher. Je n'ai pas les moyens pour le moment, dit-il avec un rictus cynique.

Je n'y avais pas pensé, pourtant les soucis d'argent me sont quotidiens. Revenant à des problèmes plus urgents, comme un homme et une femme se connaissant à peine et n'étant pas un couple, vivant dans un petit espace – Slade est mon coloc pas mon mec –, je me lance :

— Il faut qu'on se mette d'accord sur quelques trucs.

Il reprend son air sérieux – flippant.

— On ne se promène pas en tenue indécente, genre serviette de douche. Déjà que la salle de bains n'a pas de verrou et que…

Slade m'arrête d'un geste.

— Je poserai un loquet dès demain pour éviter les accidents.

Premier problème réglé.

— Les chambres non plus ne ferment pas.

— Tu souhaites que je mette des serrures aussi ?

Il a l'air déçu de ne pas avoir ma confiance. Je prends le risque.

— Si on s'engage à ne pas entrer dans la chambre de l'autre, ce ne sera pas nécessaire

— Tu avais dit « chacun chez soi », et j'étais déjà d'accord. Tu as ma promesse.

— Et… Je ne veux pas d'alcool ici.

— Je ne suis ni alcoolique ni drogué. Je ne fume pas non plus, précise-t-il avec un étrange demi-sourire. C'est le sport mon truc.

Tant mieux. L'odeur du tabac m'insupporte, elle me rappelle de mauvais souvenirs, ma vie au foyer.

— Si j'avais eu le moindre doute sur toi, je n'aurais pas accepté ta proposition.

Il me répond par un sourire plus franc.

— Tu m'autorises quand même à avoir quelques bières dans le frigo ? J'ai plus de vingt et un ans ! blague-t-il.

Je lui souris en retour. Le gros dur a le sens de l'humour, c'est bon à savoir. Il fait un effort, alors je peux aussi accepter des concessions. Je hoche la tête en signe d'assentiment.

— En parlant de ça, il faut qu'on aille faire des courses.

— Pas la peine. Je venais de faire mon ravitaillement, on a de quoi tenir quelques jours.

Inutile d'expliquer qu'à chaque déménagement, je remplis au maximum le réfrigérateur pour sortir le moins possible. Une nana seule est toujours en danger quand elle se balade les bras chargés dans certains quartiers.

Slade m'aide à ranger. Ça me fait bizarre que quelqu'un me file un coup de main sans contrepartie, surtout un mec. J'ai vécu des années dans un foyer pour filles, entourée d'assistantes sociales. Même le médecin était une femme. Les hommes, je m'en méfie.

Une fois terminé, il observe le contenu de nos réserves avec un drôle de petit air amusé.

— Il faudra réapprovisionner, même si ça nous évitera de courir ce soir. Je mange plus que toi.

Il va chercher l'un de ses cartons d'où il sort des paquets de chips, du pain de mie, des conserves et ses bières.

C'est mon tour de sourire en pensant à mes légumes, aux épices ainsi qu'aux fruits que je viens de disposer dans la coupe sur le comptoir.

Au foyer, j'avais du mal avec le burger-frites à tous les repas. Dès que je peux, je cuisine, comme me l'a appris ma mère.

— On n'a pas le même régime alimentaire.

— Je suis très adaptable, m'annonce-t-il. Quand tu as survécu à la bouffe de la taule, tout est meilleur que cette immonde pâtée qui a l'allure et le goût du caoutchouc brûlé.

J'essaie de ne pas réagir, mais j'avoue qu'il me surprend à parler de son séjour en prison si facilement.

Slade

Je reste planté un moment devant les placards. J'hésite.

Gabriela a dit qu'elle ne voulait pas me faire la cuisine, et elle est déjà sympa de mettre en commun ses provisions de la semaine –

même si c'est sûrement par culpabilité de m'avoir demandé de lui avancer sa part du loyer…

N'empêche, ce que je vois est délicieusement tentant.

Je n'ai pas toujours été un mec des bas quartiers ingurgitant de la bouffe industrielle au rabais. Ma mère mitonnait des petits plats. C'était surtout pour se faire mousser devant les relations d'affaires de mon père, mais on mangeait bien à la maison. C'est une des rares choses qui me manque. Si je pose la question gentiment, ma bébé-coloc acceptera peut-être de partager de temps en temps avec moi ? Elle me tire de mes pensées en annonçant :

— Je passe devant le supermarché en rentrant du boulot, et vu tes horaires de dingue, le plus simple, c'est que je me charge des courses. Il faudra juste que tu me donnes ta liste et l'argent.

— Bonne idée. Tu as dit que tu ne cuisinerais pas pour moi, mais si tu te prépares des trucs sympas, le week-end, je veux bien cotiser et t'aider pour avoir droit à une part.

— Marre des sandwiches ? s'amuse-t-elle.

Je soupire pour exprimer mon désespoir. Cela la fait rire. Elle accepte d'un petit signe de tête, ce qui confirme mon impression d'avoir déniché une fille gentille avec qui je vais pouvoir cohabiter sans trop de difficultés.

En plus, elle n'est pas consciente d'à quel point elle vient de me faire plaisir. Je vais retrouver une alimentation plus saine !

Le rangement de la cuisine terminé, nous partons chacun dans notre chambre, nous approprier nos royaumes respectifs. Je me laisse tomber sur le lit avec la délicatesse d'un mammouth pour le tester. Le sommier ne grince pas. Les ressorts du matelas ne me rentrent pas dans le dos.

Enfin une literie digne de ce nom, qui supportera mon gabarit et où je vais pouvoir profiter à fond de mes quelques heures de sommeil ! J'en trépigne d'impatience. C'est presque l'extase.

Un gémissement de plaisir m'échappe tout en me tortillant sur ma couette à la housse d'un blanc éclatant. Je roule sur le ventre collant mon nez dans l'oreiller qui sent délicieusement bon la lessive.

Quel pied !

En plus, cette maison est située pile entre mes deux boulots. Je vais pouvoir rentrer prendre une douche en sortant de l'atelier avant d'aller à l'entrepôt. Je vais cesser d'avoir l'impression d'être tout le temps crado et même réussir à désincruster l'huile de vidange qui me dégueulasse les ongles.

M'extrayant de mon lit avec un grognement pas franchement civilisé – mais j'assume –, je vide mon sac. L'armoire est bien trop grande pour mes maigres possessions. Un instant, je me fais pitié.

Où est passé le mec qui avait des penderies entières de fringues de marques et tous les derniers gadgets à la mode ? Je m'oblige à me rappeler que ce type était un connard et que son arrogance l'a envoyé en prison.

Dans la salle de bains, il y a un placard de chaque côté du lavabo. Je prends celui de gauche. Ça m'arrange, je suis gaucher !

Mon gobelet avec ma brosse à dents atterrit à côté du robinet m'offrant un sentiment de joie disproportionné, mais là aussi, j'assume totalement. Tout est propre, neuf. Les serviettes sont d'une blancheur qui pourrait me faire pleurer de gratitude. Le carrelage est tellement *clean* qu'en mangeant par terre, il n'y aurait aucun risque d'attraper le moindre microbe… D'un autre côté, après la taule et des mois à vivre dans des taudis, je dois être immunisé contre un paquet de saloperies !

Lorsque je reviens dans le salon, Gabriela m'attend, dansant d'un pied sur l'autre. Elle a un truc à me demander.

— Est-ce que ça te dérange si je pose mes livres là ?

Gagné !

Elle me désigne les étagères. Je pourrais en revendiquer la moitié, mais comme je n'ai rien à mettre dedans…

— Tu peux prendre toute la place, mais à condition que tu m'autorises à lire tes bouquins.

Elle me fixe, un peu embarrassée.

Eh oui, je sais lire, ma belle !

— Les trois quarts sont en espagnol.

Celle-là, je n'y avais pas songé. Ça m'apprendra à prêter de mauvaises pensées à ma petite coloc trop chou. Son air désolé me ferait presque rire, elle est trop mignonne. Je blague :

— Je regarderai les images !

— Si tu cornes les pages, tu es un homme mort !

— Je ne plie jamais les pages. Un livre, c'est sacré.

Elle paraît si soulagée que je dois me retenir de me marrer. Cette môme vient de s'installer avec un ex-taulard qu'elle ne connaît pas et la seule chose qui l'inquiète, c'est que j'abîme ses bouquins.

Je me laisse tomber dans le canapé, frappé par un brutal coup de fatigue. Ça m'arrive à chaque changement de rythme, comme le dimanche où je ne suis bon à rien. Mon corps en a marre de trimer, mais je n'ai pas le choix. Gabriela me regarde m'affaler, tergiverse.

— Je nous fais une salade, si on la mange devant la télé.

Je hoche la tête, en essayant de ne pas lui montrer à quel point sa proposition me fait plaisir. Je suis pitoyablement manipulable par la bouffe, bien plus que par le sexe. Pour des repas dignes de ce nom, je suis prêt à faire tout ce que souhaitera Gabriela, même à marcher sur les mains.

Je m'extirpe du sofa pour l'aider, comme je l'ai promis, mettant le couvert sur la table basse pendant qu'elle nous prépare un truc appétissant qui sent fabuleusement bon.

— Tu veux regarder quoi ? dit-elle, s'asseyant à côté de moi sur le canapé avec une spontanéité qui me fait anormalement plaisir.

— Choisis.

Je ne vais pas lui avouer que je n'ai pas regardé la télé depuis tellement longtemps que j'ignore tout des programmes. En plus, je n'ai jamais été branché écran. Je préférais le sport, les sorties.

Depuis ma condamnation, tous mes anciens copains sont portés disparus. Deux ou trois ont eu le culot de venir me voir en taule pour me supplier de ne pas les recontacter, m'expliquant que me fréquenter nuirait à leur merveilleuse carrière, voire carrément que leur « môman » leur avait interdit de me parler et qu'ils étaient déjà très courageux d'être venus jusqu'au pénitencier tout seuls !

Bande de petites merdes !

Le pire, c'est que j'ai été comme eux, inquiet de ne pas satisfaire aux ambitions parentales, voulant me fondre dans un moule malgré mes rébellions. J'ai même failli épouser une pétasse refaite qui serait devenue bobonne au foyer. Elle m'aurait pondu les deux enfants réglementaires – par mère porteuse pour ne pas abîmer sa silhouette –, avant de demander le divorce qui m'aurait ruiné à cause de mes maîtresses et de se remarier avec le prof de tennis du dernier.

Certaines des filles chics et friquées que je fréquentais à l'époque de la fac m'auraient bien gardé comme plan cul version *Bad boy*. À leurs yeux, je ne suis plus qu'un étalon pour la baise, pas un homme avec qui on peut construire un avenir.

J'ai coupé tous les ponts avec mon ancien monde.

Cela a été violent, brutal. Les seules choses qui me manquent sont la bonne bouffe et le fait que je n'ai plus le temps de faire de sport… Cependant, je crois que je vais de mieux en mieux depuis que je me suis trouvé une coloc capable de nous dénicher un appart de rêve en vingt-quatre heures.

Cette fille va me porter chance, je le sens – et j'en ai besoin.

Je m'oblige à m'intéresser au programme en mangeant pour arrêter de ressasser des trucs qui m'ont pourri le moral quand j'étais derrière les barreaux.

Mon délicieux dîner terminé, je m'effondre. Je m'endors dans le canapé, l'esprit tranquille. Je suis bien, chez moi. Chez nous.

Gabriela me secoue gentiment à la fin du film.

— Slade, il faut que tu ailles te coucher !

Elle affiche un grand sourire amusé. Elle n'a pas peur de moi. Elle me parle comme à un ami. Ça fait du bien de se sentir à nouveau normal… enfin presque.

Je kiffe ma nouvelle vie.

Chapitre 6

Gabriela

J'ai dormi comme une vraie marmotte, sans même avoir d'inquiétudes au sujet de mon impressionnant colocataire, au point que je ne l'ai pas entendu partir travailler.

Résultat, je me suis levée de bonne humeur, ça ne m'était pas arrivé depuis… je ne sais plus quand. Seulement après la douche, retour sur terre. Si je suis bien logée, ma situation n'a pas évolué. En me rendant au lycée, je redouble de vigilance.

Une fois de plus, je dois déclarer mon changement d'adresse à l'administration. L'assistante du directeur m'aime bien. Elle veille à ce que mes coordonnées restent confidentielles. Mon père a déjà essayé de les obtenir en la baratinant.

— Tu es dans un bon quartier cette fois, remarque-t-elle.

À midi, quand Marina apprend mon déménagement – sans son aide, ce qui la vexe un peu – et l'existence de mon colocataire, elle tombe des nues.

— Mais tu es folle ! Un mec en plus.

— Pas un mec, « le mec » qui a explosé mon paternel.

Son petit reniflement signifiant : « tu pourrais faire l'effort de soutenir ton père au lieu de le fuir » me déplaît, mais je refuse de polémiquer encore une fois. Elle ne comprendra jamais la situation. Même mon œil au beurre noir ne l'a pas convaincue.

Personne ne me guette à la sortie des cours.

Personne non plus quand je quitte le boulot.

En discutant à la pause, j'ai découvert que ma collègue, Carmela, habite à un bloc de mon nouvel appartement. Elle m'a proposé de me déposer en voiture, m'évitant de prendre le bus.

Une fois rentrée, le calme et le silence de la maison sont un véritable plaisir, un luxe incroyable à mes yeux.

Slade ne reviendra pas avant le milieu de la nuit et il sera reparti avant que je me lève. Hormis le week-end, nous n'allons pas nous voir beaucoup tous les deux. Ça limite le risque de disputes entre nous. En revanche, ce qui m'embête, c'est qu'il y a peu de chance qu'il soit présent le jour où mon père se pointera.

Je m'installe avec ma soupe de tortillas, bien pimentée devant la télévision. Pas de cri, pas de hurlement, pas de sirène de flic, Slade a raison, c'est le top. Je ne me rendais pas compte du stress que cela représente d'être toujours sur mes gardes.

Je le suis depuis des années, sans doute depuis la mort de ma mère. Même au foyer, il fallait faire attention pour ne pas se faire voler ses affaires ou être prise à partie dans une rixe entre nanas de gangs rivaux.

Je fais mes devoirs avant d'aller me coucher avec la conviction que j'ai enfin eu un peu de chance dans la vie.

Vers deux heures du matin, un léger bruit me réveille. J'ai un instant d'angoisse, le temps d'identifier le coupable qui est parti se laver les dents. Je me rendors, sécurisée de savoir Slade rentré.

À l'aube, il est déjà loin. Comment fait-il pour tenir une telle cadence ? Ce mec est une armoire à glace… doublée d'une sacrée tête de mule. Il a une force mentale exceptionnelle pour s'astreindre à un planning si démentiel.

Je découvre un mot sur le comptoir :

J'ai oublié de te demander où se trouve le lave-linge. Je te laisse 10 $, peux-tu m'acheter des jetons de lavage ?
Il me faudrait aussi du lait et des céréales pour le petit-déj (prends celles que tu veux).
Merci d'avance – Slade

Il a une écriture large, sans hésitation, celle de quelqu'un d'instruit. Il utilise toute la surface de la feuille, une trace d'arrogance ? Je retourne le papier pour répondre de la même façon, sachant qu'il lira mon mot quand il rentrera ce soir prendre sa douche et que je serai au boulot :

La machine et le sèche-linge sont dans la buanderie au sous-sol. Tu trouveras le lait dans le frigo et les céréales dans le placard demain matin.
Bonne nuit - Gabriela

Quand le samedi matin arrive, je n'ai revu ni mon père ni Slade.

J'ignore où se trouve le premier – et je ne veux pas le savoir –, et le second est aussi invisible que prévu avec l'incompatibilité de nos horaires.

Il y a du soleil, j'ai envie d'aller faire un tour dans le quartier, prendre le temps de m'installer, j'ai l'intention de rester. La chambre de mon coloc est entrouverte, mais je n'y prête pas attention. Pendant que mes pancakes cuisent, je mets de la musique, de la salsa entraînante. Un bruit me fait sursauter. La porte de Slade vient de claquer violemment, genre projection rageuse d'un oreiller.

Il serait donc là ?

Je coupe aussitôt la radio et sors mes crêpes du feu. J'hésite avant d'aller frapper doucement.

— Quoi ? ronchonne une voix grincheuse.

— Tu es rentré ?

— Non, c'est le père Noël qui squatte mon pieu !

La porte s'ouvre brusquement me faisant bondir en arrière.

Slade ne porte qu'un boxer. Il a les yeux rouges, injectés de sang et un gnon violacé sur la pommette.

— Je te rappelle que je bosse comme videur dans une boîte de nuit, je me suis couché il y a…

Il jette un coup d'œil à sa montre.

— Putain, ça fait à peine une demi-heure !

Son corps irradie de chaleur, de force et…

Si je suis vraiment navrée de l'avoir importuné, je ne sais plus où poser les yeux. Il est quasiment nu devant moi alors qu'une partie de lui est bien réveillée.

— Désolée. À quelle heure veux-tu te lever ?

— Pas avant midi, grogne-t-il, en se rattrapant au chambranle.

Slade me paraît soudain bien moins impressionnant. Il n'est pas énervé, mais à la ramasse, complètement envasé, inconscient de l'indécence de sa tenue, focalisé sur son besoin de sommeil.

— Je vais faire attention au bruit, promis.

Il acquiesce, pivote sur ses talons – m'offrant une vue imprenable sur son dos tatoué ainsi que sur ses fesses musclées –, il rentre dans sa chambre. Mais il hésite.

— Est-ce que ça t'embête si la porte est entrouverte ? Je ne supporte pas de me sentir enfermé.

— Pas de problème.

Inutile qu'il m'explique pourquoi il n'aime pas les lieux clos. La prison a laissé d'autres traces sur lui que les tatouages.

Je déjeune en silence et pars me promener. Autant qu'il profite de ces quelques heures de sommeil. Il les mérite. Et puis… je préférerais éviter de l'affronter vraiment en colère.

Slade

Quand le réveil sonne, j'ai dormi comme une masse. Je m'étire, savourant la douceur de mes draps.

Si ça ne dérange pas Gabriela, je pourrai m'offrir une sieste cet après-midi, ce qui était impossible dans les taudis où je créchais ces derniers mois.

Ma pommette n'a pas trop de dégâts. J'ai ramassé un coup en intervenant dans une bagarre dans la ruelle derrière le club. Je suis déjà rentré bien plus esquinté.

Courbaturé, je m'extrais de mon lit. Personne en vue… J'attrape mes fringues et file à la douche. L'eau chaude me procure un plaisir jouissif. J'aurais dû me laver ce matin, mais j'étais trop cramé. À la sortie de la salle de bains, propre, rasé, bien réveillé, je réalise que je me suis exhibé devant ma bébé-coloc en boxer. Elle a eu un aperçu d'à quoi ressemble un mec au saut du lit ! Un frisson d'inquiétude me parcourt.

La gamine avait clairement dit qu'elle ne voulait pas me voir en petite tenue. Il ne faudrait pas que cela plombe notre relation naissante où la confiance est plus que fragile.

L'appartement est vide. Gabriela n'a pas rédigé de mot. J'espère ne pas l'avoir choquée et qu'elle ne va pas me planter avant même la fin de la première semaine, me condamnant à retourner dans un meublé merdique. En revanche, elle a encore laissé traîner des affaires. On doit discuter du rangement tous les deux. Ayant un peu de temps, je fixe le loquet sur la porte de la salle de bains, comme promis. Je viens de terminer quand ma coloc rentre sans bruit.

— Tu es réveillé ! Tant mieux, s'exclame-t-elle.

Elle a le sourire et ne paraît pas m'en vouloir de l'incident du boxer. Je me retiens de râler en la voyant larguer son blouson sur la console de l'entrée au lieu de l'accrocher. On en parlera, plus tard, quand je serai certain que mon loupé n'a pas laissé de traces.

— Tu manges avec moi ? me propose-t-elle.

Comment pourrais-je refuser ?

En un tour de main, ma lycéenne me dégaine des tortillas qu'elle a dû faire cuire ce matin et qui expliquent pourquoi cet appartement sent divinement bon. Elle les met à réchauffer et pose sur la table un assortiment de poulet grillé et de légumes qui était au chaud dans le four.

Je suis au paradis !

Je m'empresse de m'occuper du couvert, avant de me rappeler un truc important. Je sors de ma poche arrière une liasse de billets.

— C'est pour toi.

Gabriela me regarde sans comprendre.

— Je suis passé à notre ancien taudis. J'ai récupéré ton avance de loyer. Je te l'ai dit, moi, on me rembourse sans discuter.

— C'est complètement injuste ! s'exclame-t-elle. Ce connard s'est foutu de moi en refusant de me restituer mon argent. Parce que tu es un mec, devant toi, il s'est écrasé.

Son air furax me fait sourire. Cette môme est à croquer.

— Je n'ai rien de sympathique quand je parais en rogne.

— Tu pourrais être en colère contre moi ? Comme ce matin ?

— Aucun risque que je me fâche contre toi tant que tu me prépares des trucs aussi bons. En vrai, je ne me mets plus en colère. La dernière fois, cela m'a coûté trop cher. Je suis devenu le roi de la zénitude, le prince de l'humeur égale. Tu verras, tu vis avec l'empereur du calme absolu.

Ma déclaration la fait rire. Inutile de lui préciser que lorsque la pression monte, je vais à la salle de sport boxer un sac de sable innocent.

À peine confectionné, j'engloutis mon premier *taco.* Nous mangeons avec appétit, elle me raconte sa semaine de lycée, ses petits tracas, notamment sa copine Marina qui l'a contrariée. J'ai l'impression d'entendre ma sœur, étonné de me rendre compte que cela me fait du bien. C'est comme le retour de la normalité après un passage dans une dimension parallèle où toute ma vie a été remise en question.

Quand arrive la fin du repas, c'est officiel, je vénère cette petite nana comme une déesse. Non seulement ses *tacos* sont succulents, mais les *tamales* qu'elle a préparés pour le dessert me réconcilient avec l'existence.

Ressortant sa liasse de billets, Gabriela me sourit.

— Merci du dépannage… Arthur, dit-elle en me tendant le montant de sa part du loyer.

J'empoche l'argent pour mon projet secret.

— Si tu veux que je te réponde, c'est Slade. Ne m'appelle jamais Arthur. Je déteste.

Je l'ai dit en essayant de sourire pour qu'elle ne se stresse pas, mais ce prénom me file des boutons.

— Bien reçu… Slade. Mais je dois te prévenir. *Señora* Martinez souhaite nous voir à la messe demain matin, ensuite, nous sommes invités au repas de quartier à la salle paroissiale.

— C'est à quelle heure ?

— Dix heures. Il faut qu'on y aille, en signe de bonne volonté. Je ne veux pas risquer de perdre cet appartement.

L'accident de ce matin est donc oublié.

— Pareil… Je t'aide pour la vaisselle et je vais faire la sieste. C'est ça où je vais m'effondrer en plein milieu de l'office !

Elle me sourit avec douceur. Me lever pour intervenir l'autre nuit, sacrifier quelques heures de sommeil était le meilleur des investissements. Lui proposer de cohabiter est la plus fameuse idée que j'ai jamais eue.

J'ai décroché le gros lot.

Je dors tout l'après-midi, laissant la porte de ma chambre grande ouverte, Gabriela étant au travail.

À son retour, mon adorable coloc nous prépare de fantastiques *enchiladas*. Pendant le repas, on sent que nous sommes encore des étrangers, la conversation est un peu décousue. Il y a parfois des silences, des questions que nous n'osons pas nous poser. Mais il n'y a pas vraiment de gêne, pas de malaise.

Nous allons pouvoir devenir de vrais amis.

Le fait qu'elle soit très jeune et visiblement très innocente écarte tous jeux de séduction entre nous.

La vie est ironique, moi qui saute sur toutes les belles nanas qui croisent ma route, je vais vivre chastement avec une jolie fille dormant dans la chambre mitoyenne de la mienne, sans même qu'une serrure nous sépare !

Ce soir-là, au club, j'ai du bol.

Je suis en train de charger un VIP bourré dans un taxi quand une bagarre éclate à l'intérieur. L'équipe a besoin de moi pour leur prêter main-forte, mais le type se met à gerber trippes et boyaux dans le caniveau.

Le temps que j'en finisse avec lui, mes collègues ont réglé le problème. Ils sont couverts de plaies et de bosses, mais pas moi…

L'arrivée de Gabriela dans ma vie me porte chance, j'en suis convaincu.

Chapitre 7

Gabriela

Je termine de me coiffer pour la messe lorsque quelqu'un frappe à la porte.

— Tu veux que j'y aille ? crie Slade.

Il est dans la salle de bains et probablement pas encore habillé.

— Ça va. Je vais gérer.

— Je suis derrière en renfort, si besoin.

De toute façon, cela ne peut pas être mon père. La personne attend sans tambouriner en hurlant. Je découvre *señora* Martinez, qui me détaille d'un œil critique avant de demander :

— Bonjour. Puis-je entrer ?

Je m'écarte pour la laisser pénétrer dans l'appartement. Son regard balaie notre intérieur, s'arrête sur la porte ouverte de la chambre de mon coloc. Il a déjà fait son lit. Son linge propre, repassé – ce mec repasse ses fringues ! – est déposé en piles bien nettes.

Elle tourne la tête vers la mienne, où ma couette est en vrac et quelques vêtements traînent.

— L'un de vous est plus ordonné que l'autre.

— Slade. Il gagne haut la main.

Un doute flotte dans ses yeux.

— Vous utilisez vraiment les deux chambres ?

— Évidemment ! On n'est pas un couple.

À ce moment, il y a un déclic derrière moi, celui du verrou de la salle de bains. *Señora* Martinez regarde, étonnée, Slade qui sort – habillé mais pas rasé –, auréolé d'un nuage de vapeur.

— Il y a une serrure sur cette porte ? s'étonne-t-elle en espagnol.

— Pas compris, dit-il en anglais.

Elle traduit avec une ombre de désapprobation.

— C'est pour éviter les incidents. On est colocataires, mais je reste un mec et elle, une fille, lui répond-il avec un grand sourire.

Je préfère ne pas penser à l'accident d'hier, à la vue imprenable que j'ai eue sur le contenu de son boxer, alors que notre logeuse lève les yeux au ciel. Elle n'apprécie pas trop l'humour du *gringo*.

— Je voulais vous proposer de ne prendre qu'une voiture. Le parking de l'église n'est pas immense.

Avec Slade, nous nous consultons du regard, nous doutant que nous allons subir un interrogatoire pendant le trajet.

— C'est d'accord.

— Nous vous attendons en bas.

Dès que la porte se referme, il se tourne vers moi.

— C'est qui « nous ». Son mari ?

— Elle est veuve. Allez, grouille-toi.

— On oublie le rasage, soupire-t-il comiquement.

C'est marrant de le voir avec un chaume de barbe – définitivement blond –, mais pas un cheveu sur la tête.

Nous attrapons nos vestes, verrouillons et nous précipitons dehors. *Señora* Martinez nous attend à côté de sa voiture.

— Mon fils, Enrique, nous présente-t-elle le jeune homme d'une vingtaine d'années qui se tient près d'elle

Il me serre la main avec un sourire franc.

— Dépêchons-nous ! Je veux avoir une bonne place, dit notre logeuse en nous faisant signe d'embarquer.

Slade grimace pour caser sa grande carcasse sur la banquette arrière. Un, deux puis trois tours de clé. Rien à faire.

— Encore en panne, ironise Enrique. Il va falloir te décider à la remplacer.

— Jamais, elle était à ton père, je refuse de m'en séparer !

Ils ont parlé espagnol, Slade n'a pas compris les mots, mais il devine l'essentiel : cette vieille caisse ne démarrera jamais !

— J'ai ma voiture, on peut la prendre si vous ne voulez pas être en retard. Je jetterai un coup d'œil à celle-là cet après-midi.

Señora Martinez se retourne d'un bloc.

— Et vous ferez quoi ?

— Je suis mécano. J'essaierai de la réparer.

En bien moins de temps qu'il ne lui en a fallu pour se plier en quatre, Slade s'éjecte du siège et va chercher sa Chevrolet.

J'aimerais bien monter à l'avant, mais la politesse exige que la place revienne à la personne la plus âgée. Je me retrouve donc derrière avec Enrique.

— Pas neuve non plus, blague-t-il, mais on y gagne largement en confort.

— Celle-là ne tombera pas en panne, j'y veille, se vante Slade.

— Vous n'êtes pas drôle ! râle *señora* Martinez provoquant un échange de regards complices entre son fils et son locataire.

Elle fait le GPS et, comme nous nous y attendions, elle en profite pour nous interroger. Où nous sommes-nous rencontrés ? Est-ce que Slade a vraiment cassé la figure de mon père ?

Mon coloc répond avec un calme olympien. Il ne doit pas être facile à énerver, comme il me l'a affirmé. Je me suis inquiétée pour rien. En revanche, j'en tombe des nues quand elle lui demande pourquoi nous ne sommes pas un couple et qu'il lui déclare :

— Ne lui souhaitez pas ça. Je suis en conditionnelle. J'enchaîne des boulots de merde pour bouffer. Qu'est-ce que je pourrais offrir comme avenir à une femme ?

J'en reste stupéfaite. Il avait dit qu'il ne voulait pas en parler. Il m'a même laissé signer le bail et là, c'est lui qui vient de tout raconter.

Pourquoi ?

Slade

Je meurs d'ennui… J'aurais été tellement mieux dans mon lit si douillet et confortable plutôt qu'à dépérir dans une église glaciale, catholique de surcroît, moi qui suis protestant.

Dans un quartier latino, la messe est en espagnol, normal… Je ne comprends pas un mot de ce que raconte le curé. Je me contente de m'asseoir ou de me lever en faisant tout mon possible pour me retenir de bâiller.

Tout le monde me dévisage. Difficile de passer inaperçu alors que je dépasse tous les fidèles d'une tête et que mes deux jours de barbe non rasés sont d'un joli blond doré.

Je me sens comme Paul Walker quand il débarque chez Vin Diesel dans le premier épisode de *Fast and Furious* que j'ai vu en prison, un peu avant ma libération.

Entre deux prières, j'observe madame Martinez. Elle respire la gentillesse. C'est aussi une fervente croyante. Je me demande si elle est au courant que son fils est homo…

Le bel Enrique a accordé un quart de seconde à Gabriela. Le temps bien plus conséquent qu'il a consacré à évaluer la largeur de mes épaules, celle de mes hanches, et à retenir ma main dans la sienne ne trompe pas, tout comme son discret coup d'œil sur une partie de mon anatomie qui n'apprécie que les femmes.

Un nouveau bâillement manque de m'échapper.

La journée va être très longueeeeeeee. Comme tous les dimanches, je dois encore aller à l'entrepôt avant de pouvoir regagner mon merveilleux lit.

Merde, j'ai oublié de m'asseoir !

Je me tasse vite fait sur mon banc, sous le regard courroucé du *padre* qui se demande ce qu'un *gringo* à moitié dans le coma peut bien ficher dans sa précieuse église.

À côté de moi, Gabriela supporte bien mieux l'épreuve !

La chorale me sort un peu de ma léthargie. Les chants religieux en version latino ont un côté festif qui pourrait presque me réconcilier avec Dieu. On se remet debout quand le prêtre reprend son homélie, puis les paroissiens vont communier.

Là, ce sera sans moi !

J'essaie de jeter un œil sur ma montre. Gabriela me choppe en flag et me flanque un coup de coude de rappel à l'ordre. Je soupire en lui adressant un regard peu amène.

J'ai vu la surprise de ma bébé-coloc dans le rétroviseur quand j'ai tout déballé sur mon passé de taulard à la famille Martinez. Je n'en avais pas envie, mais il fallait bloquer tout de suite l'idée de notre logeuse que nous pourrions faire un joli petit couple. Pourvu que le contre-feu ait été suffisant.

Enfin !

Mon cauchemar se termine. Mes voisines ramassent leurs sacs et prennent le chemin de la sortie. Enrique se faufile à ma hauteur.

— Tu n'as pas compris un mot, pas vrai ? Pourquoi as-tu laissé ma mère t'entraîner dans ce traquenard ?

— C'était un gage sur ma volonté d'intégration au quartier.

— Tu as plutôt intérêt à apprendre l'espagnol, *rapido*. Ça te sera plus utile que de t'endormir à la messe.

Je pince les lèvres pour ne pas sourire, alors que Gabriela nous jette un regard d'avertissement par-dessus son épaule.

Nous arrivons à ma voiture. La salle paroissiale n'est pas loin, nous pourrions y aller à pied, mais madame Martinez voulait profiter du trajet pour nous parler.

— La nouvelle de votre cohabitation s'est répandue dans le quartier, annonce-t-elle. Nos voisins sont choqués. J'ai dû engager ma parole que, même si vous n'avez pas de lien de parenté, vous vivez comme frère et sœur.

— Une colocation mixte ! Quelle idée révolutionnaire, chère maman, la chambre Enrique avec un sourire provocateur qui n'est peut-être pas sans rapport avec sa propre situation.

— Dites-leur que ce n'est pas pour rien qu'on a deux gobelets à dents dans la salle de bains.

— Slade ! soupire Gabriela. Je suis désolée, *señora* Martinez, il a un sens de l'humour parfois un peu acide.

Qu'est-ce qu'elle connaît de mon sens de l'humour ? Ou alors elle se doute que ce qui m'est arrivé m'a légèrement désabusé sur la vie et la bonté de l'humanité !

Dans la salle, un buffet appétissant nous attend. Mon estomac gargouille d'enthousiasme. Si pour le prix de quelques cours d'espagnol, je peux goûter à tout ça, je signe tout de suite !

Je me retiens de me goinfrer, calquant mon comportement sur celui de ma petite coloc pour ne pas faire de boulette. Nous mangeons debout, déambulant avec nos assiettes et en jonglant avec notre verre et nos couverts.

Les conversations sont en espagnol. On me fait bien sentir que je ne suis pas à ma place. Lorsque le prêtre vient saluer madame Martinez, il ne se fatigue pas à traduire non plus et me balance un regard pas vraiment dans la tolérance. Je fais gentiment l'idiot, comme si je n'avais rien remarqué.

Notre logeuse nous présente à nos voisins de palier, les Carrillos. Juan et Lucia sont un jeune couple aimable et étonnamment amical avec moi. Ils ont un bébé de deux ans, Antonio, qui me fait de grands sourires. Il est trop craquant ce minus.

Nous faisons également connaissance d'Eva Corbello, qui occupe le studio du dernier étage. Le regard énamouré que celle-ci pose sur Enrique qui ne le voit pas me désolerait presque pour elle.

Conclusion, les autres habitants de la maison ont l'air plutôt sympathiques et prêts à me laisser une chance de m'intégrer.

À la suite d'un mouvement de foule, je me retrouve séparé de ma bébé-coloc-garde-du-corps.

En moins de cinq secondes, un groupe de jeunes m'encercle. Ils bombent le torse, exhibent leurs tatouages imitant ceux des gangs – m'étant colleté avec en prison, je repère bien les différences –, ces gamins ont encore du lait qui leur coule des narines. Je ne bronche pas, même si je comprends un certain nombre d'insultes en espagnol. Ils cherchent des noises au *gringo* s'imaginant qu'ils sont de vrais mecs.

Je me demande comment je vais m'en sortir sans casser quelques nez quand madame Martinez s'interpose. Elle les éparpille en trois phrases.

Impressionnante la dame !

— Je leur ai dit de vous ficher la paix, autrement, j'appelle leur mère, me dit-elle avec un sourire supérieur.

Putain ! Le pouvoir de la Mama *chez les latinos, ce n'est pas une légende.*

Gabriela nous rejoint à ce moment.

— Tu devrais rentrer pour t'occuper de la voiture de *señora* Martinez. Je te téléphone pour venir nous chercher.

Elle se rapproche et me murmure tout bas.

— Si tu es un bon mécano, tu auras même le temps de faire une sieste.

Ma bébé-coloc est définitivement trop chou ! Elle atteint le top absolu de mon estime en une phrase.

J'embarque les clés de la caisse de ma logeuse, prenant la tangente. Je m'arrête tout de même pour saluer le prêtre – en mode lèche-bottes. Il ne me faut pas plus de dix minutes pour réparer la vieille voiture.

Je file dormir. Je me désape avec une joie impossible à décrire avant de plonger sous ma couette adorée, au milieu d'un silence parfait, la porte de ma chambre grande ouverte.

Le téléphone me réveille deux heures plus tard.

— On t'attend, me dit simplement Gabriela.

Le sourire de madame Martinez vaut une photo quand je gare sa précieuse antiquité devant elle.

— Oh merde ! Il a ressuscité cette épave, ronchonne Enrique.

Je préfère prévenir ma logeuse.

— C'est du bricolage. Il faut changer le faisceau d'allumage.

— Vous en êtes capable ?

— Évidemment.

— Alors, je vous embauche.

— Je m'en occuperai le week-end prochain, ne roulez pas trop avec, que ça tienne jusque-là.

Le clin d'œil de Gabriela me confirme que je viens de gagner le droit de rester quelque temps de plus dans mon nouveau chez moi !

Ça valait bien une messe.

Chapitre 8

Gabriela

La semaine redémarre sur les chapeaux de roues. Les examens approchent et le danger que représente mon père n'est toujours pas écarté. En plus, le temps est pourri.

Point positif du week-end, le sauvetage de la voiture de *señora* Martinez a permis à Slade de se faire bien voir. Mais mon coloc a réussi à faire encore plus fort !

Mardi matin, en partant travailler, il a rencontré notre logeuse qui sortait les containers de poubelle. Il lui a proposé de le faire pour qu'elle n'ait plus à se lever avant l'aube. *Señora* Martinez a accepté avec plaisir. Elle me l'a raconté avec un grand sourire quand je l'ai croisée sur le chemin du lycée, trois heures plus tard.

— Il est très serviable. On ne croirait pas avec l'allure qu'il se donne.

Slade ne se fatigue pas à se « donner » un genre. C'est un vrai dur. Les marques sur ses phalanges et les cicatrices sur sa peau, entre ses tatouages, ne sont pas là pour la déco.

— C'est un sacré faux-cul, me chambre Enrique le soir même lorsque nous nous voyons devant les boîtes aux lettres.

Je me hérisse.

— En quoi ça te dérange qu'il sorte les poubelles ?

— Tu rigoles ! Il m'épargne la corvée, à moi, le fils unique d'une veuve mexicaine ! Si elle pouvait me laisser respirer cinq minutes grâce à lui, je le bénirais.

Sur un éclat de rire, il entre dans l'appartement du rez-de-chaussée qu'il partage avec sa mère.

Le lendemain soir, quand ma collègue Carmela me dépose à la maison, je suis épuisée et je n'ai pas trop le moral. La maman de Marina m'a alpaguée à la sortie des cours pour savoir si les rumeurs concernant ma colocation étaient véridiques. Elle m'a fait la leçon sur mon imprudence et m'a rappelé qu'elle et son mari étaient prêts à m'héberger. C'est gentil, mais elle ne se rend pas compte que je suis orpheline depuis l'âge de quatorze ans, j'ai grandi dans un foyer. Je m'assume et je ne supporterais pas qu'on me dise de me laver les dents ou d'aller me coucher.

Quand je rentre à l'appartement, je vais pour poser mon manteau lorsque je m'aperçois que mes tennis ne sont plus dans l'entrée, là où je les avais laissées hier soir pour qu'elles sèchent.

— Non… il n'a pas… ? Si, il a !

Slade a rangé mes chaussures. Il a recommencé !

Je ne suis pas la personne la plus ordonnée du monde, mais je ne suis pas bordélique. Il ne faut pas abuser. Ce mec aurait dû être militaire ! Non seulement son lit est fait au carré, mais chaque objet doit être à sa place.

Il m'agace. On va devoir discuter sérieusement de ces manies.

Je rumine une partie de la soirée, en mangeant une bricole que j'ai décongelée. Le lendemain matin, je tiens ma vengeance. J'attrape une feuille de papier et colle un mot sur le frigo :

Tu as laissé des poils de barbe dans le lavabo.
Gabriela qui a dû nettoyer.

Jeudi, je me lève reposée, de bien meilleure humeur… jusqu'à ce que je tombe sur sa réponse rédigée d'une écriture énervée :

Ta boîte de Tampons traînait dans la salle de bains.
Je l'ai rangée dans Ton Placard !
Slade qui s'est occupé de tes trucs de
fille !!!…

Je rougis de honte. Mes règles se sont déclenchées deux jours plus tôt que prévu, ça m'a perturbée. J'ai oublié de remettre le paquet à sa place avant d'aller me coucher.

On a encore des ajustements à faire tous les deux. J'en suis d'autant plus convaincue lorsque je m'aperçois que mon écharpe a disparu et qu'il me faut cinq bonnes minutes pour trouver où il l'a fourrée. Résultat, je dois courir pour attraper le bus.

Quand samedi arrive enfin, la matinée calme me permet d'avancer mes révisions. Je mets mon casque audio pour ne pas déranger Slade dont la porte est entrouverte. Inutile qu'il se lève grincheux pour l'explication qu'on doit avoir.

Il émerge vers midi… avec un bel œil au beurre noir.

— Soirée agitée ?

— Ça aurait pu être pire, grogne-t-il en s'affalant dans le sofa.

Je vais chercher de l'arnica. Jouer les infirmières dévouées simplifiera notre discussion.

— Ferme les yeux.

Il ne refuse pas, loin de là. Installée à genoux à côté de lui, je commence à déposer le produit avec précaution. Même marquée, sa peau reste douce et chaude sous mes doigts.

— Tu as ramassé ça comment ?

— Un dealer est venu se faire payer par un de ses clients. Ils se sont battus. Le pire, c'est que le mec avait déjà shooté deux nanas au GHB. On les a retrouvées évanouies dans la ruelle derrière. Il a fallu appeler les ambulances et les flics. Un vrai bordel. C'est mauvais pour la réputation de la boîte.

— Et pour les victimes…

— Aussi, admet-il avec un sourire en coin en entrouvrant la paupière de son œil intact.

Il a l'air mieux réveillé et plutôt de bonne humeur.

— Je peux te demander un truc ? Est-ce que tu peux cesser de ranger mes affaires dès que je tourne le dos ? Je ne retrouve rien.

Slade soupire, repousse mes mains et ouvre ses yeux d'un bleu que je trouve définitivement perturbant.

— Le désordre me fout des boutons.

— Je ne suis pas si bazar que ça. Si parfois j'oublie un objet, je m'en occupe le lendemain.

Il n'a pas l'air convaincu et me laisse reprendre les soins.

— Je veux bien faire un effort, mais en échange tu dois t'engager à être un peu moins…

— Maniaque ? propose-t-il. Je peux essayer, mais plus question de tomber sur tes tampons en me levant.

— D'accord, mais toi, tu arrêtes de planquer mon écharpe !

— Ça roule. Qu'est-ce qu'on mange ? Je crève la dalle.

Son sourire malicieux, juvénile, est en totale contradiction avec ce qu'il montre de lui d'habitude. Mais, monsieur le macho va remballer son complexe de supériorité !

— Ce que tu vas préparer ! Je ne suis pas ta bonne.

— Tu préfères mourir d'une intoxication alimentaire lente ou très rapide ? me répond-il, ses iris si bleus pétillant de rire, absolument pas traumatisé par ma rebuffade.

Son sourire aurait même tendance à s'accentuer, faisant un contraste saisissant avec son œil au beurre noir. Je soupire :

— Il faut que je finisse de soigner ça.

— Tu m'adores, je le savais, me charrie-t-il.

Slade

Je ne me suis pas trop mal sorti de cette première friction avec Gabriela. En plus, sous son air de féministe choquée, ma bébé-coloc cachait des *enchiladas* qu'elle vient de mettre à réchauffer avec un petit sourire en coin du genre :

— Je t'ai bien eu !

Concernant ma manie du rangement, elle n'a pas tort. Le psy de la prison disait que c'est ma façon de garder le contrôle. C'est loin d'être un TOC récent. Il existait déjà quand adolescent, je tentais d'étouffer mes rébellions contre la connerie et les injustices parentales. J'infligeais une maîtrise absolue à mon environnement.

Faire un effort pour relâcher cette contrainte ne me ferait pas de mal. Cela pourrait même être une nouvelle étape vers une vie meilleure, où je serai débarrassé de tout ce que je trimballe issu de ce passé que j'exècre.

Avec Gabriela, nous nous installons pour manger sur les tabourets hauts, de chaque côté du comptoir.

— Raconte-moi ta semaine, me demande-t-elle. L'air de rien, nous ne nous sommes pas vus depuis cinq jours.

Elle a raison. Nous n'avons qu'échangé des mots sur le frigo pour gérer l'intendance.

— L'atelier ne désemplit pas. Tout le monde veut faire réviser sa caisse avant les vacances. À l'entrepôt, c'est le contraire, on ferme des sections en prévision des congés. Rien de passionnant.

— À part un superbe œil au beurre noir !

Son expression malicieuse est craquante. Cette gamine adorable, naïve, ambitieuse, m'amuse… On me l'aurait dit il y a quelques semaines, je n'y aurai pas cru.

— Et toi ? Ton père ?

— Toujours invisible. Je croise les doigts pour que les flics l'aient ramassé et expédié en désintox.

— Tu ne seras tranquille que le jour où il sera crevé.

— Slade… c'est mon père.

Je lui souris. Elle n'est pas encore aussi endurcie que moi. Tant mieux, cela ternirait sa lumière intérieure.

— Et les examens ?

— Ça approche, me répond-elle contente que je laisse tomber le sujet de son indigne paternel. Je bosse pour booster mes moyennes. C'est génial de vivre dans un environnement calme. Ça change tout.

Nous continuons à discuter de nos projets tout en savourant notre repas. Je crois que même avec ma sœur, je n'ai jamais connu de moments si sereins que ceux partagés avec Gabriela.

Après avoir terminé ma corvée vaisselle, dont je n'ai pas été dispensé malgré ma blessure, mon infirmière considérant que mes mains étaient fonctionnelles – sadique ! –, je profite d'un rayon de soleil pour m'attaquer aux réparations de la voiture de madame Martinez. J'ai trouvé une pièce pour son antiquité dans la casse à côté du garage où je bosse.

Enrique me rejoint dehors alors que j'ai déjà levé le capot.

— Joli coquard, commente-t-il en voyant ma tête.

— T'as pas vu la tronche des autres.

Il se tait et reste là à m'observer pendant un long moment.

— Tu es obligé de la sauver ? finit-il par demander.

— C'est un bon modèle. Ta mère l'a bien entretenue.

— Je ne peux plus la supporter. Tu t'imagines essayer de draguer avec cette bagnole ?

— Tu peux t'en acheter une.

— J'économise pour ça, admet-il. Mais je cherche une caisse qui en jette vraiment. Alors, ça prend du temps.

Je me redresse et m'essuie les mains sur mon chiffon. Il est temps que je mette certains points au clair avec lui.

— Tout dépend le genre de poisson que tu veux pêcher.

— Tu sous-entends quoi ? me rétorque-t-il sur la défensive.

— Exactement ce que tu penses.

Malgré son teint mat, Enrique rougit.

— Je... Je...

— Tu m'évites la scène du déni. On discute entre mecs adultes. Que tu préfères les hommes ne me pose pas de problème du moment que de ton côté tu piges que j'aime les femmes et qu'on ne jouera jamais dans la même cour. Une fois ces principes posés, rien ne nous empêche d'être potes.

Enrique paraît déstabilisé, passe la main dans ses cheveux. Il se laisse tomber sur le muret de la clôture, l'air inquiet.

— Comment tu l'as su ?

— En taule, le premier truc à apprendre, c'est de décrypter le regard des mecs qui te fixent pour deviner si ton cul est en danger. En plus, je bosse dans un club où la drague est le premier sport pratiqué par les clients. Je repère les préférences à dix mètres.

— Tu déconnes ?

— Je peux même te dire qui cherche une blonde ou une brune. Toi, c'est moi que tu as évalué, pas Gabriela.

— Je pensais avoir été discret. Personne ne sait… Ni ma famille ni dans le quartier. Toi, tu m'as cramé en trois secondes. C'est dingue… Tu en as parlé à quelqu'un ?

— Ce n'est pas à moi de le faire.

Son soupir de soulagement n'est pas feint. Il a peur.

— Ta situation est si compliquée que ça ?

— Chez les cathos, il n'y a pas si longtemps, les homosexuels étaient encore excommuniés. Le jour où ma mère l'apprendra, elle me foutra à la porte. Je perdrai tout.

— Elle ne me fait pas l'effet d'être aussi arriérée que ça.

— Tu sous-estimes l'influence du *padre* et la pression du *barrio.*

Enrique n'a plus rien du mec cool qu'il montre d'habitude. Il est très mal. Je m'assieds à côté de lui et mon geste l'étonne. Il doit être tellement préparé à être rejeté que mon attitude le prend au dépourvu.

— Cela te surprend que je puisse envisager qu'on soit amis ?

— Beaucoup. Ça se voit que tu viens d'un milieu plus tolérant. Si tu veux, on échange nos parents, tente-t-il de plaisanter.

— Tu y perdrais au change, et pour la tolérance, il ne faut surtout pas gratter le vernis.

Mon nouveau pote me fixe, étonné. Je connais le secret qui peut détruire son existence, en contrepartie, j'ai envie de lui parler de moi et de ma « merveilleuse » famille. J'ai besoin d'avoir enfin un ami sincère, moi qui n'ai plus personne.

Je balance brutalement :

— Mon cher papa est un homo planqué dans le placard.

— Pardon ? sursaute Enrique.

— J'avais quatorze ans quand je l'ai surpris en train de se faire enfiler dans son bureau par son assistant dont ça semble être la seule fonction. J'étais horrifié, complètement choqué. À mes yeux d'ado, il trompait ma mère, mentait sur ses sentiments.

— Mais elle était au courant, devine mon nouveau pote.

— C'est leur deal depuis le début. Mon père avait besoin d'une façade respectable pour blouser mon grand-père, qui n'est pas un modèle de tolérance, monter en grade dans l'entreprise familiale et en obtenir un jour la direction. Ma mère veut la belle vie, mais sans avoir à se fatiguer. Elle m'a dit de m'occuper de mes oignons.

— Mais c'est n'importe quoi ! s'offusque Enrique.

J'éclate d'un rire amer devant son air scandalisé. Elle a fait bien pire : elle a appelé mon père.

Ils m'ont ordonné de me taire sous peine d'être responsable de la destruction de notre famille, m'insultant – j'étais un « sale petit fouille-merde » –, me menaçant de représailles si j'en parlais à mon grand-père.

Tout ça, je ne peux pas le raconter.

J'ai tout perdu ce jour-là. Mon innocence, ma confiance dans l'existence, l'amour que je portais à mes parents malgré tout ce qu'ils m'avaient déjà infligé.

Tout a dégagé, ne laissant qu'un champ de ruines dans ma tête et mon cœur, ainsi que la sensation de vivre prisonnier d'une toile d'araignée de mensonges, dans une famille en toc.

— Tu pourrais être homophobe après un truc comme ça, remarque Enrique avec une certaine logique.

— Je ne le suis pas. La vie s'est chargée de me mettre quelques baffes dans la gueule qui m'ont fait comprendre bien des choses.

Je m'abstiens aussi de lui expliquer que dans les années suivant cette révélation brutale, je suis devenu le pire des queutards, enchaînant les nanas, sans le moindre sentiment.

— Tu as des parents friqués. Qu'est-ce que tu fous à louer un des meublés de ma mère ?

— Une bagarre, une condamnation, et je me suis fait virer de ma si belle famille. Démerde-toi et ne reviens pas.

— Oh ! C'est pas cool ça…

Nous restons assis côte à côte sur le muret à réfléchir à nos vies si courtes et déjà si compliquées. Je me reprends le premier :

— Il faudrait que tu dises à la fille du deuxième que tu n'es pas sur le marché, qu'elle arrête de se faire des films. Je ne parle pas espagnol, mais quand une nana bave sur un mec comme elle sur toi, y a pas besoin de traduction.

— Fait chier, marmonne Enrique. Je n'avais pas remarqué.

Soudain, il me sourit en me tendant une des bières qu'il avait apportées.

— Si tu me montrais où est le problème de cette bagnole ?

On plonge sous le capot. C'est fou comme ça me fait du bien de discuter avec un autre gars, sans être sur mes gardes, sans arrière-pensée. Enrique est sympa, ouvert, marrant. Maintenant qu'il n'y a plus d'ambiguïté entre nous, j'ai l'impression qu'on va pouvoir devenir des amis.

Quand nous terminons, sa mère nous rejoint, contente de voir sa précieuse voiture sauvée de la casse.

— Je te dois combien ?

— C'est cadeau. Vous m'avez donné ma chance, je peux bien faire ça pour vous remercier, madame Martinez.

Le sourire ravi de ma logeuse vaut tous les discours.

— Tu peux m'appeler *Tía* Alma.

— Fais gaffe, mec, se marre Enrique. Maman va t'adopter !

— Je n'ai rien contre…

Chapitre 9

Gabriela

Après un samedi où Slade s'est définitivement mis notre logeuse dans la poche en réparant sa voiture gratuitement, un dimanche où il s'est bien tenu à la messe – avant de filer faire la sieste –, et de terminer l'après-midi en bricolant les bagnoles des jeunes du quartier, la semaine s'est déroulée sans anicroche.

Mon maniaque de coloc s'est retenu de toucher à mes chaussures et mon écharpe que j'avais laissées traîner exprès.

Je tiens bon !
Slade qui n'a rien rangé.

C'est ce que disait son petit mot moqueur collé sur le frigo. Mais en dehors de ce test, j'ai fait attention. Le bilan de ces quinze jours est que d'emménager avec ce mec baraqué au crâne rasé est la décision la plus intelligente que j'ai prise de toute ma vie.

Señora Martinez m'a confirmé ce matin au retour du marché qu'elle acceptait de prolonger notre bail, sans limitation – tant que nous payons notre loyer, évidemment ! – en me déclarant que, finalement, Slade était un garçon bien, que j'avais eu raison de lui faire confiance.

Avec lui, je me sens en sécurité comme je ne l'ai pas été depuis la mort de ma mère. J'ose à peine le dire pour ne pas attirer la poisse, mais j'ai la sensation d'avoir trouvé un équilibre et d'être, tout simplement, heureuse. C'est un petit bonheur modeste, mais plus grand que tout ce que j'ai connu ces dernières années.

Seul point noir dans ce tableau : mon père. Toujours invisible, mais qui est une ombre planant sur ma vie.

— Qu'est-ce qu'on mange ? me demande un zombie tatoué en émergeant de sa chambre samedi, à midi pile.

— Aucune idée.

— Il ne reste pas du poulet aux épices d'hier soir ?

Mon coloc est accro à la bouffe, pas de doute. Pendant le dîner, il m'a glissé, l'air de rien – en se resservant pour la troisième fois –, que si je lui préparais un gâteau pour son anniversaire, début juillet, c'est lui qui m'offrirait un cadeau…

— *Señora* Martinez profite du beau temps pour organiser son premier barbecue de la saison. C'est une tradition, paraît-il.

— Chouette, marmonne Slade sans le moindre enthousiasme.

Il calcule ses chances de pouvoir faire la sieste cet après-midi.

Il en a besoin.

Pieds nus, le jean bas sur ses hanches étroites, le tee-shirt mis à la va-vite et de travers, il a l'air en vrac. Les yeux cernés, il se tient un peu voûté. Étonnamment, ça me donne envie de le protéger. Je retiens un sourire. Même dans les vapes, Slade serait capable de me soulever d'une main et de m'envoyer voler à travers la pièce.

Il fait un effort pour détendre sa nuque et se redresser.

— Va prendre une douche, ce sera plus efficace.

— J'en ai déjà pris une en rentrant.

— À la douche !

— T'es une peste.

Mais il obtempère, trop fatigué pour être combatif.

Il émerge de la salle de bains mieux réveillé, portant un maillot noir à manches longues qui fait ressortir sa musculature et sa carrure. Je vois rarement des hommes aussi bien bâtis que lui à la boutique. Elle est plutôt fréquentée par des types friqués et bedonnants.

Je m'autorise un petit coup d'œil indécent sur ces biceps puissants qui doivent faire des envieux, mais également fantasmer bien des femmes. Je préfère éviter de me rappeler ses abdos en tablette de chocolat… C'est mon coloc, pas mon mec.

— On y va ?

Nous rejoignons les autres sur la terrasse qui surplombe le jardin où notre logeuse cultive des rosiers avec amour. De la musique latino égaie l'ambiance, Enrique danse devant le barbecue tout en retournant les steaks. Sa mère s'active autour de la grande table où se trouvent des salades et du punch.

Juan et Lucia arrivent justes après nous avec Antonio.

— Où est Eva ? demande *señora* Martinez.

— Elle va se pointer pour se mettre les pieds sous la table, marmonne Lucia qui me fait signe de la suivre à la cuisine chercher ce qui manque.

Elle se tourne soudain vers moi avec un sourire désolé.

— Je ne voudrais pas que tu croies que je suis une mauvaise personne. Mais Eva est fille unique et célibataire. Elle pense que l'univers entier est à son service.

— Donc elle n'aidera pas pour la vaisselle ?

— Probable, me répond ma voisine avec une moue contrite.

Comme Lucia l'a prédit, Eva arrive dix secondes avant qu'Enrique crie : « c'est cuit ! ». Elle s'installe entre lui et sa mère. Slade s'exile au bout de la table, avec Antonio et sa chaise haute.

— On est des potes tous les deux, plaisante-t-il.

Le garçonnet lui adresse un grand sourire et un gazouillis adorable. La culpabilité pointe son nez. Je parle espagnol depuis que nous sommes descendus, je n'ai pas pensé que mon coloc ne comprend pas. Je dois m'exprimer en anglais, car je ne veux pas qu'il se sente exclu alors qu'il fait tant d'effort pour s'intégrer.

L'ambiance est gaie, les grillades excellentes. Enrique connaît un nombre incroyable de blagues. Il ne se gêne pas pour charrier Slade qui lui rend coup pour coup sur le ton de l'humour.

Depuis quand sont-ils si copains tous les deux ?

Il faut croire que la mécanique, ça rapproche les mecs !

Slade m'étonne quand il propose de donner à manger à Antonio permettant à Lucia et Juan de profiter d'un peu de calme. Il se met à faire l'avion avec la petite cuillère, mimant le bruit du moteur pour que le bébé ouvre la bouche.

L'enfant glousse de joie alors que, tous autour de la table, nous le dévisageons avec surprise.

— Quoi ? s'amuse-t-il devant nos têtes ébahies. Je m'entends bien avec les mômes, on a le même âge mental !

Une sensation de chaleur naît dans mon ventre en le regardant s'occuper d'Antonio avec attention et tendresse. Je ne sais pas la définir, je ne l'ai jamais ressentie, mais elle ressemble à du bien-être, à de la sérénité. Je lui souris et il me répond par un clin d'œil.

Le repas se poursuit joyeusement. Lorsque *señora* Martinez part chercher le dessert dans la cuisine, suivie comme son ombre par Slade, Eva se penche vers moi.

— Vous n'êtes vraiment que des colocataires ? Parce que c'est quand même un très beau mec.

Je tourne les yeux vers l'autre moitié de mon loyer qui revient en portant triomphalement un énorme gâteau au chocolat qui met des étoiles dans le ciel de ses yeux bleus.

Il a un visage régulier, une mâchoire carrée, mais de là à dire qu'il est beau… ou alors il faut flasher sur le style dur à cuire avec piercings, tatouages et crâne rasé.

— C'est presque comme mon frère.

Il y a un petit moment de flottement, et je pense qu'elle va se détourner, mais Eva reprend la parole encore plus doucement.

— Et Enrique ? Il est pas mal, non ?

D'accord ! Le vrai sujet de cette conversation, c'est Enrique. Je l'observe un instant.

— Je n'avais jamais fait gaffe. Ma vie est compliquée et la dernière chose que je cherche, c'est un mec.

Eva se détend, mais se demande si elle a bien fait d'attirer mon attention sur l'objet de son intérêt. Je n'ai pas envie de me fatiguer à la rassurer.

Après le café, Lucia se lève annonçant que c'est l'heure de la sieste pour Antonio.

— Est-ce que ça dérange si je m'éclipse aussi ? demande Slade en s'étirant sur sa chaise. Je suis comme mon petit pote, il faut que je dorme ou je vais devenir grincheux.

— Va te reposer, tu as vraiment l'air épuisé, mon garçon.

— Merci, *Tía* Alma.

¿Tía? Slade appelle la *señora* Martinez « tante Alma ». J'ai définitivement loupé un épisode.

Je pars travailler sans avoir revu mon coloc qui a disparu, enfoui sous sa couette. Lorsque je reviens du boulot, j'ai la surprise de découvrir qu'il a mis le couvert et fait à manger.

— Ce n'est pas grandiose ! me prévient-il. J'ai réchauffé les restes de vendredi soir, et *Tía* Alma m'a donné deux parts du gâteau de ce midi.

Ce n'est pas « grandiose », mais je suis touchée. Rentrer et me mettre les pieds sous la table ne m'était jamais arrivé. C'est une sensation délicieuse d'avoir quelqu'un qui se préoccupe de moi.

— Ça me fait vraiment plaisir, je te remercie.

Il se détourne avec un petit geste. Le dur à cuire n'aime pas montrer qu'il sait être un gentil garçon ! Après le repas, il me prépare un thé et se fait un café que nous savourons dans un silence complice avant qu'il parte pour le club.

— Bonne nuit, miss coloc. À demain, me lance-t-il avant de refermer la porte à clé derrière lui.

Dimanche après-midi, Slade – qui a réussi à ne bâiller que deux fois pendant toute la messe – et Enrique replongent dans le moteur de la voiture de notre logeuse sous prétexte d'un problème dans les injecteurs qui me semble des plus douteux.

Ils en profitent surtout pour faire des pauses, assis sur le muret, une bière à la main, progressivement rejoints par tous les gars du voisinage. Les compétences du *gringo* paraissent les impressionner d'après ce que j'entends par les fenêtres ouvertes.

En fin de journée, une demi-douzaine de voitures est stationnée devant la maison, capot ouvert

— Tu deviens populaire.

— J'y travaille, me répond Slade, dévorant son dîner.

Il a attendu la dernière minute pour quitter ses nouveaux potes et remonter se préparer. Il a déjà enfilé son uniforme de gardien.

Avant de partir, il se retourne soudain et m'adresse un sourire.

— Merci, Gabriela, d'avoir déniché cet appart. Tu avais raison, ici, on peut avoir une super vie, et j'aime vivre avec toi.

J'en reste muette, rouge comme une écrevisse. Avant que je trouve quoi lui dire, il file pour l'entrepôt.

Après ma douche, je m'installe dans le canapé pour profiter de ma soirée en solo devant un bon programme lorsque l'interphone se met à carillonner comme un fou.

Je fais un bond.

Mon père ?

Je décroche avec appréhension.

— C'est Marina, ouvre-moi ! s'exclame ma meilleure amie.

Qu'est-ce qu'elle fait là ? Je l'entends monter les escaliers en courant. Je la laisse entrer, vérifiant qu'elle n'est pas suivie. Elle se jette à mon cou en pleurant.

— Qu'est-ce qui se passe ? Tu as été agressée ?

Marina sanglote. De grosses larmes roulent sur ses joues. Je la guide jusqu'au canapé. Elle finit par se calmer et me raconter ce qui l'a mise dans cet état. Et là, je tombe des nues ! Je suis obligée de pincer les lèvres pour me retenir de l'engueuler.

Marina s'est disputée avec sa mère pour une ridicule histoire de longueur de jupe. Elle est partie de chez elle, très fière de ne pas avoir pris son téléphone, accusant ses parents de la brimer.

J'adore Marina, nous sommes copines depuis la primaire, mais, cette fois, j'ai l'impression que nous ne vivons pas sur la même planète.

Heureusement que Slade n'est pas présent, parce qu'avec son sens de l'humour acide et son vécu un peu plus grave qu'un problème d'ourlet, je pense qu'il l'aurait pulvérisée de ses sarcasmes. Là, elle aurait eu des motifs de pleurer.

— Tu vas téléphoner à tes parents, leur dire que tu es en sécurité chez moi et que tu passes la nuit ici.

— Non ! s'exclame-t-elle, boudeuse. Qu'ils s'inquiètent, qu'ils réalisent ce qu'ils m'ont fait !

Je prends une inspiration pour rester calme et je lui tends mon portable, directive.

— Tu les appelles maintenant ou je le fais.

— Tu n'es pas drôle. Tu ne comprends pas ce que je vis.

Ça, c'est clair. Être entourée, chouchoutée par des parents aisés, je n'ai jamais connu. Ma mère travaillait dans un Walmart, on ne roulait pas sur l'or. J'étais déjà heureuse d'avoir une fringue neuve de temps en temps pour ne pas me montrer exigeante.

Aujourd'hui, je donnerais tout ce que je possède pour que maman soit encore vivante et près de moi.

— C'est fait, m'assène Marina, mécontente. Ils savent où je suis et ils m'en ont recollé une couche à cause de toi.

— Tu ne le mérites pas ?

L'amitié, c'est aussi de secouer l'autre quand elle déconne.

— Je ne te permets pas !

— Tu as été imprudente de traverser le *barrio* de nuit pour une raison débile. Tu t'en rends compte ?

Je la vois hésiter. Elle soupire, se passe les mains sur le visage.

— Je suis en train d'en prendre conscience, admet-elle.

— Tu as eu de la chance de ne pas faire de mauvaise rencontre.

— Si on profitait de notre soirée au lieu de rabâcher ?

Je cède. Ce soir, j'ai besoin d'être au calme, pas de consacrer mon énergie à mettre du plomb dans la tête d'une ado.

— J'adore ton appartement, dit Marina avec un grand sourire, tout drame oublié. Je t'envierais… enfin presque.

Je doute qu'elle souhaite perdre sa famille et travailler pour payer un loyer. Le film démarre. Nous laissons de côté nos soucis pour profiter du moment, comme des filles de dix-huit ans.

Un hurlement de terreur me réveille brutalement. Je bondis de mon lit pour me précipiter dans le salon. Marina est là, brandissant une lampe devant Slade en caleçon, qui la fixe l'air ahuri.

— Qu'est-ce qui se passe ?

— Cette hystérique vient de débouler de ta chambre en braillant comme une possédée.

— Marina, tu poses ce truc ?

Mes doigts claquent devant son visage. Lentement, elle paraît émerger comme une somnambule sortant de sa transe.

— Marina, ta copine du lycée ?

Je hoche la tête, tout en la surveillant pendant qu'elle repose la lampe.

— La prochaine fois que tu héberges une de tes potes, tu me demandes l'autorisation avant ! Je suis chez moi ici, et je ne veux pas me faire agresser par une cinglée, m'assène Slade. Tu iras aussi présenter nos excuses aux voisins pour le bordel. On aura déjà du bol si personne n'a téléphoné aux flics en pensant que je t'ai égorgée.

Il disparaît dans la salle de bains, furax, sa tasse de café à la main. Je me tourne vers Marina, en colère.

— Qu'est-ce qui t'a pris ?

— Je suis allée me chercher un verre d'eau, et… il a jailli d'un coup. J'ai eu très peur.

Elle ne ment pas, elle tremble. Pourquoi n'ai-je pas songé à lui rappeler à quelle heure se lève mon coloc ? Et pourquoi n'ai-je pas mis un mot pour lui sur le frigo ?

Bref, je suis en rogne.

— On va se recoucher !

Elle n'ose pas contester et me précède dans ma chambre.

— À t'entendre parler de lui comme d'un dur à cuire, je ne pensais pas que c'était un si bel homme, murmure soudain Marina.

— Dors !

Mon ton est sec. Je ne sais pas pourquoi, mais je n'apprécie pas du tout l'idée qu'elle ait reluqué Slade en caleçon, qu'elle ait vu ses tatouages. Marina ferait mieux de se concentrer sur ses études au lieu de perdre du temps à s'intéresser aux mecs.

Dès que le réveil sonne, je saute dans mes fringues et je file frapper chez les voisins. Lucia m'adresse un sourire amusé.

— Quand ç'a hurlé, Juan s'est précipité, mais à travers la porte il a entendu Slade pester contre ton amie, alors il n'est pas intervenu. Ton coloc avait l'air furieux.

— Tu peux le dire…

Je m'empresse ensuite de descendre voir la *señora* Martinez. Là, également, je suis bien accueillie.

— Slade s'est arrêté pour nous raconter ce qui s'était produit avant de partir travailler.

Je suis étonnée qu'elle l'ait cru sur parole, mais je me demande si notre logeuse n'aurait pas un faible pour les chatons, les chiens perdus, et les grands garçons tatoués un peu paumés.

— Au fait, tu peux m'appeler *Tía* Alma, toi aussi.

Je dois avoir l'air d'un chaton tout penaud…

Au final, seule Eva n'a rien entendu et m'explique qu'elle dort avec des bouchons d'oreilles ayant un sommeil « léger et très fragile ». Sa façon de le dire me rappelle la conversation que j'ai eue avec Lucia sur son nombrilisme.

Il ne me reste plus qu'à me faire pardonner par Slade. Je sens que ça va me coûter des heures en cuisine…

Chapitre 10

Gabriela

Les pneus de la vieille Buick crissent alors que je cours à m'en faire exploser les poumons. Je dois atteindre la maison. Même si Slade n'est pas rentré, les autres m'aideront. S'il l'avait fallu, j'aurais affronté mon père, mais là, ils sont deux après moi !

Dernier virage… *Tía* Alma jardine dehors. Elle se redresse, surprise. Elle comprend soudain.

— Vite, me crie-t-elle en ouvrant la porte du rez-de-chaussée.

Sans ralentir, je me rue à l'intérieur. Je m'immobilise les mains sur les genoux, pour reprendre mon souffle, alors que ma logeuse verrouille les serrures, nous mettant à l'abri de mon père et de son acolyte. Elle jette un regard par la petite fenêtre latérale. Dans la même seconde, une volée de coups s'abat sur le bois avec une violence qui l'ébranle.

— Mon Dieu, ils sont enragés ! La porte ne va pas tenir. Préviens Slade, m'ordonne *Tía* Alma en me poussant vers l'escalier. Il ne doit pas être loin. Je vais essayer de les retenir.

— Enrique ?

— Pas là. Il avait un chantier à terminer.

J'attrape mon téléphone tout en grimpant les marches, j'appelle Slade. Répondeur.

— Mon père, à la maison. Fais vite ! Je t'en prie.

Je manque de lâcher mes clés. Je me jette dans l'appartement, verrouille. Mon sac à dos atterrit sur le comptoir, alors que je cherche avec quoi renforcer le vantail.

Les tabourets hauts ne tiendront pas. Le buffet est trop lourd. Le canapé ? Je le tire de toutes mes forces. Je n'ai pas couvert la moitié de la distance que des coups violents s'abattent sur le battant, accompagnés de vociférations hystériques. Inquiète de ce qu'ils ont pu faire subir à *Tía* Alma, je redouble d'efforts, mais la porte cède dans un craquement sinistre.

Mon paternel et son pote entrent en se bousculant et en hurlant comme des déments, excités comme des chiens de chasse.

Je me réfugie derrière le comptoir, saisissant au passage une poêle que je brandis comme une matraque, bien décidée à vendre chèrement ma peau, même si ma situation est désespérée face à deux toxicos déchaînés.

Le type me déshabille d'un regard lubrique. Pas besoin d'être futée pour deviner ce que mon père lui a promis. Je resserre ma prise sur ma poêle à frire. Mon geste les fait rire.

— Elle se prend pour Raiponce, ricane le mec répugnant.

Au moins, il connaît ses Disney. Il se précipite vers moi. J'ajuste mon meilleur swing. Ma gamelle le heurte dans un bruit d'os brisés. Il hurle de douleur.

Galvanisée, j'arme un second coup : pleine tête ! Le « bang » du choc est impressionnant. Le type titube et s'effondre.

1 – 0 pour la princesse Raiponce et sa poêle à frire.

— Marco ! Relève-toi, beugle mon père en se ruant vers lui. Debout mon pote !

Il tente de l'asseoir, mais le mec est K.O.

— Espèce de chienne ! éructe mon paternel en se redressant d'un bond. Tu vas me payer ça.

Je lui fais face. Malheureusement, il se méfie – ou il est un peu moins envasé –, il évite le coup et parvient à m'attraper le bras. Je lui flanque des coups de pied de toutes mes forces, mais il est tellement shooté qu'il ne sent plus la douleur. J'essaie de libérer ma main droite en cognant de l'autre. Il me saisit le second poignet et me secoue comme un prunier. Mes dents s'entrechoquent sous sa violence. Je lâche ma poêle.

La seconde suivante, il m'assène une monstrueuse gifle qui me fait tomber à la renverse. Mon père se jette sur moi. Ses doigts s'agrippent à mon cou, l'enserrent, me privent d'oxygène alors qu'il continue de m'insulter, de me traiter de tous les noms. Il est hystérique, hors de contrôle. Des points noirs dansent devant mes yeux, mes oreilles sifflent. Je suffoque sous son poids qui m'étouffe, son odeur fétide de sueur et de saleté qui m'asphyxie.

Mais, soudain, je suis libre. Je roule sur le côté, avale une grande goulée d'air dans un râle rauque, avant de me mettre à tousser. Il me faut plusieurs secondes pour comprendre que mon père ne m'a pas lâchée de son plein gré.

C'est Slade.

Il l'a attrapé par la peau du dos et l'a envoyé s'écraser contre le mur. Mon coloc est d'ailleurs en train de l'achever d'un direct du gauche.

Il se précipite vers moi, m'aide à m'asseoir avec douceur.

— Ça va ? Respire, Gabriela… Respire !

L'inquiétude dans son regard me fait monter les larmes aux yeux. Mon taux d'adrénaline s'effondre. Ce à quoi je viens d'échapper me frappe. Je me jette dans ses bras, incapable de parler, saisie de tremblements. Il me serre fort contre lui.

— Je suis là. Je serai toujours là. Il ne te fera plus jamais de mal, je te le jure.

Je ne veux plus jamais sortir du cercle protecteur de ses bras, c'est le seul endroit au monde où je suis en sécurité…

Mon père a tenté de me tuer. J'éclate en sanglots.

Je suis assise sur les marches du perron, *Tía* Alma, qui a ramassé quelques bleus en tombant, poussée par mon père, a posé une couverture sur mes épaules. Slade, penché vers moi, maintient un paquet de glace contre ma joue lorsqu'une voiture de police se gare enfin devant la maison. Il n'y a qu'un seul patrouilleur à bord.

Que fait ce fabuleux cowboy en jaillissant de son engin ?

Il dégaine son flingue et hurle :

— Mains en l'air !

Slade saisit aussitôt qu'il est visé. Il se redresse lentement, les laissant bien en vue. Je croasse d'une voix abîmée.

— Mais ce n'est pas lui qui m'a agressée !

— Tu la fermes, *chica* ! m'ordonne le flic. Rien ne dit que c'est toi la victime. Et toi, Blanche-Neige, qu'est-ce que tu fous dans le quartier Mexicain ?

Ce mec crève de trouille dans un quartier où il n'a pas la bonne origine…

— Mais ce n'est pas lui ! s'exclame *Tía* Alma.

— La vieille, vous restez loin, les mains bien visibles, crie-t-il, prêt à tirer. Et toi, Blanchette, tu t'allonges par terre.

Slade obéit. Son regard exprime un « pauvre con » très clair.

— Nos agresseurs sont à l'intérieur ! s'énerve notre logeuse.

— Qu'est-ce qui me le prouve ? s'acharne le flic. Maintenant tu la fermes *conchita* ! Tu me laisses faire mon job.

La tension monte en flèche, les voisins se regroupent, sortent leur téléphone pour filmer. Tous craignent une bavure. Les journaux adorent parler des noirs tués par les flics, ils sont beaucoup moins diserts quand les victimes sont latinos…

Deux autres voitures de police arrivent, sirènes hurlantes. Les patrouilleurs débarquent, flingue au poing, pour soutenir leur collègue menacé par un mec allongé à plat ventre, une fille avec un coquard et une veuve armée d'une boîte de pansements.

— Qu'est-ce qui se passe ? exige de savoir le plus gradé.

— Votre…

— Ferme ta gueule connasse de métèque ! m'ordonne le premier. Cette pute a agressé un client avec son mac.

J'en reste sans voix. Ce n'est pas le cas des voisins, qui se mettent à s'exclamer, en anglais comme en espagnol. Au bord de la panique, les flics retirent les crans de sûreté de leurs armes. À cet instant – miracle ! –, le *padre* se gare devant la maison et accourt. On l'a averti qu'il y avait du grabuge dans le *barrio.*

Il faut plus de dix minutes de palabres et un serment sur la Bible pour que les mecs en uniforme admettent que leur collègue est un connard, que *Tía* Alma et moi sommes des victimes.

Le prêtre doit de nouveau intervenir pour les empêcher de nous menotter « par sécurité », et *Tía* Alma manque de finir au poste en les traitant de quelques noms d'oiseaux bien épicés.

En revanche, l'abruti ne démord pas contre Slade, prétendant qu'il est agressif. Il l'embarque sans ménagement, et sans que mon coloc n'esquisse le moindre geste de résistance, me lançant juste un regard par lequel il me supplie de rester calme.

Deux heures plus tard, je suis au commissariat, assise à côté d'un bureau surchargé de dossiers, attendant qu'un inspecteur débordé s'occupe de moi.

Mon paternel et son complice ont été conduits à l'hôpital, sous escorte. Slade est en cellule dans les sous-sols. Il a été placé en détention pour avoir cogné mon père, mais également pour « rébellion contre un agent des forces de l'ordre ». Un comble ! Mais maintenant que j'ai retrouvé ma voix, ça va barder !

Enfin le flic arrive. C'est un jeune latino, comme par hasard… Le capitaine de cette brigade préfère éviter une seconde bavure le même soir. Le policier se laisse tomber sur sa chaise et passe la main sur son visage fatigué tout en rallumant son antique ordinateur.

— Je suis le détective Santiago. Je vais prendre votre plainte. Mais d'abord, je résume. Votre père a interdiction de vous approcher, car il est camé et veut faire de vous sa gagneuse. Ce soir, il vous a poursuivie jusque dans votre appartement avec un complice, bousculant votre logeuse. Vous avez assommé le deuxième type avec une poêle à frire.

Il ne peut dissimuler un sourire à l'idée de moi, la petite nana, décalquant la tête de mon agresseur à coups de casserole.

— Vous n'avez pas fait semblant, s'amuse le flic. Traumatisme crânien, une double fracture au bras et un poignet explosé.

— Je me suis défendue et j'aurais dû cogner encore plus fort.

— Votre coloc, que vous aviez appelé au secours, est arrivé au moment où votre père vous tabassait…

— Non, il est arrivé quand mon père essayait de m'étrangler. Je veux porter plainte pour tentative de meurtre.

— On va y venir. Donc, il a dérouillé votre paternel. Vous savez qu'Arthur Tomkins est en liberté conditionnelle à la suite d'une condamnation pour coups et blessures ?

— Il ne s'en cache pas. Entre mon indigne géniteur qui s'acharne à vouloir me faire faire le tapin pour lui financer sa came, et un grand costaud qui paie son loyer, me fout une paix royale et castagne ce sale junky quand il ose m'approcher, vous croyez que je suis assez conne pour hésiter ?

— Dit comme ça, c'est certain qu'il n'y a pas à réfléchir. Seulement, Arthur Tomkins a pris le risque de perdre sa conditionnelle. Il ne l'a pas fait gratuitement.

Je sursaute à ce qu'il sous-entend.

— Je suis une pro avec une poêle, lui, il est dangereux dans une cuisine alors qu'il est gourmand.

— Vous le tenez par la bouffe… Curieux deal, mais je peux comprendre. Je n'en peux plus de la *junk food*.

Il me désigne le truc à moitié fini qui traîne sur son bureau.

— Il est vraiment tranquille ?

— Évidemment, sinon pourquoi notre logeuse aurait pris sa défense contre votre collègue qui a foutu un coup de pied en traître à Slade… à Arthur quand il était par terre ?

— Le rapport dit qu'il se montrait menaçant.

— Et moi, je suis Jennifer Lopez ! La version de l'autre connard a intérêt à changer, parce qu'on a des vidéos. Mon coloc est très apprécié. Les voisins n'hésiteront pas à parler aux médias, à dénoncer ce faux témoignage, les coups et les insultes racistes.

— N'exagérez pas…

Je me redresse d'un bond.

— C'est sûr que nous traiter de blanchettes, de Conchita et de métèque, c'est super respectueux ! La presse hispanique va adorer.

Il soupire. J'ai gagné. Merci Enrique qui me tient au courant des actions de la communauté sur les réseaux sociaux.

Slade

Passer la nuit en cabane, c'est un truc qui ne m'avait pas manqué. Je m'attendais à un interrogatoire musclé pour avoir osé « résister » à un flic, mais personne ne s'est pointé.

Étonnant.

L'avocat commis d'office ne m'a pas encore rendu visite, puisque je n'ai pas les moyens de me payer un de ces connards hors de prix du secteur privé.

Mais c'est pour Gabriela que je m'inquiète. J'espère qu'elle va bien. Quand j'ai voulu utiliser mon unique appel téléphonique pour la contacter, elle n'a pas répondu. Bien sûr, l'abruti de maton a refusé de me laisser faire un deuxième essai.

J'ai passé la nuit à m'angoisser pour ma bébé-coloc. Je supporte très mal l'idée que quelqu'un puisse blesser une fille aussi adorable. Ça me donne des envies de meurtre.

— La petite, elle cuisine si bien que ça ?

Je sursaute. C'est un jeune flic latino qui vient de se planter devant la porte de ma cellule, les mains dans les poches. Je plisse les yeux, prenant mon air aimable, tout en me levant.

— Vous avez vu comment elle se sert d'une poêle ?

Il affiche un sourire en coin moqueur, mais attend une véritable réponse.

— Je pourrais me damner pour ses *tamales*.

— Je veux bien vous croire, mais j'ai un peu de mal à comprendre votre relation.

— On était dans la galère, en s'entraidant, on s'en est sortis. Pas besoin d'une histoire de cul salace.

— Elle est pourtant mignonne, malgré son coquard.

Ce type a reluqué Gabriela ! Je m'oblige à dire :

— Je la vois comme une sœur.

Le jeune inspecteur fait signe au garde. La serrure électrique de ma cellule se déverrouille.

— Vous êtes libre. Aucune charge n'est retenue contre vous.

— Même pas celles pour avoir tabassé votre pauvre petit collègue. Vous savez celui qui m'a fait ça.

Je me tourne et soulève mon maillot pour exhiber l'hématome dû au coup de pied en traître que ce chacal m'a mis dans le dos.

— Superbe ! s'extasie le flic, parlant de mon tatouage et pas de l'ecchymose. On dirait un dragon nordique, un truc de Viking.

— C'en est un.

— Il va bien avec… votre physique.

— Si vous le dites. Je voudrais récupérer mes bagues, ma montre et mon téléphone que vos copains ont flanqué sous scellé.

— C'est par là, me guide-t-il. Votre jolie coloc a sorti les griffes pour vous défendre.

Je dissimule mon sourire. Gabriela ne m'a pas lâché, mon porte-bonheur a agi !

— Le rapport a été enterré, poursuit le flic en m'escortant dans le couloir. Vos voisins font du ramdam sur les réseaux sociaux au sujet d'une nouvelle bavure de la police. Vous êtes super populaire dans le quartier mexicain pour un *gringo*.

— Je répare les bagnoles gratos, je donne des cours de mécanique aux jeunes le dimanche, et je vais à la messe.

— C'est ce que nous a dit le prêtre. Bien joué, l'intégration parfaite.

Chapitre 11

Gabriela

Hier soir, toute la maisonnée nous attendait. Lorsque je suis rentrée du commissariat, ils ont été scandalisés d'apprendre que Slade était toujours en détention. Ils sont prêts à se cotiser pour lui payer un bon avocat.

Tía Alma m'a gentiment informée que son assureur prenait en charge les dégâts. Elle ne voulait pas que je culpabilise. C'est une femme merveilleuse. Elle souhaitait m'inviter à dîner, mais j'ai préféré refuser. Enrique avait déjà fait une réparation de fortune sur la porte de l'appartement. J'éprouvais le besoin d'être seule chez moi, de ranger, de nettoyer.

Ma patronne prévenue des événements m'a donné mon week-end pour que je récupère. J'ai téléphoné à l'employeur de Slade, prétendant qu'il était malade. J'espère qu'il ne perdra pas son job, si son boss apprend qu'il a été incarcéré.

C'est un risque qui n'est pas à écarter, avec les vidéos que les voisins ont diffusées sur Internet pour alerter la communauté d'un nouvel abus commis par un flic contre l'un d'entre nous. Mon coloc appartient maintenant à ce « nous », lui qui s'inquiétait de s'intégrer au quartier. Il ne lui a fallu qu'un peu plus d'un mois pour être adopté.

Je n'ai presque pas dormi de la nuit tant je m'angoisse pour lui. Les policiers ont refusé que je le voie ou que je l'appelle.

Ce matin, un message du détective Santiago m'annonce que ma plainte pour enlèvement et tentative de meurtre a été validée par le procureur. Je vais de nouveau devoir témoigner contre mon père, mais cette fois, il y a peu de chance qu'il ressorte de prison, surtout s'il continue à ne pas soigner ses addictions.

La plainte de *Tía* Alma pour coups et blessures, mais aussi pour effraction de domicile a également été retenue.

Je viens à peine de ranger mon téléphone lorsque j'entends une voiture se garer devant la maison. C'est un taxi. Je descends au rez-de-chaussée en courant.

Slade !

Sans réfléchir, je me jette à son cou. Il me serre contre lui, me soulève et fait un tour sur lui-même avant de me reposer sans me lâcher. Sa présence, sa chaleur, la force de ses bras autour de moi, me rassurent plus que tous les mots.

— Tu es libre ?

— Et content d'être à la maison.

Il m'adresse un sourire fatigué alors que *Tía* Alma et Enrique sortent pour nous rejoindre.

— Aucune charge retenue contre moi. Le procureur admet la légitime défense. Quant aux accusations de rébellions, elles sont parties à la poubelle après que certaines vidéos de violences policières contre la communauté mexicaine ont envahi le Net. Merci, mec, dit-il à Enrique.

— Tu es officiellement un latino maintenant, *mi hermano* ![3]

— *Lo he visto, amigo. Con los vecinos, me has convertido en una estrella.*[4]

Toujours collée contre lui, je fixe Slade avec un regard aussi éberlué que celui de *Tía* Alma. Il éclate de rire.

— Vous faites une tête ! À l'entrepôt, j'ai du temps à tuer entre les rondes. Je me suis inscrit à des cours en ligne.

Pour le tester, Enrique le bombarde de questions. Il répond par des phrases simples. Il admet quand il ne saisit pas. Son accent n'est pas mauvais, mais il manque de vocabulaire.

Je suis impressionnée, il a appris vite.

— *Vais a desayunar con nosotros*, dit *Tía* Alma.

— Vous allez petit-déjeuner avec nous, traduit Enrique.

— Ne te fatigue pas, si on parle de bouffe, je suis certaine que Slade comprend au premier coup.

— *¡Exacto!* confirme-t-il avec un grand sourire.

Mon colocataire lâche ma taille, passe son bras autour de mes épaules et m'entraîne vers la maison.

— J'ai faim, je n'ai rien mangé depuis hier midi.

— C'est honteux que les flics ne t'aient même pas donné un sandwich, s'exclame *Tía* Alma en le regardant avec affection.

---

3 Mon frère.

4 J'ai vu ça, mon pote. Avec les voisins, vous avez fait de moi une star.

— Ils m'ont refilé un truc immonde pour le dîner, j'ai préféré éviter d'être malade.

Mais soudain, Slade se fige.

— Je pue la prison. Je vous rejoins.

Il s'engouffre au pas de course dans l'escalier. Il réussit l'exploit d'être revenu – douché et changé – avant que la première tournée de pancakes ait fini de cuire.

Je lui fais signe de s'asseoir près de moi. J'inspire. J'adore l'odeur de son savon, mais je me garderai de le dire ou Enrique va me charrier et *Tía* Alma se demandera s'il n'y a pas d'autres choses que j'aime chez lui.

Ce petit-déjeuner a un côté festif après les angoisses que nous avons tous vécues. Avec son sens de l'humour particulier, il nous décrit sa nuit en prison.

— J'ai atterri dans une cellule de dégrisement individuelle. Les flics avaient fait une descente sur un gang black qui occupait celle des gardés à vue. Mettre *blanchette du pays des latinos* avec eux, ça allait se finir en bain de sang. Ils n'avaient pas trop envie de nettoyer. J'ai eu du temps pour réfléchir à l'avenir de l'humanité et sur pourquoi il y a un trou dans les donuts.

Juan et Lucia, entendant rire, arrivent avec Antonio pour se joindre à nous, apportant une véritable ambiance familiale. Il ne manque qu'Eva, mais personne ne songe à l'inviter. Slade et Enrique plaisantent et chahutent, se chipotant le dernier morceau de bacon. *Tía* Alma les regarde avec tendresse.

Slade a beau être un vrai dur, il a du mal à cacher son émotion quand Enrique lui raconte que tout le quartier était prêt à se cotiser pour lui payer un bon avocat.

— Un avocat latino, bien sûr ! blague-t-il.

Je suis d'excellente humeur en remontant, mais à la seconde où notre porte se ferme, le visage de mon coloc devient grave.

— Qu'est-ce que tu as ?

— Rien, tente-t-il d'éluder.

— Explique-moi ce qui ne va pas. Je peux t'aider.

Il soupire. Glisse la main sur son crâne qui aurait besoin d'être rasé avant de se laisser tomber dans le canapé.

— Cette arrestation va avoir des conséquences. Les flics ont prévenu mon contrôleur judiciaire. Je vais être convoqué.

— Qu'est-ce qu'il pourrait te faire ?

— Au pire ? Me réincarcérer, mais je m'inquiète probablement pour rien, me dit-il en se forçant à sourire. Je manque de sommeil, ça me rend pessimiste. Tout va bien se passer.

Il essaie de se rassurer autant que d'apaiser mes angoisses. Le rodéo de mon père pourrait lui coûter cher alors qu'il ne lui restait que trois mois de conditionnelle à faire.

— Je témoignerai pour toi. Tu ne retourneras pas en prison.

— Tu es gentille.

Il me caresse la joue avec une affection et une émotion qui me surprennent.

Slade

Malgré mon inquiétude, j'ai dormi toute la matinée. J'en avais besoin et mon lit me manquait.

En cellule, l'inconfort du matelas plastifié, le bruit des portes qui claquent, les matons qui tapent exprès dans les murs pendant leurs rondes, les braillements des types bourrés, les hurlements de ceux qui se font tabasser – ou pire – tuent toute idée de se laisser aller au sommeil.

Lorsque je me lève, il y a un mot sur le frigo :

Tía Alma organise un barbecue.
Je suis descendue l'aider. Rejoins-nous en bas.
Gabriela

— Arturo ! Nous t'attendions, s'exclame notre logeuse dans sa langue maternelle quand j'arrive sur la terrasse.

Je manque de m'étouffer en entendant mon prénom en mode latino. Gabriela admire ses ongles. Pas besoin de chercher plus loin qui a cafté.

Je déteste mon prénom. En fait, je l'ai en horreur.

Mes parents m'ont appelé Arthur pour flatter mon grand-père. Je suis Arthur J. Tomkins. « J » comme junior. Ils avaient un truc à demander à l'aïeul – du fric pour ne pas changer – et c'est moi qui ai banqué l'addition.

À quatre ou cinq ans, l'une de mes baby-sitters m'a surnommé Slade. Je ne sais plus d'où c'est venu, mais c'est resté étant donné que, de ce jour, j'ai refusé de répondre à un autre nom. Mes parents étaient fous furieux.

Cette habitude de leur pourrir la vie pour leur faire payer leur attitude à mon égard m'a pris de bonne heure, bien avant mon adolescence traumatisée par la découverte des secrets de mon père et de la duplicité de ma mère.

— *Mi Tía*, je préfère qu'on m'appelle Slade.

— Mais non, Arturo, s'amuse-t-elle. Ce n'est qu'un surnom. Tu portes un prénom chrétien, il faut en être fier et l'utiliser.

Enrique au bout de la terrasse se marre et me fait signe de laisser tomber. Je soupire en le rejoignant.

— Tu viens d'être rebaptisé. Tu es cuit, Arturo !

— Pitié, pas toi !

Il me tend une bière et on trinque. Après tout, ici, personne ne connaît mon grand-père. Je suis le seul Arturo de la maison, alors pourquoi pas ? Il n'empêche que quand Gabriela passe à portée, je l'attrape et je lui chuchote à l'oreille :

— Ça te coûtera cher d'avoir vendu la mèche.

J'explose de rire devant son regard inquiet, elle est vraiment trop chou cette môme.

— Ça se paiera en gâteaux.

Elle soupire soulagée que je ne lui en veuille pas et me sourit.

— Ça, je peux gérer. Tu sais, c'est la faute des flics. *Tía* Alma m'a entendu leur hurler dessus au téléphone que je voulais parler à Arthur Tomkins. J'ai dû lui expliquer.

Je me retiens de lui coller un baiser sur la joue et de la serrer dans mes bras une nouvelle fois, pour la remercier d'être si gentille, si lumineuse, si importante dans ma vie.

Elle se détourne juste avant que je craque. Sa robe fait un joli mouvement fluide autour de ses jambes. Je n'ai pas le temps de m'y attarder qu'on m'appelle depuis l'autre bout de la terrasse.

Bilan de l'après-midi, je suis devenu la star du quartier, tous les gamins veulent être mes potes et me demandent pour faire de la mécanique. Même le prêtre se montre aimable avec moi.

Pas de bol, lui aussi a adopté *Arturo*.

Je vais devoir m'habituer à répondre à deux prénoms. D'un autre côté, ayant choisi de vivre entre deux cultures, c'est logique finalement.

Chapitre 12

Gabriela

Lundi matin, lorsque j'arrive au lycée, j'affiche mon coquard. Pas de fond de teint pour le cacher cette fois.

Même si l'établissement n'est pas dans le *barrio*, tout le monde a entendu parler de ce qui s'est produit. Si certains m'adressent des regards désolés, d'autres montrent une curiosité malsaine et ils vont jusqu'à oser me poser des questions déplacées.

Qui est Slade ? Est-il uniquement mon coloc comme je le prétends ? Est-il vraiment arrivé à temps, ou ai-je été violée par le complice de mon père, ce junky immonde ?

Je finis par m'énerver et envoyer bouler certains de ces fouille-merdes dans un vocabulaire coloré que ne renierait pas Slade, mais qui aurait choqué ma mère.

Au réfectoire, je me retrouve seule à une table. Victime et paria. C'est beau la solidarité. Heureusement, Marina vient me rejoindre. Je lui adresse un grand sourire. Mais ma meilleure amie détourne les yeux. Elle paraît horriblement gênée.

— Qu'est-ce que tu as ?

— J'ai appris ton agression aux infos. Tu ne m'as pas appelée.

Instantanément, la culpabilité pointe son nez. J'aurais dû l'avertir, elle a dû s'inquiéter pour moi, sa famille aussi.

— Je suis vraiment désolée. Les flics ont gardé Slade en détention et ça m'a perturbée.

— Toujours lui, marmonne-t-elle. On pourrait croire que c'est ton mec à la façon dont tu en parles sans arrêt.

— C'est mon ami. Il m'a sauvée.

Je vais poursuivre lorsque je remarque que Marina se conduit d'une manière étrange, pas comme une personne en colère…

— Il est où ton problème ?

Alors que je m'attends à une diatribe contre un mec qui nous sépare ou à n'importe quel accès de jalousie, les yeux de Marina se remplissent de larmes.

— Je suis désolée, murmure-t-elle, fixant ses frites. Quand ton… père est venu me voir, j'ai cru bien faire.

Il me faut plusieurs secondes pour comprendre, accepter l'idée qu'elle m'ait trahie.

— C'est toi qui lui as donné mon adresse ?

— C'était pour que vous vous expliquiez. Je pensais que ce serait une bonne chose. Il avait l'air tellement sincère.

— Pardon ? Mon père ? Sincère ?

J'ai hurlé en bondissant sur mes pieds. Tout le monde dans la cafeteria se retourne et nous observe. Je m'en fous.

— Il veut me prostituer depuis que j'ai quatorze ans. Qu'est-ce que tu n'as pas compris dans cette phrase ? Le sens de quel mot t'échappe ? Il y a eu un procès, il est allé en taule. Et toi qui te prétends mon amie, tu lui balances mon adresse !

— Je croyais bien faire, pleure Marina. Tu ne peux pas continuer à habiter dans des meublés, surtout avec ce mec… dangereux. J'ai pensé que tu devais laisser une chance à ton père de reconstruire votre famille.

Une rage froide m'envahit. J'ai été agressée, *Tía* Alma a été blessée, et Slade risque de retourner en prison, parce que cette gamine est incapable de concevoir qu'on puisse vivre en dehors du schéma traditionnel de papa-maman.

J'attrape mon plateau, décidée à la planter là, mais avant de m'éloigner, je ne peux pas m'empêcher de lui balancer :

— Slade est un mec bien comme on en rencontre peu, et toi, une pauvre petite conne trop protégée, inconsciente de ce qu'est la réalité. Il va falloir que tu grandisses ou la vie va te mettre une grosse baffe et tu ne t'en relèveras pas. En attendant, ne m'adresse plus la parole.

Me voyant arriver cabossée et grognon, ma patronne juge plus prudent de me mettre à l'inventaire de la réserve. Je déteste cette partie du boulot, mais ce soir, ce sera parfait. Ne voir personne, ne parler à personne. Le top !

En rentrant, impossible de manger, tant le nœud que j'ai dans l'estomac me fait mal. Pour m'occuper, je fais des cookies. J'essaie de ne pas penser que c'est pour me racheter devant Slade.

Je finis par aller me coucher, dépitée, écœurée d'avoir été trahie par une des personnes les plus importantes de ma vie. Incapable de trouver le sommeil, j'attends. Lorsque mon coloc revient de l'entrepôt, je me lève, décidée à tout avouer.

— Qu'est-ce que tu fais debout ? me demande-t-il surpris alors qu'il range la veste de son uniforme dans une house du placard.

— Je dois te parler et… m'excuser.

L'inquiétude naît dans ses yeux bleus. Je me retiens de tendre la main vers son visage pour le caresser. À cette heure, en chemise de nuit, je ne voudrais pas qu'il interprète mal mon geste.

— C'est Marina qui a communiqué notre adresse à mon père.

Slade hausse les épaules avec fatalisme, sans s'énerver – il ne s'énerve vraiment jamais.

— Tu n'es pas responsable de la stupidité des autres.

— Mais je lui faisais confiance. Jamais je n'aurais pensé qu'elle me ferait un sale coup. On se connaît depuis la primaire. Elle aurait dû comprendre la réalité de la situation.

— Tu n'étais pas dans sa tête, tu ne pouvais pas deviner.

— Tu es bien philosophe.

— Disons que tu as plus d'expérience de la vie que Marina, et que j'en ai plus que vous deux réunies.

Je ne peux pas m'empêcher de lui rendre son sourire.

— J'ai fait des cookies.

Il éclate de rire et me met une pichenette sur le nez, comme si j'étais sa petite sœur !

Slade

C'est navrant que Gabriela doive faire face à la trahison de sa meilleure amie. Je manque de la prendre dans mes bras, de la serrer contre moi pour la consoler de la tristesse et de la déception qui s'affichent sur son petit visage. Mais, elle pourrait mal interpréter mon geste. Il est deux heures du matin, elle ne porte qu'un grand tee-shirt en guise de chemise de nuit et je suis un mec qui n'a pas touché une nana depuis…

En fait, à peine une dizaine de jours. Ne pas avoir bossé au club le week-end dernier m'a condamné à l'abstinence, me privant de mes plans cul habituels. Je me suis promis de m'offrir une double dose cette semaine pour prendre un acompte au cas où je serais réincarcéré.

En attendant, il vaut mieux garder mes distances avec ma bébé-coloc ou mon corps pourrait avoir des réactions difficiles à dissimuler à son contact. Lui expliquer que c'est juste mécanique serait embarrassant pour moi et humiliant pour elle.

— Tu travailles demain soir ? me demande-t-elle soudain. Tu n'as pas peur que ton patron…

Elle laisse sa phrase en suspens, inquiète. Je suis désolé de lui causer des angoisses, mais en même temps, j'éprouve un élan de joie à l'idée que ma jolie Gabriela se préoccupe de moi.

— Je lui ai téléphoné pour raconter ce qui s'est passé, la vérité.

— Au risque de perdre ton job ?

— Mon honnêteté a été appréciée, j'ai sauvé ma place ! En revanche, mon patron a été surpris d'apprendre que j'ai une coloc.

C'est un euphémisme. Il a eu du mal à me croire quand je lui ai dit que je vivais avec une charmante gamine, mais sans la toucher, même pas en sex-friends.

Tu rigoles ? m'a charrié mon boss. *Toi, le roi des queutards qui saute tout ce qui passe à sa portée, tu arrives à garder ta braguette fermée !*

J'ai failli me vexer, mais il n'a pas tort, même si je suis plus sélectif qu'il le pense. Je ne baise que les plus belles gonzesses, je laisse les autres à mes collègues !

— Il a deux filles en fac, elles ont eu des problèmes avec des mecs drogués. Il a apprécié que j'intervienne pour te protéger. Il y voit la preuve que je suis un homme responsable et qu'il a eu raison de m'embaucher malgré mon casier.

J'avale un cookie – divin, comme tout ce qu'elle cuisine – et je compte bien emporter le reste demain au boulot. Gabriela me regarde faire, amusée. Elle a compris comment elle me tenait.

Pas grave. J'assume.

— Est-ce que tes parents t'ont contacté ? Ton nom est passé aux infos.

Une réponse vulgaire me vient spontanément. Je m'oblige au calme. Pas question que la pensée de leur indifférence parvienne à m'énerver. Je lui adresse un sourire qui se veut blasé.

— Mon père ne s'intéresse qu'aux pages économiques et ma mère à la mode. Ils ne sont sûrement pas au courant.

— Tu ne vas pas les prévenir ?

— Pour quoi faire ? Ils m'ont rayé de leur existence.

— Je suis désolée, s'attriste-t-elle.

— Pas moi, j'ai une paix royale, et ça me va très bien.

Sur ce beau mensonge, j'avale un nouveau cookie avant que nous nous souhaitions une bonne nuit.

Elle disparaît dans sa chambre et je me demande si elle dort à plat ventre ou tournée sur le côté. J'attends un peu bêtement que sa lumière s'éteigne en rêvassant à une existence meilleure, quand je serai enfin sorti des ennuis, avant d'entrer dans la salle de bains.

La mauvaise nouvelle arrive le lendemain dans la boîte aux lettres. La convocation chez mon contrôleur judiciaire est là quand je rentre prendre ma douche. Rendez-vous vendredi.

Ça n'a pas traîné.

Au mieux, je perds un après-midi de boulot. Au pire, je ressors de son bureau avec les menottes, direction le pénitencier et adieu ma jolie vie. Je laisse un message à Gabriela sur le comptoir pour lui annoncer. Je trouve sa réponse en revenant de l'entrepôt.

Je croise les doigts pour toi. Je peux aussi être ton témoin de moralité si tu as besoin.

Je ne travaille pas vendredi. Je t'attendrai chez nous.

Gabriela XXX

Elle est trop mignonne.

Ça ne me rassure pas sur mon avenir, mais ça me fait chaud au cœur d'avoir une fille bien dans ma vie qui s'inquiète pour moi, peu de gens le croiraient à commencer par mes parents.

Vendredi, je quitte l'atelier à midi pour aller prendre une douche et enfiler mon plus beau jean avec une chemise blanche, histoire de faire bonne impression.

Mon contrôleur judiciaire est un ancien flic, reconverti pour cause de crise cardiaque. Il a la réputation d'être réglo parmi les détenus. Ce n'est pas le cas de tous ses collègues.

— J'ai lu le rapport du détective Santiago. Vous êtes intervenu pour protéger votre colocataire et la dérouillée que vous avez mise à ce type était plutôt… mesurée quand on connaît votre puissance de frappe.

Je hoche la tête, les doigts serrés autour de mon poignet. Je ne l'avouerai jamais, mais j'ai piqué un élastique à cheveux à Gabriela. Je le porte, dissimulé entre mes bracelets, comme un talisman. Moi, le mec pragmatique, je me reproche ce comportement superstitieux, mais cette fille est mon porte-bonheur.

Elle m'a offert une nouvelle vie, des amis, presque une famille. Son père était le prix à payer pour avoir tout ça.

Pourquoi ne pourrais-je pas croire aujourd'hui encore que son aura me portera chance ?

— Vous ne pouvez pas être tenu responsable de ce qui est arrivé, poursuit-il. Malheureusement, Monsieur Tomkins, il vous est interdit de vous battre et d'utiliser vos poings en dehors d'un ring ou de votre job de videur pour lequel vous bénéficiez d'une dérogation. Ce qui s'est passé ne peut pas rester sans conséquence. Vous le comprenez bien, n'est-ce pas ?

Je gare ma voiture devant la maison, un peu sonné. Avant même que j'ouvre ma portière, Gabriela se précipite à ma rencontre, suivie par *Tía* Alma et Enrique, mais aussi Juan et Lucia. Une bouffée de joie me saisit.

— Alors ? s'exclame-t-elle sans cacher son inquiétude qui me frappe en plein cœur.

— Je suis libre, ça se voit.

J'ai répondu en détournant les yeux pour qu'elle ne remarque pas qu'ils sont trop brillants. Elle me fixe, suspicieuse. Ma bébé-coloc commence à me connaître un peu trop bien.

— Dis-moi la vérité !

— Ma période probatoire a été prolongée de six mois.

— Oh, merde !

— Ça va. Neuf mois à éviter les problèmes, je devrais y parvenir. Je m'en sors bien.

Gabriela me presse contre elle avec chaleur. Je lui rends son étreinte, la serrant de toutes mes forces, content d'être rentré chez moi. Chez nous.

— Nous nous en sortons bien alors, murmure-t-elle. On va y arriver tous les deux, ensemble.

J'aime ce mot. J'aime ma vie. J'aime cette fille plus qu'aucune autre personne au monde, parce qu'elle attire la lumière. Elle est ma chance. Je suis bien à la sentir si douce contre moi.

Me tenir à carreau six mois de plus ne sera pas si compliqué.

Tía Alma nous regarde avec un sourire attendri… et Enrique se mord la lèvre pour retenir une mauvaise blague.

Chapitre 13

Slade

Le chant des oiseaux me réveille samedi matin. Je m'étire sans stress. Ma conditionnelle a pris du rab, mais depuis plus de deux mois que je vis dans le *barrio*, j'ai la sensation d'avoir enfin un foyer. Je n'en espérais pas tant en m'installant ici.

Il est à peine dix heures. Dormir un peu plus dans un environnement sain fait que je suis moins fatigué.

Gabriela fait ses devoirs au comptoir quand je la rejoins.

— Déjà levé ?

— Je n'arrive pas à me rendormir.

— Pourtant, tu es rentré plus tard que d'habitude du club.

Grillé !

J'improvise un arrangement de la vérité :

— Un enterrement de vie de célibataire qui s'est éternisé. On a eu du mal à les virer.

C'est vrai, mais… C'étaient des nanas. Une fois la future mariée partie au lit, les demoiselles d'honneur se sont déchaînées. Je ne me vois pas expliquer à mon petit chou de bébé-coloc sans la choquer qu'avant de revenir sagement à la maison faire dodo, j'ai fait un passage par la banquette arrière d'une Mercedes, dernier modèle. Je l'ai testée de façon acrobatique et hautement satisfaisante avec la fille délurée des propriétaires de l'engin, une blonde à gros seins, partenaire idéale pour se délasser un vendredi soir après une semaine bien pourrie.

Heureusement, Gabriela replonge dans ses manuels sans poser d'autres questions. Je me prépare un café, avant de faire une descente dans les placards et le frigo. Je m'installe pour attaquer mon petit-déjeuner. Je me fige, en la découvrant qui me fixe de ses beaux yeux noirs.

— On était censé tenir jusqu'à mercredi avec tout ça. Ce n'est pas grave, tu avais faim… très faim, s'amuse-t-elle avec un sourire un chouïa moqueur.

C'est vrai que je dévore en ce moment… Discrètement, je jette un coup d'œil dans mon tee-shirt. Je n'ai pas grossi, mais il faut clairement que je me remette au sport.

Gabriela se concentre sur ses bouquins et je termine de manger dans un silence à la fois serein et complice. Lorsque mon téléphone sonne, je décroche sans regarder le numéro.

— Slade, c'est ta mère.

J'ouvre la bouche, mais je la referme aussitôt.

— Ton père et moi t'attendons ce soir pour le dîner.

Aucune politesse, pas le moindre mot d'affection pour son fils qu'elle n'a pas vu depuis un an et demi. Juste une convocation moins polie que celle de mon contrôleur judiciaire.

— Impossible, je travaille.

— Tu te libères. Ton grand-père sera là, me rétorque-t-elle.

Je raccroche, furieux.

— Qu'est-ce qui se passe ?

— Mes parents exigent ma présence à leur dîner.

Elle pose sa main sur la mienne me faisant prendre conscience que je tremble de rage. Inadmissible ! Plus jamais je ne laisserai la colère me dominer. Je m'oblige au calme.

— Tu ne m'as jamais raconté grand-chose sur ta famille, alors que tu connais tout de la mienne. Tu veux en parler ?

Elle a le droit de savoir, en lui épargnant les détails sordides aptes à choquer une fille encore naïve.

— En deux mots : friquée et dysfonctionnelle. Le mariage de mes parents est un arrangement financier.

— C'est triste de limiter sa vie à l'argent.

— Comme tu dis. Leur deal, c'était un enfant pour chacun. Mon père a mon frère aîné qu'il idolâtre, l'héritier de l'empire et du nom. Ma mère joue à la poupée avec ma pauvre petite sœur. Problème, il y a moi entre les deux, une gestion de retour de couche qui a foiré, un délai d'avortement loupé.

— Tu ne peux pas dire des choses pareilles !

— C'est la vérité, pourtant. Je suis né dix mois après mon frangin. Ma mère a fait un déni de grossesse, elle me l'a dit. À ma naissance, ils ont embauché une batterie de nounous pour s'occuper de moi, car elle était trop débordée pour deux enfants.

Je prends la pose, le dos de ma main libre sur le front, avec un air languide et une voix mourante qui ne doivent pas être super en accord avec ma tête de tueur.

— Devine qui est allé en pension et pas les autres ? Qui allait en colo, mais pas en vacances avec eux ? Ils se préoccupaient un peu de moi quand mon grand-père râlait que mon attitude rebelle dénotait des lacunes dans mon éducation.

— Et ta grand-mère ?

— Morte quand mon père avait douze ans.

— C'est triste tout ça. Tu as dû avoir une enfance très solitaire.

— J'avais des copains. Enfin, c'est ce que je croyais…

Je n'avais pas envisagé de tout raconter, je ne voudrais pas que ma bébé-coloc me prenne en pitié, mais autant qu'elle sache et comprenne ce qui motive certaines de mes réactions.

— Lorsque j'ai eu des ennuis, mes parents m'ont payé un avocat, mais ils n'ont pas assisté au procès. Ils ne sont jamais venus à la prison, pas plus que mes potes des beaux quartiers qui m'ont tous lâché. Seule ma petite sœur m'écrivait.

Gabriela a les larmes aux yeux. J'ai horreur de lui faire de la peine.

— C'est peut-être un rameau d'olivier maladroit, suggère-t-elle.

Elle est adorable à essayer de voir du bon chez tout le monde. Du pouce, je caresse le poignet de sa main toujours posée sur la mienne, réfléchissant.

— Ça m'étonnerait. Ma mère a dit que mon grand-père sera là. C'est lui qui a dû exiger ma présence.

— Tu t'entends bien avec lui ?

— Personne ne s'entend avec Arthur Tomkins sénior.

— Tu portes le même prénom ?

— J'ai cette malchance. Tu comprends pourquoi je préfère qu'on m'appelle Slade. Ça m'évite le « junior ». Mon ancêtre n'est pas commode. Il ordonne, on obéit. C'est tout.

— Toi aussi ?

— Avant, oui. C'est quelqu'un de dur, mais de droit, j'espérais gagner son affection. Maintenant, je n'attends plus rien ni son attention ni son respect et encore moins son fric. Donc…

Je hausse les épaules, feignant la désinvolture.

— C'est triste ce que tu racontes.

Cette discussion en dévoile trop sur ma pitoyable existence, mais je lui dois la vérité. Avant de reprendre la parole, je lâche la main de Gabriela. Mes caresses, bien qu'innocentes, pourraient finir par paraître ambiguës. Une désagréable sensation de froid me parcourt quand je perds le contact de sa peau douce et chaude.

— Mon grand-père est le seul à être venu me voir en taule. C'était pathétique, on n'avait rien à se dire, mais il était là.

— Cela t'avait fait plaisir ?

Sa question mérite réflexion, surtout maintenant que je suis capable de penser à cette période de ma vie avec un certain recul, sans la rage qui m'habitait là-bas. Une rage autant tournée contre l'imbécillité qui m'avait conduit en prison, que contre le comportement de ma famille et de mes proches.

— J'ai eu l'impression de ne pas être totalement abandonné. Je n'avais pas la honte d'être le seul détenu à n'avoir aucune visite.

— Alors, tu dois aller à ce dîner, pour lui. Tu parviendras peut-être à créer un début de dialogue avec tes parents.

Il y a un tel espoir chez mon adorable petite coloc, elle qui n'a plus personne au monde – à part un père qui ne mérite pas ce nom –, mais qui reste rayonnante de joie de vivre. Je me sens obligé de faire un effort, voir si quelque chose peut être sauvé de mon ancienne vie, pour elle.

— Je vais tenter le coup, mais je n'ai pas trop d'illusions.

Un collègue doit me remplacer au club, ce qui ne m'arrange pas, ce sera ma troisième soirée sans salaire du mois. Mon jean et un tee-shirt noir feront l'affaire, inutile de me mettre en frais pour des gens qui m'ont laissé moisir en prison sans même un appel téléphonique.

Lorsque je range mon antique Chevrolet devant la demeure familiale, je suis assailli par mes souvenirs. La maison est impressionnante avec son porche à colonnes, ses balcons en fer forgé, son triple garage, sa piscine sur l'arrière…

Je n'ai plus les clés depuis bien longtemps, je dois sonner.

C'est ma sœur, Elisabeth – Liz – qui vient m'ouvrir. Il me faut trois secondes pour la reconnaître. La dernière fois que je l'ai vue, elle était en pleine crise d'adolescence, elle se cachait derrière ses cheveux longs et dans des fringues trop grandes.

— Slade ! s'écrie la fille à la chevelure courte devant moi.

Elle me saute au cou et m'embrasse avec affection.

— Je suis si contente de te voir. J'avais si peur que tu ne viennes pas. Tu m'as tellement manqué. J'aurais voulu aller te rendre visite en prison, mais je suis mineure. J'espérais que tu me contactes à ta sortie parce que je n'avais pas ton numéro de téléphone et que personne ne…

Ma mère apparaît, interrompant ma sœur d'un regard péremptoire. Cette femme trop chic dans son tailleur de grand couturier, son chemisier blanc et ses diamants scintillants, me fixe de ses yeux bleus aussi glaciaux qu'un fjord.

Ainsi Liz voulait me voir… Cette nouvelle me réchauffe le cœur, en totale opposition avec le vent sibérien que ma mère projette sur moi et qui me ferait presque claquer des dents.

— Qu'est-ce que tu as fait à tes cheveux ? râle ma génitrice en désignant mon crâne rasé. Qu'est-ce que c'est que cette allure de racaille des bas quartiers ?

Mon père arrive et me dévisage avec un profond mépris. Pas un bonjour, pas une seconde d'inquiétude pour ma santé ou mes conditions de vie. Pour la soirée de réconciliation, on repassera.

Je retire ma veste pour l'accrocher dans le placard :

— Mais qu'est-ce que c'est que ces horreurs de tatouages ?

Je ne peux pas me retenir de riposter :

— Un truc de taulard. Vous savez ce club select où vous n'êtes jamais venus me voir.

Je passe devant mes parents, direction la salle à manger.

La chaleur de leur accueil m'a… refroidi, je ne vais pas m'éterniser ! Mon grand-père est déjà installé à la place d'honneur, silencieux et énigmatique. Il me fait penser à un sphinx.

— Arthur, me salue-t-il.

— Arthur sénior.

— Toujours impertinent, dit-il avec un sourire en coin.

— Ça m'a permis de rester en vie. Les arts martiaux aussi évidemment. Ils m'ont évité quelques viols déplaisants.

— Slade ! s'exclame de nouveau ma mère scandalisée.

— Encore à faire son intéressant, marmonne mon frère.

Monsieur est impeccable dans son costume anthracite, clone parfait de notre paternel. Mon frangin a un très gros complexe ; il a une tête de moins que moi. Il est également d'une jalousie maladive. Le plus petit truc que j'avais, la moindre seconde d'attention, il lui fallait mieux et plus. Aujourd'hui, il a tout, moi plus rien et pourtant, il paraît furieux de me voir à la maison. Aucun espoir que nos relations s'améliorent un jour. Je dissimule un sourire sarcastique.

— Si nous passions à table, propose ma mère.

C'est le début du festival de vacheries. Je subis un lynchage en règle, mes tatouages, mes piercings, la perte de ma fiancée – je l'avais encore oubliée celle-là –, je pourrais me défendre, dire que je m'en sors, parler de Gabriela, de notre vie, de mes projets, mais je refuse de leur faire cet honneur. J'encaisse, l'appétit coupé.

Mon grand-père se tait. Son regard acéré passe des uns aux autres, énigmatique. Seule, ma sœur se montre gentille et tente d'arrondir les angles.

— J'ai cru comprendre que tu travaillais ? finit par demander mon père.

J'opte pour la version lapidaire :

— Je suis mécano.

— Sans diplôme, tu ne pouvais pas espérer beaucoup mieux, renifle mon frangin, méprisant en admirant sa Rolex.

— Tu cherches à m'énerver, Robert ? Tu es un amateur à ce jeu. Tu ne survivrais pas cinq minutes au pénitencier face aux mecs que j'ai affrontés avec tes mains manucurées de gonzesse.

— Je ne te permets pas d'insulter ton frère, s'emporte mon père, toujours prêt à protéger son crétin préféré.

Sans avertissement, ma soupape interne explose. Une colère sans nom et une rage incontrôlable, comme je n'en ai jamais ressenties, même au pire moment de mon existence, déferlent dans mes veines. Un violent frisson de rancune, de haine parcourt ma peau, me submerge.

Ma réponse part sans même que je réfléchisse :

— Si Robert te ressemble autant que je le crois, papa, il apprécierait beaucoup les douches collectives.

Mon grand-père se redresse et me regarde étrangement, alors que ma mère manque de défaillir, choquée que j'aie pu faire allusion au « grand secret » dont il m'est interdit de parler depuis une décennie et qui a en partie détruit ma vie.

Mon cher père se lève d'un bond :

— C'en est trop ! Quitte cette maison immédiatement. Ne reviens jamais. Tu n'es qu'une petite ordure dont je regretterai éternellement la naissance !

— Avec plaisir. Arthur sénior, Liz, heureux de vous avoir revus. Charmante soirée… en famille.

Je sors la tête haute, contenant à grand-peine la tension qui fait dangereusement vibrer chaque muscle de mon corps. Une fois dans ma voiture, une déception immense me terrasse.

C'est plus fort que moi, je m'arrête dans la première épicerie qui croise ma route et j'achète une bouteille de tequila. Je me gare devant la maison où des étrangers m'apprécient plus que ma propre famille.

Le mouvement de la balançoire agitée par le vent printanier attire mon regard. Sans réfléchir, je vais m'y installer. J'avale une première rasade qui me brûle la gorge.

Je fais une connerie.

Je le sais.

Mais il faut que je fasse taire l'enfant en moi qui hurle de douleur et de chagrin.

Chapitre 14

Gabriela

Il est presque minuit et Slade n'est toujours pas rentré. C'est trop long pour un simple dîner. En plus, il n'a répondu à aucun de mes appels ni de mes messages. Ça m'inquiète.

Incapable de dormir, je l'attends devant la télé.

Cette soirée chez ses parents n'était pas une bonne idée. Je regrette de l'avoir poussé à accepter. Sur le coup, j'ai voulu y voir un signe positif, que l'un de nous deux ait une famille digne de ce nom. À présent, je me reproche de ne pas avoir bien écouté ce qu'il m'a raconté, ou plus exactement, de ne pas m'être posé assez de questions sur ses silences.

Être un enfant non désiré, élevé à l'écart, laisse des traces, des contentieux, des rancœurs. Quels comportements ont eus son frère et sa sœur avec lui durant leur enfance ? Après son incarcération ?

Seul son grand-père s'est déplacé, pourquoi ?

Son allusion à tous les potes qui l'avaient lâché explique aussi le fait qu'il ne fasse plus confiance à personne…

Soudain, il y a du bruit dans l'escalier.

Je coupe la télé alors que la porte s'ouvre avec une lenteur étrange. Slade rentre en vacillant, tenant par le goulot une bouteille de tequila au trois quarts vide. Il a un sourire de travers et ses yeux sont injectés de sang.

Pas besoin de m'approcher pour avoir la certitude qu'il est saoul. Une bouffée d'angoisse venue de mon passé me prend à la gorge. Je ne veux pas le voir dans le même état que mon père, perdre la confiance que j'ai en lui.

Mon premier élan me pousse à aller m'enfermer dans ma chambre pour fuir sa présence. Je résiste, demandant :

— Qu'est-ce qu'il y a ?

Il appuie négligemment son épaule contre le mur et me détaille d'un regard que je n'aime pas du tout lui voir.

— Il paraît que je suis une petite ordure, répond-il d'une voix à l'ironie pâteuse.

Donc le dîner s'est très mal passé…

— Tu devrais aller dormir.

Slade me nargue et avale une nouvelle lampée d'alcool fort, s'essuyant la bouche d'un revers de main provocateur.

Ma conscience m'interdit de le laisser dans cet état. Profitant d'une seconde où il ferme les yeux, je lui arrache sa bouteille et je recule d'un bond, pour me mettre hors de sa portée.

Mon coloc me jette un regard nonchalant.

— C'est pas gentil, petite Gaby, de me piquer ma copine.

Il se décolle du mur, et je respire un peu plus librement quand il me tourne le dos pour accrocher son blouson dans le placard, comme d'habitude. Mais soudain, vif comme l'éclair, il m'attrape, m'écrase contre lui. Son haleine chargée d'alcool m'arrive en pleine figure.

— Tu es canon, même en pyjama. On ne te l'a jamais dit ?

— Arrête ! Lâche-moi tout de suite !

J'essaie de me libérer de son étreinte, mais, malgré son ébriété, il a une poigne d'acier. Les mois passés ensemble m'ont fait oublier que c'est une armoire à glace.

— J'ai baisé des centaines de gonzesses. Mais ce soir, c'est toi que je veux, ma jolie… Tu vas voir, il paraît que je suis une bête de sexe, tu ne seras pas déçue !

Je lui flanque un coup de pied de toutes mes forces, mais sans chaussures, c'est sans effet. D'ailleurs, il éclate d'un rire moqueur.

— Te fatigue pas, bébé.

Il resserre sa prise et me soulève pour me mettre à sa hauteur. J'ai l'impression d'être dans un étau.

— Je ne t'ai jamais dit pour quoi le juge m'avait collé dix-huit mois ferme pour une simple bagarre ? chuchote-t-il à mon oreille. C'est à cause du MMA[5]. Champion régional. Ouaip, rien que ça ! Combattre me défoulait des conneries des parents, de ma haine pour mon existence minable. Mes poings sont classés armes par destination. J'ai pas le droit de cogner en dehors d'un ring ou du boulot… C'est aussi pour ça que j'ai pris six mois de plus sur ma conditionnelle.

---

[5] Mixed martial arts (MMA) anciennement free-fight, sport de combat complet, associant pugilat et lutte au corps à corps.

Slade m'allonge sur le canapé et s'étale sur moi, me retenant prisonnière, me faisant sentir qu'il est excité. Je devrais crier, appeler au secours, Juan se précipiterait, mais je veux tenter de le raisonner une dernière fois, avant de détruire notre vie.

Je plante mon regard dans le sien, au bleu si troublé et, soudain, sa peine immense d'avoir encore été rejeté, cette angoisse que ses parents aient raison me saute aux yeux. Et c'est faux. C'est un mec génial… même s'il est en train de se conduire comme un dingue et de me faire peur, sa bouche si près de la mienne.

Alors, au lieu de lutter pour me libérer, de l'inciter à utiliser sa force pour me maintenir, créant de la violence entre nous, je m'oblige à me détendre pour parler calmement, qu'il me comprenne malgré son ébriété.

— Slade, tes parents ont tort. Tu es formidable, quelqu'un de bien. Je ne te laisserai jamais tomber. C'est nous deux, ensemble pour une belle vie. Tu te rappelles ?

Il se fige alors qu'il était sur le point de m'embrasser. Je vois sa conscience fragilisée tenter de combattre les effets de l'alcool. Mais presque aussi vite, le chagrin submerge cette lueur de raison. Il s'allonge complètement sur moi. J'ai perdu…

Je vais hurler lorsqu'il me relâche, glisse le long de mon corps et pose sa tête dans le creux de mon épaule.

— Serre-moi fort, supplie-t-il. Ramène-moi chez nous. Ne me laisse pas partir en vrille.

Mes bras se nouent autour de lui et je l'étreins de toutes mes forces pour le protéger de ces souvenirs qui le hantent, de cette famille qui lui fait tant de mal. De violents tremblements le parcourent, signes du combat que se livrent ses émotions. Il serre ma taille, s'accroche à moi.

Nous restons ainsi de longues minutes, dans un silence étrange. Son poids m'écrase et contraint ma respiration.

— Tu es un peu lourd.

J'ai chuchoté, espérant ne pas déclencher une crise. Dans un grognement, Slade bascule contre le dossier du canapé, m'entraîne avec lui, sans pour autant relever la tête.

Son nez est toujours enfoui dans le tissu de mon tee-shirt, mais tout doucement la tension quitte ses muscles. Ses bras se font plus souples, une de ses jambes s'enroule sur les miennes. Son souffle s'apaise, devient régulier.

L'instant critique s'éloigne, le danger aussi.

Je pourrais desserrer ma prise sur lui, lui échapper, mais étonnamment, je n'en ai pas envie. Ce serait l'abandonner alors qu'il est au fond du trou.

Il s'est passé quelque chose de terrible avec ses parents. J'ai vu de la souffrance et de la peur dans ses yeux. Je me demande s'il n'a pas essayé de prouver quelque chose en se comportant de cette manière avec moi, soit qu'il est indigne de confiance, soit au contraire qu'il a quelqu'un dans sa vie qui tient assez à lui pour ne pas le craindre et le laisser sombrer.

Slade bouge pour se caler plus confortablement. Il est en train de s'endormir. Ses mains se font tendres, en contradiction complète avec ce qu'il vient de faire.

Je me détends, étonnée d'apprécier ce contact. Je n'ai pas envie de sortir de ce cercle solide qui m'entoure. Pas pour le consoler, mais pour moi, égoïstement.

Depuis la mort de ma mère, personne ne m'a pris dans ses bras. Les brèves étreintes des assistantes sociales ne comptent pas. J'ai besoin de chaleur humaine, de tendresse et je n'en étais pas consciente jusqu'à cet instant. C'est ce que Slade m'offre.

Le contact de son corps chaud, dur, protecteur. La certitude d'être à l'abri… Ce qui est surprenant après ce qu'il vient de faire. Mais il m'a démontré que même saoul et ravagé par le chagrin, il était capable de se contrôler. C'est ça, le sentiment de sécurité, savoir que l'autre ne représentera jamais un danger.

Je lève la main, caressant son crâne rasé. Mon coloc marmonne en se frottant contre ma paume.

C'est amusant, c'est doux, mais ça picote légèrement.

Slade

Ça craint. J'ai un mal de crâne pas possible, et quelque chose ne va pas du tout. Je suis dans le canapé. À moitié vautré sur une fille. Pas une de mes conquêtes habituelles, faciles et interchangeables, mais sur Gabriela, ma Gabriela, ma bébé-coloc.

À la lumière du jour qui filtre entre les rideaux du salon, mes yeux – que j'ai eu des difficultés à ouvrir – observent le mouvement de sa jolie poitrine qui se soulève au rythme de sa respiration à quelques centimètres de mon nez, tendant le tissu de son tee-shirt.

Si ma tête n'était pas si douloureuse, je me lèverais d'un bond pour m'éloigner du truc monstrueux que j'ai dû faire.

Je prends une inspiration pour tenter de calmer la ronde folle de mes pensées, essayer de regrouper mes souvenirs.

Réfléchis !

J'ose à peine bouger, tant j'ai peur de ce qui a pu se produire. Quoique… nous sommes tous les deux habillés. Gabriela a les bras refermés autour de moi sans que rien ne l'y contraigne. Elle semble détendue. Il n'est peut-être rien arrivé de grave.

Mon Dieu, faites qu'il ne se soit rien passé !

Contre moi, ma petite coloc s'étire. Elle se réveille. Je devine qu'elle ouvre les yeux. Je n'ai plus le choix, il me faut faire face aux conséquences de mes actes, mais je crains de relever la tête.

— Est-ce que je t'ai… fait du mal ?

— Bonjour, toi, me répond-elle, s'étirant une nouvelle fois.

Mon corps réagit à cette caresse sensuelle et féminine, m'obligeant à basculer les hanches pour le dissimuler.

— Tu ne te souviens pas de la soirée ?

Elle ne me repousse pas. Elle n'essaie pas de s'échapper. C'est bon signe, non ?

— Je me rappelle à peu près du dîner et qu'en rentrant j'ai picolé sur la balançoire. Après, c'est le trou noir.

J'évite de chahuter mon pauvre cerveau, sans même penser à bouger, le nez toujours enfoui dans le creux accueillant de son épaule.

Un frisson de plaisir me parcourt lorsqu'elle caresse doucement mon crâne dans un geste affectueux et consolateur, toujours sans montrer la moindre angoisse alors que notre position est quand même très… équivoque.

— Tu es rentré saoul et furieux contre ta famille. Tu as aussi essayé de me faire peur.

— Comment ?

— Regarde où nous sommes.

Dans le canapé. Moi sur elle… Je déglutis, n'osant pas encore la fixer dans les yeux. Alors, je repose ma question :

— Est-ce que je t'ai fait du mal ?

— Tu avais juste besoin qu'on te rappelle que tu es quelqu'un de bien. Quand tu as été rassuré, tu m'as honteusement utilisée comme oreiller et ours en peluche.

Un soupir m'échappe. Je n'ai pas blessé la personne qui est désormais officiellement la seule qui compte dans ma vie. Soulagé, mais pas encore assez courageux pour relever la tête, je lui demande :

— Je t'ai raconté pourquoi j'ai disjoncté ?

— Tu ne t'exprimais pas très clairement. Tes parents t'auraient traité de bon à rien ou un truc du genre.

Mes parents… Les détails de la soirée me reviennent.

— Je me rappelle. Je me suis pris une volée de reproches, tout y est passé, de mon physique à ma personnalité. Ma sœur a bien essayé de s'interposer, mais seule contre tous les autres, elle n'a pas fait le poids.

— Et ton grand-père ?

— Il était au spectacle, il observait sans dire un mot. J'ai fini par perdre mon calme et mon paternel m'a foutu à la porte.

Gabriela émet un petit sifflement qui me décide à relever la tête. Mon regard croise le sien, étonné, mais aussi plein d'une tendresse qui me fait chaud au cœur.

— Ils ont réussi à te mettre en colère ?

Je me sens obligé de lui révéler une vérité déplaisante.

— Je suis coléreux de nature. Je me suis soigné à la dure, à coup d'arts martiaux durant mon adolescence.

— Tu as dit que tu avais fait des combats MMA, c'est vrai ?

Je confirme, surpris que cela m'ait échappé. Je n'en parlais jamais à personne. C'était mon secret, ma soupape de sécurité.

— Pourquoi n'as-tu pas repris à ta sortie de prison ? demande la petite curieuse.

— C'est un milieu qui draine pas mal de types louches. Pour ne pas risquer de perdre ma conditionnelle, il valait mieux que je reste loin de tout ça.

Elle hoche la tête, approuvant ma prudence, même si mon sport me manque parfois. J'aimais la rigueur de l'entraînement, le *challenge* des combats… le goût de la victoire, d'être le plus fort au moins dans un domaine de ma vie.

— J'ai aussi appris des techniques de méditation avec le psy de la prison. Ça m'aide à contrôler mes accès de rage. Ça marche plutôt bien… sauf hier soir. Mes parents m'ont fait disjoncter.

— Si on arrêtait de parler de ces gens sans intérêt et qu'on allait manger ?

Je réalise deux choses : j'ai faim et je suis toujours allongé sur Gabriela. D'ailleurs, elle me masse la nuque, ce qui apaise ma migraine, mais ressemble dangereusement à des caresses dans une position qui ne cadre pas avec la définition de l'amitié. Je roule pour la libérer.

Elle se lève en souriant, inconsciente que j'ai les yeux au niveau de son joli petit derrière. Je me laisse tomber dans le canapé, fermant les paupières, à une virgule de me coller une baffe pour me remettre les idées dans le bon sens.

J'attends pour me redresser qu'une partie de mon anatomie ait retrouvé un calme relatif. Alors seulement, je vais aider Gabriela et nous nous installons autour d'un petit-déjeuner cinq étoiles.

C'est ça ma vie maintenant. Elle et moi, cet appartement, nos projets, nos amis du quartier mexicain.

— C'est vrai que tu t'es tapé des centaines de gonzesses ? me demande-t-elle soudain avec un petit air innocent.

Je manque de m'étouffer avec mon morceau de brioche.

— D'où tu tiens un truc pareil ?

— Tu t'en es vanté hier soir.

Je regarde le fond de ma tasse, inquiet du nombre de conneries que je pourrais avoir débitées devant elle.

— J'étais bourré.

— Mais vrai ou faux ?

Ce n'est pas une conversation à avoir avec une bébé-coloc de dix-huit ans en pyjama au petit-déj !

— Je ne suis pas un saint, mais c'est très exagéré.

En vérité, je n'ai jamais compté. Je baise depuis mes quatorze ans, soit dix ans à enchaîner les histoires d'un soir. Mes pitoyables fiançailles ne valent même pas la peine qu'on en parle…

Gabriela m'adresse un sourire taquin et change de sujet. Je me dis que le reste du repas va se dérouler sans accroc quand, soudain, la redoutable demoiselle pose ses couverts et annonce :

— En paiement de ma prestation d'oreiller le plus confortable du monde, tu me dois un service.

Je m'attends au pire pendant qu'elle admire ses ongles.

— Le frère de Marina, Diego, devait être mon cavalier à la remise des diplômes, mais avec notre dispute…

— Oh merde, pas le bal de promo quand même ?

La diabolique petite demoiselle se met à rire devant mon air désespéré.

— Tu n'as pas le choix. C'est mon prix.

Je soupire à fendre l'âme, mais elle a raison, je lui dois bien ça. C'est même le minimum après mon cirque de cette nuit.

Un peu plus tard, alors que je suis en train de faire la vaisselle, elle se plante derrière moi, pensive.

— Tu étais étudiant quand tu t'es retrouvé en prison, non ?

— J'étais en dernière année, à six mois de décrocher mon diplôme d'ingénieur en mécanique.

— Pas étonnant que réparer une bagnole te paraisse facile. Tu pourrais reprendre tes études ? Terminer ton cursus ?

— Il faut beaucoup de fric pour ça. Je ne t'apprends rien.

Gabriela me regarde bizarrement, fixement.

— Tu cumules trois jobs. Tu ne dépenses pas un cent de plus que le minimum vital. Avoue que tu mets de l'argent de côté pour retourner à l'université.

Cette gamine est futée, elle a compris pourquoi je m'astreins à cette existence de dingue, quel est le projet qui me porte depuis des mois, avant même ma sortie de prison, qui m'empêche de flancher, de replonger. Moi aussi, j'ai de l'ambition dans la vie, quoi qu'en pensent mes parents.

— À la vitesse où j'économise, il va me falloir encore quelques années avant de pouvoir payer mon inscription.

— Je t'aiderai dès que je le pourrai.

Ce n'est pas permis d'être si chou. Je vais vraiment finir par tomber amoureux.

— Au fait, dit-elle soudain, si tu oses encore une fois m'appeler Gaby, ce dont j'ai horreur parce que c'était mon surnom au foyer, je t'appelle Arthur devant tout le monde.

— *Si, señorita.*

Je m'abstiens de lui signaler qu'elle a déjà vendu la mèche. Elle est trop mignonne avec sa petite bouille contrariée.

Chapitre 15

Gabriela

Le soleil de cette fin juin est éclatant. Ce sera bientôt mon tour de monter sur l'estrade pour recevoir mon diplôme devant tout le monde, élèves, parents et professeurs réunis.

Nous arborons tous la même tenue : chemise blanche, pantalon sombre, toge noire, ainsi que le chapeau carré.

Le lycée, c'est maintenant terminé pour moi. Brillamment.

Je ne serais jamais parvenue à ce résultat sans Slade. Mon niveau scolaire était tributaire de mes aléas de logement. Vivre dans des taudis, menacée par mon père, compromettait mes chances. Après mon installation avec lui, mes notes ont atteint des sommets.

La qualité de mon dossier m'a ouvert les portes de l'université et m'a valu l'attribution d'une bourse qui couvrira mes frais d'inscription et une partie de mon loyer.

Slade a raison, ensemble, solidaires, nous y arrivons. Nos vies sont meilleures, nous avançons vers la réussite de nos projets. Il dit que je lui porte chance, mais ça marche dans les deux sens.

Malheureusement, il n'est pas là. Il a posé sa soirée pour m'accompagner au bal, je ne pouvais pas lui demander de perdre aussi un après-midi de salaire. Il a besoin de cet argent pour reprendre ses études.

J'ai vu son regard, le jour où nous en avons parlé, c'est le but auquel il s'accroche, ce qui le motive à tenir le rythme démentiel qu'il s'inflige. Slade veut se prouver que ses parents ont tort, qu'il n'est pas un loser.

Mon coloc est moins sûr de lui qu'il joue à le paraître. Il a eu une enfance très aisée, mais a souffert de grosses carences affectives. Difficile d'avoir confiance en soi quand ceux qui devraient vous aimer vous ignorent et vous rabaissent. En fait, il a vécu tout l'inverse de moi qui avait une maman absolument merveilleuse, mais fauchée.

Sans me lancer dans la psychologie de bazar, cela explique sa relation avec *Tía* Alma. Elle est à ses yeux une véritable figure maternelle, si différente de sa propre mère incapable de lui offrir l'amour qui lui revenait de droit.

C'est amusant, quand j'ai emménagé avec ce type à la tête de tueur, je ne m'attendais pas à ce qu'il cache un garçon fragilisé avec le désir de se recréer une famille.

Ma vive réaction quand il m'a dit avoir « baisé des centaines de gonzesses » m'a surprise. J'ai été blessée par tant de mépris. Slade projette sur les femmes sa colère contre sa mère. Il les saute. Il n'offre rien d'autre, surtout pas l'accès à son cœur.

Pourquoi se conduit-il différemment avec moi ?

Est-ce que je lui rappelle sa petite sœur, puisqu'il semble que nous ayons presque le même âge toutes les deux ?

Quand je prends du recul et que j'examine notre relation, comment elle a commencé, son attitude au quotidien, il est clair que nous sommes comme frère et sœur.

Sans que je sache pourquoi, cette idée m'attriste, mais au moins j'ai une place à part qui me rend importante pour lui, qui me garantit son affection, son attention et son aide, ce qu'il n'accorde à aucune femme.

Je serai avec toi par la pensée chaque minute
Slade

Disait le mot qu'il m'a laissé ce matin sur le frigo.

Le proviseur appelle mon nom, me sortant de mes réflexions. Après vérification que mon calot est bien positionné, je me dirige vers lui, faisant attention en montant les deux marches de l'estrade.

Il ne faudrait pas que je tombe !

Dans les gradins, *Tía* Alma et Enrique qui ont tenu à m'accompagner me font des signes pour que je regarde dans leur direction, pour prendre des photos.

Une émotion imprévue me saisit.

Moi aussi, j'ai des gens fiers de moi présent aujourd'hui. Je ne suis plus seule au monde. Ma famille de cœur est là pour ma remise de diplôme !

En retournant à ma place, je snobe Marina qui m'adressait un sourire timide. Je ne suis pas prête à pardonner sa trahison et les conséquences qu'elle aurait pu avoir pour les personnes que j'aime.

Slade

J'ajuste ma chemise blanche. Le col cassé m'épargne de porter une cravate tout en ayant l'air chic. Les manches longues dissimulent mes tatouages. À défaut de pantalon élégant, mon jean noir fait illusion.

Gabriela m'a ramené de la boutique où elle bosse une belle veste de smoking. J'ai tenu à lui rembourser, mais elle ne m'a pas coûté trop cher. Taillée pour quelqu'un de grand et mince, elle ne se vendait pas. Sa patronne lui a bradé.

Pour paraître plus « fréquentable », j'ai retiré certains de mes piercings. Je n'ai gardé que le plus discret de mon oreille et celui de mon sourcil.

Elle sort enfin de sa chambre.

— *Estás muy guapa con ese vestido*[6].

Mon compliment est sincère. Elle rougit. Ma petite coloc apprécie que je m'exprime de plus en plus souvent dans sa langue maternelle. Ça m'amuse, et j'y prends plaisir.

---

6 Tu es très belle dans cette robe

Me remettre à apprendre m'a fait du bien, cela a rendu mon projet de reprendre mes études plus concret.

Gabriela a relevé ses cheveux en chignon lâche, dégageant sa nuque gracile. Elle s'est maquillée juste ce qu'il faut. Sa robe est magnifique et correspond à sa morphologie.

Pour le bal de promo, beaucoup de filles cèdent à leur envie d'être des princesses. Lors de ma soirée de graduation, certaines portaient des crinolines, mais j'étais dans un lycée friqué, il ne doit pas y avoir ce genre de délire dans tous les bahuts. Ces filles-là sont encore des bébés, gavées de Disney.

D'autres la jouent « prostiputes », se prenant pour des femmes libérées, moulées dans leur robe décolletée jusqu'au nombril et ras la chatte. En plus, elles baisent gratis. J'en ai sauté deux lors de mon bal de promo. J'étais très fier de moi. À l'époque, j'étais un petit con qui ne valait pas mieux dans son smoking Hugo Boss.

Ma bébé-coloc a choisi une tenue bordeaux qui s'harmonise à la perfection avec sa carnation et ses cheveux sombres. Le haut dénude ses épaules et met en valeur sa poitrine, mais sans vulgarité. La jupe en voile joue sur les effets de transparence, elle lui descend aux chevilles, révélant de belles sandales à brides.

— Je valide totalement.

Elle me sourit amusée.

— Je te remercie, même si je ne suis pas certaine que tu sois un expert sur le sujet.

— Tu rigoles ? J'ai déjà eu ma graduation. Ce jour-là, des tenues moches, j'en ai vu un paquet, j'ai failli être traumatisé, ensuite, je bosse dans un club. Sur les robes sexy, j'en connais un rayon !

Dit sur le ton de la plaisanterie pour ne pas donner trop d'importance à mes paroles, ça passe. Je ne précise pas que je m'intéresse à tout ce qui touche le corps des femmes.

Gabriela se met à rire. Il vaut mieux, parce que je viens d'avoir une révélation ; ma bébé-coloc cache une bien jolie demoiselle sous ses jeans et ses tee-shirts…

Et ce n'est plus vraiment un bébé.

— Il va falloir que tu veilles de près sur moi, dit-elle en cessant soudain de sourire.

— Pourquoi ?

— C'est une robe que ma patronne m'a louée. Je ne dois pas l'abîmer ou je perdrais ma caution.

— On va faire en sorte que Cendrillon rentre à l'heure, avec sa belle robe intacte !

— On n'est pas obligés d'être revenus avant minuit ? Demain, c'est samedi, plaide-t-elle avec un petit air charmeur.

— D'accord ! En route Cendrillon, ton carrosse t'attend. On va s'amuser jusqu'au bout de la nuit.

Son sourire me va droit au cœur. J'ai rarement rendu les gens heureux autour de moi.

Le gymnase a été transformé en salle de bal. Des guirlandes, des ballons, des banderoles. C'est kitch, cliché, on est dans le stéréotype complet, mais, étonnamment, cela déclenche des picotements de nostalgie dans mon estomac.

À l'époque du lycée, je n'avais pas encore vrillé, j'avais des rêves, des projets, et même un peu d'espoir dans l'humanité.

Il y a un monde fou et notre arrivée ne passe pas inaperçue. D'abord parce que ma cavalière est ravissante – ce qui est une révélation pour les mecs qui la déshabillent des yeux –, ensuite, avec ma taille et mon crâne rasé, je n'ai plus grand-chose de commun avec ces boutonneux tout juste diplômés.

Des grappes de filles chuchotent, mais il y a aussi les chaperons qui me fixent, se demandant quoi penser de ma présence et de ma relation avec Gabriela.

— Tu veux que j'aille te chercher un verre de punch ?

— Je voudrais te présenter à quelques personnes, me répond ma jolie coloc avec un sourire crispé. Tout le monde a entendu parler de toi. Ça coupera court à leur curiosité. Après, on pourra profiter de la soirée.

— Ça marche.

Comme je m'y attendais, la classe « bébé » de ses copines me dévisage l'air fasciné. J'ai l'impression d'être une rock star.

Elles chuchotent dans notre dos :

— C'est lui, Slade ? Mais c'est une armoire à glace.

— Pas étonnant qu'il ait cassé la figure de son père…

Avec les *prostiputes*, ce n'est pas la même ambiance. Regards aguicheurs, langoureux, battements de cils et déhanchés suggestifs pour moi, haine et jalousie pour Gabriela qui encaisse tête haute et fait semblant de ne pas entendre les :

— Tu ne me feras jamais croire qu'elle ne couche pas avec lui.

— Un mâle comme ça avec une intello, c'est du gâchis.

Nous avons aussi droit à :

— Putain, c'est une bête ce type, je le veux.

Après vingt minutes de ce manège, je propose de nouveau :

— Punch ?

— J'en ai besoin, même s'il est sans alcool, admet Gabriela. Je ne pensais pas que ce serait à ce point. La moitié de ces filles ne m'ont jamais adressé la parole. Les nanas populaires m'ont toujours snobée, moi, la petite latino boursière qui n'a ni parents, ni voiture, ni belle maison pour organiser des fêtes. Là, elles ont toutes envie que je te les présente.

— Nous sommes l'attraction du jour. Notre vie n'est pas dans les normes, ça les intrigue. Je me dépêche, je reviens.

— Elles te veulent toi, marmonne-t-elle alors que je m'éloigne, pensant que je ne l'entends pas.

J'aime un peu trop qu'elle se montre possessive à mon égard. Je chasse cette idée dérangeante et je m'empresse d'atteindre le buffet – avec l'espoir de rafler au passage quelques petits fours –, pour ne pas laisser ma cavalière seule trop longtemps.

Je n'ai pas plongé la louche dans le saladier que je repère trois petits cons ricanant, dissimulant dans leur dos une bouteille de rhum qu'ils comptent déverser dans le punch pour corser la soirée.

Je ne devrais pas m'en mêler, mais je tiens à ce que Gabriela ait de bons souvenirs de sa graduation. Contournant la table sans me faire voir, je choppe la bouteille et la balance par-dessus les banderoles. Elle s'écrase contre le mur dans un bruit de verre couvert par la musique.

Le boutonneux se retourne, prêt à en découdre, mais se fige en me découvrant planté devant lui, l'air pas aimable.

— Vous croyez que vous serez des hommes parce que vous aurez saoulé les autres ou que vous vous serez bourré la gueule ? Dégagez et que je ne vous reprenne pas à faire des conneries !

Les trois ados se barrent piteusement tout en marmonnant des injures qu'ils n'ont pas le courage de me balancer en face. Près de la table, deux des chaperons m'adressent un sourire soulagé tout en s'approchant de moi.

— On ne les avait pas vus. Merci d'être intervenu, dit une petite dame qui a cette allure typique des profs de maths.

— C'est surprenant comme ce genre de choses dites par quelqu'un comme vous est plus efficace que lorsque c'est un membre du corps professoral qui s'égosille, constate sa collègue.

Je hoche la tête et m'éloigne après ce drôle de compliment.

Lorsque je rejoins Gabriela, elle trempe ses jolies lèvres roses dans le punch et laisse échapper un soupir d'aise en dévorant les petits fours que je lui ai rapportés.

— Je vois que je ne suis pas le seul à avoir faim.

— L'hypocrisie me creuse l'appétit, s'amuse-t-elle avant de redevenir sérieuse. Marina a essayé de me parler. Elle est là-bas, près de la porte, en robe bleue. À côté, c'est Diego, son frère.

— Celui qui devait t'accompagner ?

Elle hoche la tête. Le frère et la sœur ont l'air gentils et mal à l'aise. Marina se fait snober par les autres filles. Son rôle dans l'agression de ma bébé-coloc a dû se savoir. Tant pis pour elle, je ne suis pas d'humeur à pardonner.

C'est moi qui ai trouvé un junky enragé en train d'étrangler Gabriela. J'ai eu la peur de ma vie et j'en ai toujours des nœuds à l'estomac à ce souvenir. J'ignore ce qui m'a retenu d'achever cette larve dégénérée. Probablement le besoin de m'assurer d'abord qu'elle respirait encore ?

— On danse ? me demande-t-elle.

— Si tu veux.

Le groupe du lycée est bon et joue de la pop, loin des rythmes syncopés qui passent en boucle au club. Ça, je peux gérer !

La soirée avance bien. Nous dansons et régulièrement d'autres garçons viennent inviter Gabriela. Elle est surprise et ravie de sa nouvelle popularité. Rien de mieux qu'un supposé rival pour exciter l'instinct des mâles.

En cavalier vigilant, je surveille qu'aucun d'entre eux ne s'autorise à lui manquer de respect.

De mon côté, je refuse les invitations de toutes les *prostiputes* qui se sont satellisées dans mon secteur. Je ne chasse pas dans la catégorie junior, certaines de ces filles sont encore mineures.

Il est presque minuit lorsqu'un des chaperons s'approche de moi. C'est une femme d'une cinquantaine d'années. Elle me détaille de la tête aux pieds avec une insistance qui arriverait presque à me mettre mal à l'aise.

— Je suis madame Suarez, l'assistante sociale du lycée, se présente-t-elle. Je voulais m'entretenir avec vous.

— Bien sûr.

Je recule de quelques pas, m'éloignant de la piste de danse, mais sans perdre ma cavalière des yeux.

— Gabriela m'a affirmé que vous étiez seulement colocataires.

— C'est exact.

L'assistante sociale m'adresse un regard lourd de sens.

— Cette petite est adorable, mais sa situation ne lui a pas permis d'évoluer sur tous les plans en même temps. Elle est très mûre sur les questions financières, mais elle est totalement immature au niveau émotionnel.

Je me raidis devinant sans peine où cette conversation va nous conduire.

— Elle ne pourra pas assumer une relation avec un homme adulte et… très expérimenté, dans votre genre.

Qu'est-ce qu'elle connaît de mon expérience, d'abord ?

Je me retrouve obligé de me défendre.

— C'est juste une amie.

— Et une très jolie fille. Vous n'êtes ni aveugle ni un enfant de chœur. Depuis tout à l'heure, j'observe la façon dont vous vous comportez avec elle. Pensez à cette conversation le jour où vous vous surprendrez à vouloir la déshabiller. Demandez-vous si elle est prête pour vos exigences.

Sur ces paroles, elle s'éloigne.

Cette vieille bique vient de me pourrir la soirée. Heureusement, Gabriela n'a rien entendu et continue de s'amuser.

Dissimulant ma mauvaise humeur, je la rejoins sur la piste de danse pour refouler un connard qui commence à la serrer d'un peu trop près.

Les slows sont mon domaine réservé.

Chapitre 16

Gabriela

Nous sommes le vendredi trois juillet, les yeux rivés à ma montre, je tourne en rond. Slade est en retard. Il avait pourtant laissé un mot sur le frigo me confirmant qu'il rentrerait manger ce soir.

Avec *Tía* Alma, nous avons préparé une surprise pour son anniversaire. Nous avons calculé que nous aurions le temps de faire un barbecue et de lui offrir ses cadeaux avant qu'il reparte au club. Nous avons invité ses potes du voisinage et tous ceux qui l'ont soutenu lors de son arrestation. Sauf qu'il n'est toujours pas arrivé et cela commence à m'angoisser…

Enfin, la Chevrolet se gare devant la maison.

— Le voilà !

Tout le monde fait silence sur la terrasse pendant que je me précipite à la rencontre du héros du jour.

— Qu'est-ce que tu fais là ? s'étonne-t-il.

Je vais pour répondre lorsque son bandage me saute aux yeux.

— C’est quoi ça ?

— Je me suis coincé la main, ce n’est rien. Le médecin est formel, j’aurai juste un gros bleu. Ne t’inquiète pas.

Bien sûr que je m’inquiète !

Mais ce n’est pas le moment, nous en discuterons plus tard. J’attrape sa main valide pour le tracter derrière moi.

— Viens, il faut que je te montre un truc.

— Attends…

Il n’a pas le temps d’en dire plus.

— Joyeux anniversaire ! s’exclament les invités à la seconde où nous franchissons la porte qui donne sur la terrasse.

Je ne pensais pas cela possible, mais Slade rougit. Il me lâche pour faire tourner l’un de ses piercings, un tic de nervosité. Dans la seconde suivante, tout le monde entonne *Cumpleaños Feliz*, le *Happy birthday* espagnol, alors que *Tía* Alma sort de la cuisine avec un gros gâteau portant vingt-quatre bougies allumées.

— C’est toi qui l’as fait ? me demande-t-il alors qu’un sourire éclaire enfin son visage trop sérieux.

— Évidemment ! Tu me dois un cadeau.

— Qu’est-ce que c’est cette histoire ? nous interroge *Tía* Alma.

— Un deal entre nous, élude Slade.

— Regarde vers moi quand tu souffles tes bougies, crie Enrique qui, armé de l’appareil photo de sa mère, a pour consigne d’immortaliser l’événement.

Il s’ensuit une mémorable séance aux poses improbables à laquelle participent tous les voisins, avec un championnat de grimaces et des crises de fou rire.

Entre deux délires, nous nous attaquons au buffet. L'humeur est festive, Slade paraît vraiment heureux.

— Merci, me chuchote-t-il, c'est mon plus bel anniversaire.

— Mais… Tu n'as pas ouvert tes cadeaux.

Il m'adresse un sourire étrange, avant de baisser encore la voix.

— Pendant des années, j'ai eu de beaux jouets, les derniers gadgets à la mode, mais personne ne se fatiguait à me faire une surprise, surtout que mes parents prenaient prétexte de leur *garden-party* du quatre juillet[7], pour tout faire en même temps.

— Ils te fêtaient ton anniversaire le lendemain ?

— J'ai de grands souvenirs de ma mère m'expliquant, l'air épuisé, qu'elle ne pouvait pas organiser deux événements de suite, et que je devais m'estimer heureux que mon anniversaire ne soit pas tout simplement supprimé.

Dire que je suis scandalisée est à un million d'années-lumière de la réalité. J'éprouve une véritable colère. Comment peut-on être stupide au point de faire du mal à son enfant de cette façon ? Il faut le faire exprès !

— C'est inadmissible. Je suppose que ton frère et ta sœur avaient de belles fêtes.

— Tu supposes bien. Je n'avais jamais eu de gens qui étaient contents de venir juste pour me voir. Tu comprends mieux pourquoi je suis vraiment heureux de ta surprise.

Slade s'incline et pose un baiser sur ma joue qui me fait frissonner de plaisir. Je ne devrais pas.

---

[7] Quatre juillet : fête nationale américaine.

Slade

Il est midi quand le réveil me tire d'un profond sommeil. Je m'étire avec le sourire.

J'ai eu une fête d'anniversaire !

Je n'en reviens toujours pas. Au mieux, j'espérais trouver une part de tarte dans le frigo et Gabriela à son travail.

J'ai eu une pile de cadeaux – CD de stars latinas, romans et DVD en espagnol ! –, un énorme gâteau et une foule de personnes qui se disent mes amis. Certains commencent même à ressembler à une famille bien plus attentionnée et aimante que celle à qui je suis lié par le sang.

Lorsque *Tía* Alma m'appelle Arturo, c'est avec une réelle affection, et quand Enrique me chahute en me nommant *mi hermano* – mon frère –, il le pense.

Le pauvre Enrique a bien du mal avec Eva. La voisine ne l'a pas décramponné de la soirée. Pourtant il a été très clair, mais il n'y a pas pire qu'une fille qui ne veut pas comprendre. Au moins ne sera-t-elle pas avec nous aujourd'hui. Elle ne nous gâchera pas la fête nationale où nous avons prévu d'aller tous ensemble.

Mes collègues du club aussi m'avaient préparé un anniversaire, mais d'un autre genre. Alcool et stripteaseuses. Ils ont été surpris que je refuse joints et lignes de coke. Mon « je préfère le sport » les a fait rire. Les deux nanas qui m'attendaient pour m'aider à occuper mes pauses ont, elles, été ravies que je sois en pleine possession de mes moyens.

Rien ne m'obligeait à les culbuter, mais l'assistante sociale m'a perturbé. Sans être le mec le plus recommandable de la galaxie, je ne suis pas débile au point de m'en prendre à une gamine.

La preuve, même saoul, je n'ai pas fait de mal à Gabriela.

Elle est ma meilleure amie, mon porte-bonheur, ma famille. Mon corps réagit parfois à son contact, parce qu'elle est douce, chaude, féminine – et qu'elle sent délicieusement bon –, mais il ne tient qu'à moi de discipliner mes hormones.

Je soupire, tout en m'habillant. Pourquoi est-ce que je me sens bizarre ? Pourquoi ai-je cette impression désagréable que quelque chose ne va pas, que j'ai loupé un truc ? La fatigue ? C'est la seule explication.

Mon sourire et ma bonne humeur reviennent dès que je vois Gabriela. Le repas est prêt. Je m'empresse de mettre la table, mais avec ma main bandée, les assiettes manquent de m'échapper.

— Ça va ? s'inquiète aussitôt ma bébé-coloc en entendant le raffut quand je les rattrape de justesse.

J'essaie de bouger mes doigts.

— Pas terrible.

— Tu t'es fait ça comment, exactement ?

— Le crétin qui a utilisé la presse de l'atelier avant moi avait désactivé la sécurité.

— Tu aurais pu perdre ta main ?

Je hoche la tête, pas la peine de lui mentir. La colère qui flamboie dans le regard noir de Gabriela me fait chaud au cœur. Je compte pour elle. Notre relation, enfin notre… amitié, ce n'est pas du toc à ses yeux.

— Les collègues se sont fait engueuler, mais personne ne s'est dénoncé, alors le boss a retenu une journée de salaire à tout le monde pour payer mes frais médicaux. L'ambiance va être pesante la semaine prochaine.

— Ils ont le week-end pour s'en remettre, décrète-t-elle sans aucune pitié. Promets-moi de faire plus attention. Ce boulot est dangereux.

Elle s'interrompt, se mord la lèvre, réfléchit.

— C'est décidé, il faut que tu reprennes la fac le plus tôt possible, pour te tirer de là et avoir un job à la hauteur de tes capacités. Ça me tue de le dire, mais on doit être pragmatique. Tu vas demander à tes parents l'argent pour l'inscription.

— Jamais !

Je me suis redressé d'un bond au risque d'envoyer valdinguer mon tabouret.

— Tu n'as pas le choix, maintient-elle.

— Après le dernier dîner, ils ne décrocheront pas en voyant mon numéro.

Gabriela se lève, se plante devant moi les poings sur les hanches. Son visage affiche une détermination inflexible.

— Tu vas le faire. Demande-leur un prêt en guise de cadeau d'anniversaire.

— Je refuse…

— Je me fous que ça fasse mal à ton ego et que ça égratigne ta fierté, m'interrompt-elle. Regarde ta main ! Tu ne peux pas continuer à prendre des risques comme ça. Tu vas les appeler, maintenant !

C'est dingue, cette petite nana haute comme trois pommes ose me tenir tête !

— Tu ne me donnes pas d'ordre !

— Je te sauve la vie, tête de mule ! L'existence m'a appris à la dure qu'il y a des priorités. Reprendre tes études est la première de toutes, par n'importe quel moyen. Tu ne pourras pas obtenir une bourse. Les banques ne voudront pas te faire un prêt. S'il faut que tu te foutes à genoux devant tes parents, alors tu vas le faire. Ils ont le fric. C'est tout ce qui compte.

— Tu ne réalises pas ce que tu me demandes.

— Sans rire ? Tu as survécu à la prison. C'est quoi ça, à côté ?

Elle n'a pas tort, mais ça m'agace de l'admettre. Parler à mes géniteurs, c'est dix minutes de douleur alors que j'ai tenu un an au milieu de la lie de l'humanité, entre les suprémacistes blancs qui essayaient de m'embringuer dans leurs délires, les gangs noirs qui se seraient bien fait ma peau trop pâle, les gangs latinos, et les pointeurs – l'autre nom des violeurs – qui se seraient bien occupés de mes fesses, sans parler des gardiens corrompus.

Je me rassois, passant ma main valide sur mon crâne, alors que Gabriela reste plantée devant moi. Elle ne me lâchera pas. En fait, cette fille est plus obstinée que moi.

L'assistante sociale avait raison, pour les questions financières et le pragmatisme à toute épreuve, elle me domine de la tête et des épaules.

— Tu vas le faire maintenant. Il ne doit plus y avoir beaucoup de temps pour présenter ton dossier.

— Je suis peut-être déjà hors délai…

— Arrête de tergiverser ou de te chercher une excuse. On y va, on fonce. Je suis derrière toi.

Elle me tend mon téléphone, le regard décidé.

Emmerdeuse.

J'appelle sur le fixe de la maison.

— Bonjour, maman, c'est Slade.

— Qu'est-ce que tu veux ?

Le ton est cassant. Comment cette femme peut-elle être ma mère ? Cela restera l'un des grands mystères de l'univers.

— Je souhaite reprendre mes études. C'est pour vous demander, à papa et à toi, si vous accepteriez de m'avancer l'argent de l'inscription. Je vous rembourserai dès que possible, et puis…

Je n'ai même pas le temps de mentionner mon anniversaire qu'elle me coupe d'un « attends » impérieux. Elle pose la main sur le combiné. Des voix étouffées se mettent à discuter. C'est mon père qui intervient.

— Tu ne manques pas du culot d'appeler avec des exigences après ce que tu as osé dire à ton frère. Je t'ai renié, je ne reviendrai pas sur ma décision. Tu n'appartiens plus à cette famille.

Il me raccroche au nez.

Gabriela récupère le téléphone, ce qui est prudent. La colère qui enfle en moi me retourne l'estomac au point de me donner envie de vomir… malgré mon serment de ne plus jamais m'énerver à cause de mes parents.

— Bande de connards. Ce sont eux les perdants, pas toi. On va chercher une autre solution. Le fric, on le trouvera.

Ma bébé-coloc pose gentiment la main sur mon bras – sur le tatouage du démon de l'enfer. Son contact me brûle. Sa chaleur se heurte au froid glacial qui s'est répandu dans mes veines, à cette rage qui s'est réveillée, celle qui m'a animée pendant mon séjour en prison, me donnant la force nécessaire pour tenir et que je pensais avoir maîtrisée. Un instant, j'ai envie de tout envoyer chier, de faire une connerie.

Je plonge mon regard dans ses yeux plus noirs que la nuit. Sa compassion, sa douceur combattent la haine dans mon âme.

Gabriela gagne.

Je prends une inspiration. Elle me sourit avec tendresse.

— Nous nous sommes construit une belle vie sans l'aide de personne, et on va réaliser nos projets, tous les deux. On va faire la fête aujourd'hui. Demain matin, on remplit ton dossier et on l'envoie. Ça attirera la chance.

Pourquoi pas ? Cette fille me porte bonheur, autant y croire jusqu'au bout.

Enrique, *Tía* Alma, Lucia, Juan et mon petit pote Antonio dans sa poussette nous attendent devant la maison. J'ai la sensation de faire une sortie en famille, du genre de celles que l'on voit dans les séries télé, ce que je n'ai jamais connu.

Mes amis parlent en espagnol comme je leur ai demandé, pour apprendre en immersion. Ils repassent à l'anglais seulement quand je suis trop largué.

Dans le parc, une estrade a été installée où des groupes de musiciens vont se succéder toute la journée, jusqu'à l'heure du feu d'artifice. Les écoles de danse font des démonstrations du talent de leurs artistes amateurs. Il y a des stands un peu partout. On peut y acheter à manger ou jouer au chamboule-tout et autres amusements bon-enfant.

Pour moi qui ai été élevé dans un quartier huppé où les pelouses sont tondues à la perfection – par des jardiniers mexicains méprisés et priés de rester invisibles –, où le quatre juillet se fête dans des *garden-parties* rivalisant d'une débauche de DJ's, de buffets des traiteurs les plus chers, où chacun offre son propre feu d'artifice, plus somptueux que celui du voisin, où tout le monde épie et cancane, sans que personne ne s'amuse – se serait d'un mauvais goût !

L'ambiance que je découvre est une bouffée d'oxygène. La démonstration qu'il existe un univers différent – et bien plus passionnant – que celui d'où je viens.

Lorsque Antonio clame son envie de sortir de sa poussette, Lucia accepte de me laisser le porter. J'adore !

Le petit bonhomme me fait confiance, là où nombre d'adultes hésitent à se fier à moi à cause de mon allure et de mon passé. Sa position en hauteur l'éclate, il le manifeste par de grands éclats de rire. En plus, avec lui, je galère moins à faire la conversation, ça me repose les neurones.

— Tu te débrouilles bien avec Antonio. Tu envisages d'avoir des enfants un jour ? me demande *Tía* Alma quand nous nous retrouvons un peu isolés des autres.

— J'étais encore en prison il n'y a pas si longtemps, et avant de vouloir une famille, il faudrait qu'une femme soit assez folle pour accepter de vivre avec moi.

Elle me désigne Gabriela à quelques mètres devant.

— Tu l'as déjà trouvée, non ?

Je me raidis, soudain mal à l'aise.

— C'est une petite fille.

— Elle va grandir, Arturo. Bientôt, elle te regardera autrement. Sois patient, mais ne la laisse pas t'échapper. Tu perdrais ce qu'il y a de mieux dans ta vie.

Antonio explose de rire à la vue d'un clown m'évitant de répondre. Il n'empêche que la situation est démentielle. Tout le monde m'imagine collé aux jupes de Gabriela, attendant comme un crevard qu'elle remarque mon existence en tant qu'homme.

C'est horripilant. Surtout que quelque part, le petit Arthur se dit qu'il aurait bien aimé avoir une jolie petite amie comme elle…

J'observe ma mignonne petite colocataire en train de s'essayer au tango avec Enrique – ils ne sont vraiment pas doués ! –, Antonio se met à battre des mains de joie sur la musique entraînante, alors que Lucia et Juan me sourient, heureux de profiter d'un peu de temps en amoureux.

— Tu as raison mon pote, cette nana est géniale. Moi, il y a des moments où je ne suis pas net dans ma tête, et certaines personnes l'ont remarqué. Tu sais quoi ? On ne touche pas à un porte-bonheur, sous aucun prétexte, parce qu'il peut perdre sa magie. Il faut que Gabriela continue de me porter chance ou je ne me sortirai jamais de la galère.

Antonio acquiesce en faisant des bulles de bave. Il se tortille pour que je le pose par terre, mais accepte de me donner la main.

Qu'il en soit ainsi !

La journée se poursuit joyeusement.

Je me sens mieux d'avoir recalé les limites. Elles sont très simples : je me tape toutes les nanas qui me font envie, mais pas touche à Gabriela, ni maintenant ni jamais.

Je me fais tout de même des reproches. Mon attitude le soir où je suis rentré bourré de chez mes parents aurait dû m'alerter.

La coincer dans le canapé n'avait rien d'accidentel. J'aurais dû voir le dérapage qui était en train de se produire, sans que d'autres soient obligés de m'ouvrir les yeux. Ça m'aurait épargné la sensation d'être un crétin.

Je dois faire attention que rien ne modifie notre vie. Je suis heureux pour la première fois de mon existence et je tiens plus que tout à cet équilibre chèrement acquis.

Mon petit pote fatigue. Il finit par regagner sa poussette pour faire la sieste sous la surveillance de sa mère. Je déambule un moment seul entre les stands, saluant mes voisins, échangeant quelques mots avec le *padre* lorsque je le croise.

— Tu nous accompagnes ? me demande Gabriela en déboulant près de moi, alors que je termine ma glace, admirant une topissime prof de salsa au sommet de la sensualité sur l'estrade. On va au match de softball.

J'accepte à regret, lançant un ultime regard à la sublime brune au déhanché sulfureux qui m'adressait des sourires encourageants.

Pourquoi me suis-je imaginé que j'allais assister à un vrai match ?

Les joueurs ont entre huit et dix ans. Leurs parents forment un cercle étanche et hurlant autour du terrain.

— Je ne vois rien, peste ma bébé-coloc en sautillant. Tu ne veux pas me porter ?

Je sursaute, incrédule qu'elle me demande un truc pareil sans paraître réaliser ce qu'il peut y avoir d'ambigu.

— Tu blagues ?

— Bah, non, s'étonne-t-elle.

Gabriela m'adresse un regard si limpide, si plein d'innocence que je me mettrais des baffes d'avoir laissé, un instant, s'imposer à mon esprit l'image de son corps souple à peine vêtu d'un short et d'un débardeur collé au mien, ses jambes autour de moi, son entrejambe pressé contre mes reins…

Elle attend ma réponse avec le sourire.

— D'accord ! Esclavagiste.

Je me baisse pour qu'elle grimpe sur mon dos.

— C'est beaucoup mieux, s'exclame-t-elle en passant les bras autour de mon cou.

J'essaie d'ignorer le frisson embarrassant qui me parcourt, si contraire aux décisions que je viens de prendre.

C'est une gamine…

Il ne me reste plus qu'à me défouler au club ce soir pour oublier ces idées tordues qui menacent mon équilibre. Avec une blonde, aux yeux bleus, comme ça pas d'embrouille, pas de projection. Je me remets d'aplomb dans ma tête et mon corps évacue le trop-plein de testostérone.

Parfait.

— Tu es génial, souffle soudain Gabriela à mon oreille en me collant un baiser sur la joue.

Je crois que, finalement, il me faudra au moins deux blondes.

Chapitre 17

Gabriela

Le quatre juillet a été génial. J'étais triste que cette journée merveilleuse se termine. La sensation d'avoir à nouveau une famille est fabuleuse.

Enrique et Slade se chamaillent comme des frères, c'est vraiment marrant. Et voir mon dur à cuire de coloc se laisser attendrir et mener par le bout du nez par le petit Antonio, ça m'éclate. Slade est trop mignon – un truc que j'éviterai de lui dire en face !

Une nouvelle fois, il est rentré tard du club. Je redoute qu'il finisse par se blesser gravement dans un moment de distraction dû à la fatigue. Il est urgent qu'il lève le pied et qu'il retourne à l'université. Pendant qu'il dort, j'effectue une recherche Internet.

Ouille !

Plus que deux jours pour envoyer les candidatures. Il va falloir faire fissa. Je télécharge les documents. Au moment où il franchit la porte de sa chambre, j'annonce :

— Au boulot, la marmotte ! Ton dossier d'inscription t'attend.

— Je n'ai pas encore déjeuné, ronchonne-t-il.

— Tu manges en même temps. Il y a le feu !

En plus, je ne veux pas lui laisser le temps de reculer, de flancher. Slade craint de ne pas être à la hauteur. N'ayant jamais eu de soutien de la part de sa famille, il manque de confiance en lui.

Il a tenu jusqu'à présent, parce qu'il a un fond solide, mais même la plus puissante des machines finit par tomber en panne si on ne l'alimente pas. Il est limite. Il a besoin que je le pousse, que quelqu'un croie en lui.

Son ancien numéro d'étudiant permet de retrouver son dossier et le réactualiser ne nous prend finalement qu'une dizaine de minutes. Le plus douloureux pour lui est de faire le règlement de deux cents dollars pour la validation de la demande d'inscription.

— J'espère que ce n'est pas de l'argent balancé par les fenêtres, râle-t-il en tapant ses références de carte bancaire.

— Ça va marcher. Va te préparer pour la messe.

— Oh merde… J'avais oublié.

Je suis dehors avec *Tía* Alma et Enrique lorsque nous voyons Slade arriver en tenue de sport. Il se jette à genoux.

— Pitié, *mi Tía*, il faut que j'aille me défouler. J'ai besoin de me bouger, je deviens tout gras… Je viendrai la semaine prochaine, promis !

Tía Alma, très amusée par ses pitreries, accepte d'un petit hochement tête.

— Faux-cul de lâcheur ! s'exclame Enrique alors que Slade se sauve après avoir plaqué un baiser sonore sur la joue de sa mère.

Deux jours plus tard, je rentre du boulot, mon sac de courses dans les bras. Je suis dans l'allée du jardin lorsqu'une fille blonde franchit le portillon derrière moi, paraissant hésiter.

— Je peux vous aider ?

— Je cherche Arthur Tomkins, me répond-elle avec un sourire de remerciement.

Je sens monter en moi une bouffée de colère à l'idée qu'une des maîtresses de Slade vienne le relancer jusque chez nous. Je l'avais prévenu que je ne voulais pas les voir…

D'ailleurs, mon coloc me prend pour une idiote.

Il croit que je ne remarque pas quand il rentre du club et que ses fringues empestent le parfum. Je n'ai pas non plus oublié sa déclaration, comme quoi il s'est tapé « des centaines de nanas », même s'il a ensuite essayé de noyer le poisson.

En plus, il y a quelques semaines, par inadvertance j'ai ouvert son placard dans la salle de bains, là où il range son stock de préservatifs qui diminue avec une constance choquante. C'est plus fort que moi, je vérifie tous les lundis. D'ailleurs, il faut que j'arrête cette sale manie, sa vie sexuelle ne me regarde pas.

Au début, c'était marrant de vivre avec un Don Juan, mais cela ne m'amuse plus. C'est humiliant qu'il se tape toutes les gonzesses de la galaxie alors que je suis aussi transparente qu'une petite sœur pour lui…

Cette idée me fait soudain réaliser que la fille l'a nommé « Arthur ». Il se hérisse comme un porc-épic quand on a le malheur d'utiliser son prénom – sauf si c'est *Tía* Alma –, je doute qu'il le mentionne devant ses conquêtes.

— Vous êtes ?

— Elisabeth Tomkins, sa sœur. Il m'appelle Liz ?

Je respire mieux…

Il y a de l'espoir dans sa voix. Cette fille souhaite que son frère ait parlé d'elle aux gens qui vivent avec lui, qu'il ne l'oublie pas.

Je l'observe. Elle a l'air plutôt naturelle, sympathique, loin des pétasses de la haute qui fréquentent la boutique et snobent les petites latinas qui bossent pour payer leur loyer.

— Slade n'est pas encore rentré. Il ne restera que le temps de prendre une douche et il repart pour son job de nuit.

Elle se détend en entendant le surnom de son frère.

— Oh… Je ne savais pas qu'il avait deux boulots.

— Il en a trois. C'est loin d'être un fainéant.

— Vous pensez qu'il va accepter de me parler.

— Pourquoi refuserait-il ?

Elle hésite à me répondre, à me dire qu'il est fâché à mort avec sa famille. À ses yeux, je suis une étrangère.

— Vous attendez depuis longtemps ?

— Presque une heure.

Je la guide jusqu'à notre appartement. Elle s'immobilise dans l'entrée, interloquée.

— Vous vivez avec mon frère ?

— On est colocataires.

Elle a un sourire surpris et légèrement cynique.

— Une colocation avec une femme dans le quartier mexicain… Slade ne fait rien comme les autres. Et mes parents s'étonnent de ne jamais avoir réussi à le faire plier.

Son regard parcourt notre intérieur, sans mépris, et même chargé d'un peu d'envie. Intéressant.

— J'ai eu du mal à trouver son adresse, admet-elle.

— Vous vous demandiez ce qu'un *gringo* était venu se perdre ici ? C'est à cause de moi. Slade a accepté de tenter l'expérience et il s'est bien intégré. Les gamins du voisinage l'adorent.

— Et leurs parents ?

— Quand un mec comme lui débarque, il provoque un peu de méfiance, mais lorsqu'il s'avère capable d'apprendre l'espagnol en deux mois, donne des cours de mécanique gratos aux jeunes, et va aussi à la messe, il est adopté par tout le quartier.

Je décroche le mot de mon coloc sur le frigo où il me demande de lui racheter des céréales.

— Je reconnais son écriture, murmure Liz, pensive.

Slade

Je suis en retard. Il fallait que je termine une bagnole qui devait être livrée ce soir. Je vais devoir prendre une douche rapide et avaler mon dîner encore plus vite alors que c'est le soir de repos de Gabriela et qu'elle a dû nous préparer un truc sympa.

Bref, je suis de mauvais poil.

Ça parle dans l'appartement. Je ne suis pas d'humeur à me fader l'une de ses copines si cela se passe comme la dernière fois.

Quelle surprise de découvrir ma sœur !

— Slade ! s'exclame-t-elle en se redressant d'un bond, hésitant à m'adresser un sourire, ce qui me vexe.

— Bah oui ! Je suis chez moi, c'est normal que je sois là. En revanche, qu'est-ce que la prunelle des yeux de notre mère fait dans mon antre au milieu du quartier de la lie de l'humanité ?

— Arthur ! me coupe Gabriela d'une voix péremptoire. Liz est venue pour te voir. Elle a attendu plus d'une heure devant la porte, tu pourrais te montrer aimable.

Une seconde, j'envisage d'envoyer bouillir ma chieuse de bébé-coloc, mais elle a raison. Cette visite est une bonne surprise. Je lui tire la langue comme un sale gosse – elle me le rend, exhibant sa petite langue rose qui pourrait me donner des idées si je n'y prends pas garde –, avant que je m'installe sur un des tabourets.

— Que puis-je faire pour toi, Liz ?

Elle hésite, jette un coup d'œil en coin à ma coloc.

— On pourrait en discuter en privé ?

— Gabriela est ma conscience et mon âme damnée. Elle est au courant de tout ce qui concerne ma vie, elle en sait plus que toi.

J'adore la tête surprise de ma sœur et le sourire ravi de mon porte-bonheur. Liz tergiverse un instant avant de se lancer.

— J'étais là quand tu as appelé à la maison. Bon anniversaire, au fait ! débite-t-elle à toute vitesse en fixant le bout de ses tennis. Je me suis dit que si les parents ne veulent rien faire – ce qui est complètement injuste – moi, je pouvais te dépanner, mais je voudrais te demander quelque chose en échange.

Seul le regard de Gabriela qui m'ordonne de me taire me fait retenir le sarcasme qui me brûle la langue.

— J'ai un peu plus de vingt mille dollars d'économie, je peux te les passer pour payer l'université… et quand j'entre à la fac, l'année prochaine, je viens vivre avec toi. Maman ne pourra rien, parce que je serai majeure et j'ai déjà mon plan d'épargne étudiant pour payer ma fac et que…

J'explose de rire en m'écroulant sur le comptoir, laissant les filles tétanisées de surprise. J'en suffoque tellement je me marre. Les larmes dévalent sur mes joues.

Plusieurs essais me sont nécessaires pour retrouver mon souffle et un semblant de calme.

— Si je peux pourrir la vie de notre chère maman, c'est gratos. Ça m'éclate, tu n'imagines même pas…

Son petit rictus me montre que Liz imagine très bien ce que j'éprouve – le fils banni qui aide la petite chérie à fuir l'oppression maternelle. Je m'oblige à redevenir sérieux. Il s'agit de l'avenir de la seule personne de ma famille biologique qui en vaille la peine.

— Le problème, c'est qu'ici on n'a que deux chambres, et Gabriela ne partira pas pour te laisser la place. Elle et moi, on fonctionne en équipe.

Liz hoche la tête en signe de compréhension, déçue.

— Ça nous laisse plusieurs mois pour trouver un appartement plus grand, fait remarquer ma coloc, la reine du pragmatisme.

— Tu es d'accord pour déménager et que Liz vive avec nous ?

Elle confirme d'un élégant petit mouvement de tête, et ma sœur se retient de justesse de lui sauter au cou.

De mon côté, j'ai du mal à me rendre compte que l'argent dont j'ai besoin pour payer la fac vient de me tomber du ciel ! Je vais même pouvoir arrêter de travailler pour me consacrer à mes études. Reprendre ma vie là où elle s'était arrêtée, mais en mieux.

Mon porte-bonheur m'a incité à provoquer la chance et ça marche !

Le sourire de Liz disparaît soudain.

— Un jour, tu me diras pourquoi les parents ont peur de toi ? Ce secret qui provoque la colère que je vois dans tes yeux depuis des années.

Elle a le droit de savoir, mais je m'en veux déjà du mal que cela lui fera de découvrir que tout est bidon.

— Promis, quand tu ne dépendras plus d'eux.

Gabriela aussi aimerait savoir… un jour, quand elle sera moins innocente. Je ne veux pas la salir.

Chapitre 18

Slade

Mon dossier a été constitué et envoyé, sans savoir si j'aurais le financement. Sans la ténacité de Gabriela, j'aurais renoncé.

— Si tu étais passé par les mêmes galères que moi, entre le foyer, les bourses, les aides sociales, plus rien ne te ferait peur, m'a-t-elle dit avec une maturité étonnante. Te traîner à genoux pour des bons alimentaires ne te mettrait pas la honte.

Je l'ai crue sans peine. À sa façon, c'est une dure à cuire, une survivante avec une force incroyable.

— Il y a du courrier pour toi, m'annonce-t-elle ce soir-là quand je rentre. C'est la réponse de l'université.

— Je pensais qu'ils le feraient par mail.

Je retourne l'enveloppe, fixe le logo de la fac.

— Tu ne l'ouvres pas ?

— J'ai tellement trimé pour ça que s'ils me refusent…

— Tu veux que je la lise pour toi ?

Elle me soutient depuis la première seconde, son aide, mon orgueil peut l'accepter. Je la lui tends.

Poings serrés pendant qu'elle parcourt le message, je m'impatiente.

— Alors ?

— Ce n'est pas un refus, mais ce n'est pas un accord non plus. Le doyen de la section ingénierie te remercie pour ta candidature et apprécie ta volonté de terminer ta formation, mais il tient à te faire passer un entretien de motivation. Il précise aussi qu'à cause de tes antécédents, il ne te reprendrait pas en cursus traditionnel, mais en cours du soir.

Je fais un rapide calcul sur le nombre d'UV que je vais pouvoir suivre par rapport à celles qui me manquent.

— Il va falloir deux ans avant de te présenter à l'examen, confirme Gabriela qui poursuit sa lecture.

— S'ils m'acceptent.

— Ils vont t'accepter, je n'ai aucun doute.

Et s'ils le font, ça veut dire deux années d'inscription à financer. L'argent que j'ai mis de côté ajouté à celui de Liz ne suffira pas à les payer et à vivre correctement à côté. Je vais devoir continuer à bosser et à économiser le moindre dollar.

Fait chier… mais il faudra bien y arriver.

L'entretien est fixé au vingt-huit juillet, la veille de la fermeture estivale de la fac. Pas d'appel possible en cas de refus.

— Maintenant, nous devons te préparer, m'assène-t-elle sur le ton d'un sergent-chef face à une nouvelle recrue.

Dans les deux semaines qui suivent, je bûche comme un malade pour me remettre à niveau, au cas où le jury me poserait des questions techniques. Ma sœur a récupéré mon ordinateur chez les parents, dans le grenier où mes affaires ont été exilées. Liz est comme Gabriela, persuadée que je vais réussir. Elle a déjà transféré son argent sur mon compte.

De son côté, ma bébé-coloc m'oblige à travailler mon oral.

— Ton allure, ton visage, ta voix en disent plus que tes mots. Tiens-toi droit ! Arrête de me fusiller du regard ! Au boulot.

Cette fille est un coach impitoyable. Elle a établi une liste des mots qu'elle m'interdit de prononcer devant le jury, ainsi qu'une autre contenant ceux que je dois placer dans ma présentation – motivation, carrière… –, elle me fait répéter, me bombarde de questions parfois absurdes, pour être certaine que je garde mon calme.

Quand le jour J arrive, je ne me rappelle plus la dernière fois où j'ai dormi. Gabriela veut tellement que je réussisse qu'elle m'a exempté de toutes mes corvées.

Je n'ai même pas honte d'avoir supplié mon porte-bonheur pour qu'elle vienne avec moi. Elle est ravie de conduire ma voiture, ce qui me permet aussi de rester concentré sur mon objectif. Je suis bien habillé, pour renvoyer une image sérieuse. Mon bandage a été retiré. Seulement, on voit que je ne suis plus un gosse de riche.

Gabriela m'accompagne jusque devant la porte.

— Je t'attends là, promet-elle en me lâchant la main.

À cet instant, je réalise que je m'accrochais à elle, mon porte-bonheur. La secrétaire du doyen me fait entrer…

Je suis mort.

Dans le jury, il y a un de mes anciens profs. Un type à qui j'ai manqué de respect plusieurs fois.

Karma !

— Installez-vous, Arthur, me dit-il avec un sourire en coin montrant qu'il ne m'a pas oublié. Nous attendons le doyen, il aura un peu de retard.

Ils me laissent mijoter sur ma chaise pendant presque vingt minutes, discutant entre eux. Je m'astreins au calme le plus complet, songeant à Gabriela, au temps, à l'énergie qu'elle a investie, à la journée de boulot qu'elle a sacrifiée pour moi. Je me dois de ne pas la décevoir en m'effondrant à la première difficulté.

Enfin, le doyen arrive, le visage neutre. Il me demande de récapituler mon parcours universitaire et d'expliquer les raisons qui me font souhaiter reprendre mes études. Je déploie ma présentation, utilisant tous les arguments que nous avons travaillés. Je fais très attention aux mots que j'emploie, à mes postures, au ton de ma voix.

— Tu ne dois jamais paraître agressif ni désespéré, n'a-t-elle pas arrêté de me seriner. Tu ne quémandes pas une faveur, tu leur présentes la candidature d'un bon étudiant.

Il faudra que je la remercie encore une fois pour ses conseils et les heures de répétition. Sans préparation, j'aurais déjà perdu mes moyens devant ces regards qui me fixent et décortiquent la moindre de mes paroles.

— Vous avez fait de la prison, dit le doyen à la fin de mon exposé. C'est votre incarcération qui vous a contraint à interrompre vos études, n'est-ce pas ?

— C'est exact. J'ai commis une erreur et j'ai payé ma dette à la société. Maintenant, je souhaite reprendre le cours de ma vie.

— Donc, selon vous, vous n'êtes plus le petit branleur qui foutait le bordel dans mes cours ? intervient mon ancien prof.

Je me raidis, mais je pense à Gabriela derrière la porte, cela m'apaise aussitôt. Je referme les doigts sur son élastique à cheveux que je porte de nouveau au poignet.

— Cet abruti immature n'a pas survécu à son séjour au pénitencier. J'ai réévalué mon importance dans l'univers, ce qui ne m'a pas fait de mal, même si c'était une façon plutôt brutale de me mettre du plomb dans la cervelle.

Mon ancien prof me fixe, insondable. Les autres hochent la tête avec de petits sourires entendus. Le doyen relit mon dossier une dernière fois alors que l'heure du verdict approche. La pression monte en flèche dans ma poitrine.

— Vous habitez dans la 74e rue, note-t-il. C'est au cœur du quartier mexicain, n'est-ce pas ?

— C'est bien mon adresse.

— Pourquoi là-bas ?

— J'y ai une vie agréable, loin des problèmes.

— Cela a un rapport avec la demoiselle à la chevelure d'ébène qui vous attend en se rongeant les ongles ?

— Cela a tout à voir avec elle.

— Elle est étudiante ?

— Elle est inscrite en première année à la fac de lettres, elle veut devenir professeure.

Ma réponse provoque un acquiescement général. C'est incroyable, l'aura positive de Gabriela agit même à travers une porte close !

Le doyen consulte le jury à mi-voix.

— Vous nous avez convaincus de votre motivation et de votre nouvelle maturité, Monsieur Tomkins. Bon retour parmi nous !

Je retiens un soupir de soulagement alors qu'ils se lèvent et me serrent la main avant de sortir de la salle, les uns après les autres.

— Un petit conseil, Arthur, me glisse mon ancien prof. Même si je n'ai pas le droit de vous dire cela : laissez repousser vos cheveux. La tête de tueur à gages a dû vous être utile en prison, mais ça ne fait pas jeune ingénieur à l'avenir prometteur.

— Je vais y penser.

Lorsque je sors, Gabriela m'attend, inquiète.

— J'ai réussi !

Elle m'adresse un sourire éblouissant avant de se jeter dans mes bras. Je la soulève et la fais pirouetter de joie. C'est si bon de la sentir contre moi, de la voir heureuse.

J'enfouis mon nez dans ses cheveux, je savoure l'instant, le privilège qu'elle m'accorde.

Chapitre 19

Gabriela

— On est vendredi, annonce soudain Slade alors qu'il engage la voiture sur l'autoroute à la sortie du campus.

J'aurais bien aimé conduire, mais je n'ai pas osé réclamer. Mon permis a si peu l'occasion de servir.

— Ça te dirait de fêter ma réussite au club ?

— Je n'ai pas vingt et un ans. Ils ne me laisseront pas entrer.

— Bien sûr que si, et tu pourras danser.

Je ne suis jamais allée dans un endroit comme le *Blacklight*, et faire la fête pour son admission, les vacances, mon entrée à l'université, tout ce qui va bien dans ma vie depuis que nous vivons ensemble me tente. J'aimerais beaucoup, mais…

— Tu travailles, je vais me retrouver toute seule.

— On propose à Enrique de venir avec nous, et je vous rejoindrai pendant mes pauses ?

— Génial !

Je me mords la lèvre. Mon enthousiasme était excessif pour une simple sortie. Mon coloc m'adresse un sourire si complice qu'il me fait frissonner de plaisir. Une fois à l'appartement, il appelle Enrique qui hurle de joie en apprenant la bonne nouvelle et qui accepte l'invitation sans hésiter.

— N'oublie pas de prévenir ma mère, elle prie pour toi depuis des jours, elle a même brûlé des cierges !

Slade est tellement ému qu'il me semble deviner des larmes dans ses yeux soudain plus bleus.

— Je crois que personne n'a jamais prié pour moi, me dit-il avant de s'empresser de descendre voir *Tía* Alma.

Pendant le dîner, il est si heureux d'avoir réussi qu'il en devient bavard – du jamais vu ! Il me détaille toutes les questions auxquelles il a répondu, me parle de son ancien prof dont il craignait la réaction. Une fois de plus, quand il mentionne celui qu'il était avant, il se montre sans pitié. Aucun doute que la prison change un homme, mais à ce point…

Lorsque l'heure de me préparer arrive, je me retrouve plantée devant ma penderie. Je regrette que Marina ne soit pas là pour me conseiller… Nos fous rires, notre amitié me manquent.

J'opte pour un débardeur blanc qui contraste avec ma peau mate et un jean slim. Simple. Je relève mes cheveux en chignon pour dégager ma nuque et mettre en valeur mon décolleté.

Slade et Enrique portent un jean et un tee-shirt noir. La seule différence, c'est que dans le dos du plus baraqué des deux, il est écrit « SÉCURITÉ ».

Nous entrons dans le club par la porte des VIP. C'est la première fois que j'ai ce genre de passe-droit. J'ai l'impression d'être importante, de ne plus être la petite Gabriela, la lycéenne qui peine à payer ses factures. Ce n'est pas le regard du collègue de Slade qui dira le contraire. Il me détaille d'une façon qui me donne la sensation d'être désirable. Ça ne m'était jamais arrivé.

— Logan ! Pas touche. C'est la famille.

— T'es pas drôle, mec ! s'exclame le gars en m'adressant un clin d'œil qui dit, tout à la fois, qu'il me trouve très jolie et qu'il n'ira pas contre son avertissement.

J'attends qu'on soit un peu éloigné pour murmurer à Slade :

— Rabat-joie !

— Logan saute sur toutes les nanas qui passent à sa portée, ne te laisse pas baratiner. Il raconterait n'importe quoi pour parvenir à ses fins. Ici, c'est le spécialiste de la flatterie lourdingue.

Je me raidis, vexée. Mon physique ne vaut donc pas le moindre compliment ? Mais je n'ai pas le temps de m'exprimer que nous stoppons devant un type en costume, très chic.

— Monsieur Hollander, mon boss.

L'homme élégant me sourit amicalement.

— Nous avons eu l'occasion de nous parler au téléphone, je crois. Je suis très heureux de vous rencontrer, mademoiselle. J'espère que vous passerez une bonne soirée dans mon club.

Slade nous présente ensuite au barman.

— Jonas, le roi du cocktail. Miss est au jus de fruits, prévient-il.

Je serre les poings, affichant un sourire crispé. Je n'aurais pas commandé d'alcool. Il n'avait pas besoin de le dire.

— Je dois aller prendre mon poste. Je vous retrouve dans deux heures. Profitez bien, mais soyez sages !

À ma grande surprise, il me plaque un baiser au coin des lèvres – qui pourrait prêter à confusion –, avant de disparaître vers le vestiaire des employés pour déposer nos affaires.

— On va danser ? propose Enrique.

Il est déchaîné et s'éclate comme un fou. Nous squattons la piste pendant près d'une heure. Je m'amuse autant que lui, oubliant mes contrariétés du moment et tous mes soucis.

Étonnamment, Enrique ne regarde pas les autres femmes et reste exclusivement avec moi. Je ne m'en plains pas, loin de là, sa présence m'épargne l'attention des dragueurs.

Par intermittence, j'aperçois Slade et les gars de la sécurité qui circulent entre les tables, interviennent pour évacuer des types bourrés ou qui importunent les clientes. Ils agissent vite et n'y vont pas avec délicatesse, je comprends mieux qu'il rentre avec des bleus.

— Pause ! s'exclame soudain Enrique en m'entraînant hors de la piste alors que le club est plein à craquer. J'ai besoin de souffler et de boire un coup. Je crève de chaud.

Nous jouons des coudes pour approcher du bar. De loin, Jonas nous fait signe qu'il nous a vus et qu'il arrive.

— Une mule mexicaine[8] pour moi, commande Enrique, et un cocktail exotique pour la jolie demoiselle.

Je lui souris pour avoir présenté les choses de cette façon et ne pas avoir clamé que je n'ai pas l'âge légal pour de l'alcool. Moins

---

[8] Mule mexicaine : Tequila, sucre de canne, jus de citron, orange, bière de gingembre, glaçon.

d'une minute plus tard, Jonas est de retour. Il pose devant nous deux verres colorés, artistiquement préparés.

— Une mule mexicaine et un Mojito !

Je sursaute, mais avant que j'aie le temps de réagir, il se penche en avant, de façon que je sois la seule à entendre :

— C'est un Virgin Mojito… tout pareil, mais différent !

Il m'adresse un sourire complice et séducteur tout en me faisant un clin d'œil qui me fait rougir.

— Combien je te dois ?

— Le patron a dit que c'était gratis pour la bébé-coloc de Slade. D'ailleurs, c'est marrant à la façon dont il parle de toi, je t'imaginais plus gamine, bien moins jolie.

Son regard appréciateur s'attarde sur mon décolleté. Loin d'être flattée, je me sens humiliée. Ce n'est pas Jonas qui a inventé ce surnom, c'est Slade ! Si j'avais le moindre espoir qu'il se passe un jour quelque chose entre nous, je suis fixée. Il me considère comme une môme.

— Souris, me dit Enrique près de moi, en me mettant un coup de coude. Il t'appelle aussi son porte-bonheur.

À la même seconde, un homme que je n'ai pas vu arriver m'enlace et se colle contre mon dos.

— Tout va bien ? demande Slade avant que je puisse réagir.

— Comme tu le vois, répond Jonas en lui retournant un regard dont je ne comprends pas le sens.

Mon coloc me fait pivoter entre ses bras.

— Vous voulez un box pour pouvoir boire ça tranquille ?

— Ça serait génial, s'exclame Enrique.

Me tenant toujours par la taille, Slade nous pilote jusqu'au carré VIP, où la musique est moins forte.

— Je vous rejoins dans une petite demi-heure, dit-il en jetant un coup d'œil à sa montre avant de s'éclipser.

Slade

J'ai fait une connerie. Je n'aurais jamais dû amener Gabriela au *Blacklight*. Tous les mecs la pistent comme des chiens en chasse. Elle est trop jeune et innocente pour ça. Heureusement qu'à ma demande, Enrique ne la lâche pas.

— Je vais protéger notre petite chérie de tous les vilains croque-mitaines qui en auront après sa vertu, m'a-t-il charrié pendant que nous attendions qu'elle termine de se préparer. Ce n'est pas dans un club de ce genre que je trouverais ce que je cherche. Danser avec une jolie fille pourra même être positif pour ma réputation.

— Il faudra que tu sortes du placard un jour, *hermano*.

Il a haussé les épaules, en reniflant.

L'heure de ma pause arrive enfin. Je vais les rejoindre, ma bouteille d'eau à la main.

— Tu changes de style, me nargue Brenda, l'une des serveuses en désignant Gabriela lorsqu'elle me croise.

Brenda m'a fait un rentre-dedans d'enfer quand j'ai été embauché et elle continue. Elle n'admet pas que je ne couche pas avec les collègues. Je passe sans lui répondre.

— Vous vous amusez bien ?

— Génial ! s'exclame Enrique. Je n'avais jamais été VIP.

— Et toi ?

Gabriela me regarde bizarrement, hésite.

— Si tu arrêtes de me traiter comme une gamine devant tout le monde, ça sera une soirée très agréable.

Je me raidis. Trouver une réponse qui ne soit pas : « je ne voulais pas que ces queutards te fassent une démonstration de l'utilisation de la salle de pause » m'arrache les neurones.

— Désolé, ce n'était pas mon intention. Pardonne-moi.

Elle me sourit, et comme c'est une personne merveilleusement positive, sa bonne humeur revient. Je leur consacre mes quinze minutes de relâche – on blague, on s'amuse –, avant de reprendre le taf et qu'ils retournent danser.

À deux autres reprises avant l'heure de la fermeture je vais les rejoindre. Gabriela profite de sa soirée, c'est le plus important.

— Je suis mort, s'exclame Enrique en se laissant tomber sur la banquette arrière de la Chevrolet.

— Et moi, je ne sens plus mes pieds, râle ma bébé-coloc. Comment fais-tu pour tenir tous les week-ends comme ça ?

— Je ne danse pas !

— Pas faux. Tu te contentes de cogner les indésirables.

Le retour se déroule dans une joyeuse ambiance fatiguée. Une fois à l'appartement, elle marmonne :

— J'ai besoin d'une douche. Je peux prendre la salle de bains en premier ou tu veux y aller ?

— Vas-y.

Elle entre dans la pièce, pousse la porte du pied et retire en même temps son débardeur sous lequel elle ne porte rien – ce que tous les mecs du club ont remarqué, moi le premier.

Avant que le battant ne se soit complètement refermé, sans qu'elle s'en rende compte, j'ai un aperçu de sa délicieuse poitrine ferme, implantée haut…

C'est ma queue douloureusement tendue contre la toile de mon jean qui me rappelle à l'ordre.

Mais je fais quoi moi, là ?

Malgré mes résolutions, je recommence à déconner !

Ce n'est pas une nana ordinaire, une greluche, une gonzesse pour la baise. C'est mon porte-bonheur.

Furieux contre moi et mes imbéciles d'hormones mâles, je me détourne pour m'enfermer dans ma chambre, attendant mon tour et la douche froide que je vais m'infliger.

Chapitre 20

Gabriela

Les vacances se poursuivent me permettant de profiter du jardin pour lire au soleil et bronzer. Même mon travail à la boutique est moins prenant, la période est calme.

Ce n'est pas le cas pour Slade.

Il fait un maximum d'heures supplémentaires pour économiser avant d'abandonner son boulot de gardien de nuit. Il y est contraint pour pouvoir assister aux cours du soir.

Heureusement que la bibliothèque universitaire et les salles d'ingénierie sont ouvertes jusqu'à vingt-trois heures, sinon, il aurait aussi été obligé de diminuer son nombre d'heures au garage pour y aller en journée, au risque de perdre son deuxième emploi.

J'aurais d'ailleurs préféré qu'il lâche son job de mécano. C'est celui où il est le plus susceptible de se blesser. J'ai essayé de le convaincre de trouver un autre boulot, mais il a été inflexible.

— Je ne retrouverai pas un salaire de chef d'atelier ailleurs.

Résultat, on se voit encore moins que d'habitude. Nous communiquons presque exclusivement par les mots collés sur le frigo. Ce soir, pour compenser, j'ai l'intention de nous préparer un bon dîner et profiter de sa présence. Je suis en chemin pour l'épicerie quand j'aperçois Marina qui vient vers moi. Changer de trottoir me tente, mais il est temps de crever l'abcès.

Elle se plante devant moi. J'attends qu'elle prenne la parole, décidée à ne pas lui faciliter les choses.

— Je te demande pardon. Je ne voulais pas comprendre à quel point ta situation et le comportement de ton père étaient graves. Je pensais que… tu exagérais.

« J'exagérais » ! À ces mots, une bouffée de colère et l'envie de lui faire mal me saisissent.

— Si Slade n'était pas arrivé à temps, c'est à ma pierre tombale que tu présenterais tes excuses. Mon père a essayé de me tuer !

Elle a un hoquet, et les larmes inondent ses yeux.

— Mes parents et même Diego m'ont assassinée quand je leur ai avoué que tout était ma faute. Je m'en veux tellement de ce qui aurait pu se produire si ton… colocataire n'était pas intervenu.

— Il a failli retourner en prison à cause de toi.

Marina se jette à mon cou et me serre contre elle.

— Oh, pardon, je te demande pardon ! répète-t-elle.

Nous restons un moment comme cela, plantées au milieu du trottoir sous le regard amusé des passants. Je finis par la repousser en lui tendant mon paquet de mouchoirs.

— Tu avais raison, renifle-t-elle. J'étais une gamine vivant aux pays des Bisounours. Ton père m'a manipulée comme une idiote.

J'ai gobé tout ce qu'il m'a raconté. Je crois que c'est aussi à cause de Slade… Il me fait peur.

— Vu toutes les filles qui lui tournaient autour au bal de la promo, tu dois bien être la seule.

— Jalouse ? demande Marina en m'adressant, entre ses larmes, un sourire timidement complice.

Ça, c'est une question que je refuse de me poser depuis que ma trop vive réaction devant Liz m'a pris par surprise. Slade est mon ami, mon coloc et c'est tout. Lui-même me fait bien comprendre qu'il ne veut pas autre chose.

— Il faut que tu fasses la paix avec lui. Tu vas lui demander pardon et venir dîner avec nous pour mieux le connaître.

Marina accepte et m'aide pour les courses. Très vite, notre ancienne camaraderie refait surface. Nous préparons le repas en plaisantant et en riant comme avant.

— Je peux entrer ou je vais me manger un coup de lampe ? demande soudain une voix grave et sexy depuis la porte.

Marina se retourne, rougit, mais s'approche résolument de lui.

— Je m'excuse pour ça, et pour tout le reste. C'est ma faute si vous avez dû défendre Gabriela contre son père.

J'espère qu'il ne va pas pousser trop loin. Quand il se tient ainsi, fermé, les bras croisés, il est impossible de deviner ce qu'il pense. Il la laisse mijoter une longue minute.

— Y a quoi à manger ? finit-il par dire.

Je lui énumère le menu avant qu'il aille déposer ses affaires dans sa chambre.

— Tu crois qu'il va me pardonner ? s'inquiète Marina.

— S'il parle de nourriture, c'est que c'est bon.

Cela nous fait rire, mais c'est nerveux.

Lorsque Slade s'installe à table, je suis surprise. J'ai l'impression qu'il ne se rase plus le crâne. Un duvet blond commence à être bien visible. Pas de doute, ses ancêtres sont des Nordiques !

Évoquer un sujet aussi personnel devant Marina est gênant, mais la curiosité me dévore. Alors, je lui adresse un signe pour attirer son attention, avant de passer la main dans mes cheveux, accompagné d'un coup d'œil interrogateur. Il me répond par un haussement de sourcil explicite. Je retiens une exclamation de joie. Il abandonne enfin son look de dur à cuire pour retrouver une allure civilisée. J'en suis ravie et cela le fait rire.

Le regard de Marina va de lui à moi, surprise par cet étrange échange silencieux dont le sens lui échappe.

— Je te devais un cadeau pour mon anniversaire, dit soudain Slade, sortant de sous la table un petit paquet.

— J'avais oublié !

Trop contente que lui s'en soit souvenu, je me jette sur la boîte et déchire l'emballage doré.

— Super !

C'est une souris sans fil pour mon ordinateur. Elle remplacera la vieille toute pourrie que je faisais durer. Il a choisi un modèle ergonomique, de marque. Il a dû la payer cher…

Je fais le tour du comptoir à toute allure et plaque un baiser de remerciement sur sa joue. Ma joie est ternie à la seconde où je le sens se raidir et se retenir de reculer à mon contact. Il saute toutes les nanas qu'il croise, mais il n'aime pas que je le touche.

Il ne me voit que comme sa coloc. Cette évidence me fait mal, plus que je ne l'admettrai jamais, même sous la torture.

Je ne suis rien d'autre pour lui. Il l'a toujours dit.

Je me détourne et je souris à Marina pour tenter d'oublier ma déception.

Slade

Adossé au mur, les yeux fermés je sens la fille se mettre à genoux devant moi. Ses doigts fins glissent sur mes abdominaux, s'attaquent aux boutons de mon jean. Elle les fait sauter, plonge la main à l'intérieur, saisit mon sexe avec enthousiasme et empressement. Sa caresse le tend plus durement encore.

Elle glousse de joie. Je la laisse s'amuser avec moi sans bouger, sans la toucher, sans même ouvrir les yeux.

D'un geste habile, elle dégage ma queue de mon boxer et le petit son satisfait qu'elle émet en découvrant sa longueur, son épaisseur devrait me flatter. Ce n'est plus le cas depuis longtemps.

Toutes les nanas réagissent pareil. Elles doivent bien se douter qu'en mesurant un mètre quatre-vingt-dix, ma bite sera plus longue qu'un cure-dent. C'est ce qu'elles cherchent toutes, même quand elles clament le contraire.

Un gémissement de plaisir roule dans ma poitrine quand sa langue chaude glisse sur toute ma longueur, avant de prendre le temps de jouer avec mon gland. Un soupir m'échappe lorsqu'elle me mordille délicatement.

C'est mignon, mais il faudrait qu'elle s'active. Ma pause ne dure pas des heures. Je tends la main et attrape sa nuque pour la rapprocher de moi, l'inciter à me prendre dans sa bouche.

Elle s'exécute. Ses lèvres se referment, son humidité m'entoure. Elle progresse, m'avale de plus en plus profondément. Elle commence à aller venir, geignant de contentement.

Ma main se perd dans la masse soyeuse de ses cheveux pour la guider, qu'elle prenne le rythme dont j'ai envie. Mon plaisir monte.

J'ouvre les paupières pour la voir avant de décharger dans sa bouche. Elle lève ses beaux yeux noirs pleins de douceur vers moi.

Et je me redresse d'un bond dans mon lit !

Mon cœur bat comme un fou, mon sexe est tendu à l'extrême. Je mets plusieurs secondes à réaliser que ce n'était qu'un rêve érotique où la fille qui me suçait si délicieusement, avec tant d'application… c'était Gabriela.

Putain !

Il y a une partie de moi qui ne veut pas comprendre qu'elle est intouchable. Interdiction de fantasmer sur elle. C'est pourtant simple !

Qu'est-ce que mes imbéciles d'hormones ne saisissent pas ?

Il faut que je trouve un moyen définitif d'arrêter ça, et faire en sorte de ne jamais tenter de séduire Gabriela… ou que jamais elle ne me laisse l'approcher.

Chapitre 21

Slade

La solution se présente d'elle-même le lendemain. Ma coloc m'annonce qu'elle va dîner chez les parents de Marina et qu'elle passera la nuit et une partie de son dimanche avec eux.

J'ai l'appartement pour moi.

Au club, une superbe hôtesse de l'air, vivant à Miami, me fait des avances. Je l'invite. Elle me suit sans hésiter et me saute dessus dès l'entrée, mais un reste de décence m'interdit de la baiser sur le canapé, au milieu des affaires de Gabriela. Je la porte sur mon lit. Une fois la porte fermée, on bascule dans le X le plus brûlant.

— C'est normal qu'il y ait des trucs de fille dans la salle de bains ? demande-t-elle, mécontente, quelques heures plus tard.

— C'est à ma coloc.

— Tu te fous de moi ?

J'ouvre la chambre de Gabriela, laissant voir le désordre habituel, ses vêtements traînant sur sa couette.

— Je t'ai dit que j'étais célibataire.

— Tant mieux. Je refuse d'être complice d'un adultère.

Une demi-heure après, je la raccompagne jusqu'à son taxi.

— Je te recontacte si je repasse dans le secteur, me susurre-t-elle avant de m'embrasser goulûment une dernière fois.

La voiture s'éloigne. Je me retourne et me heurte au regard mécontent de *Tía* Alma. Ma logeuse m'observe depuis son salon. Elle me rejoint au pied de l'escalier et m'alpague en anglais – mauvais signe.

— Qui est cette fille ? C'est ta petite amie ?

— C'est juste une nana d'un soir. Elle ne reviendra pas.

— Gabriela est-elle au courant que tu as ramené cette… personne chez vous ? veut-elle savoir, visiblement choquée.

— Elle sait très bien que je ne suis pas un saint, et nous ne sommes pas un couple, elle n'a rien à me dire.

Derrière son épaule, je vois Enrique qui braque sur moi un regard où se disputent tristesse et colère. Il est déçu et j'en suis désolé. Je ne voudrais pas perdre l'amitié d'un mec aussi intègre et généreux que lui. Il faudra qu'on s'explique… plus tard.

Traînant les pieds, je rentre et je m'attaque au ménage pour faire disparaître les traces de mon forfait. Mes draps atterrissent dans la machine à laver.

Mon comportement a écorné ma réputation et l'estime que me porte *Tía* Alma. Quand Gabriela saura ce que j'ai fait, elle sera définitivement convaincue que je suis infréquentable, qu'elle ne doit pas laisser un type comme moi être autre chose qu'un colocataire.

Gabriela

Partager avec Marina et les siens leur ambiance familiale était géniale, les parents protecteurs et attentifs, le frère et les sœurs qui se chamaillent, mais s'adorent. J'aurais aimé que Slade soit avec moi pour profiter lui aussi de ce bon moment.

Diego s'est dévoué pour me ramener en voiture.

— Tu ne me laisses jamais conduire, a râlé Marina.

Lorsqu'il se gare devant la maison, Enrique est dans le jardin.

— Venez, je vais vous présenter !

— Ravi de vous rencontrer, dit-il en leur serrant la main. Gabriela nous parle souvent de vous.

Il fixe Diego avec attention. C'est bizarre, je ne me souviens pas avoir jamais discuté de lui avec mon voisin.

— Ma mère veut te voir. Tu peux y aller maintenant ? me dit-il en se tournant enfin vers moi.

Je me sépare de ma meilleure amie et de son frère sur de joyeuses embrassades en nous promettant de refaire un week-end de ce genre très bientôt.

Passant par la terrasse, je trouve la baie vitrée de l'appartement du rez-de-chaussée ouverte.

— *Tía* Alma ?

— Dans la cuisine, me répond-elle en espagnol.

Lorsque je rentre dans la pièce, tout de suite, c'est clair qu'il y a un problème, elle est contrariée.

— Je ne devrais pas me mêler de vos affaires à Slade et toi, me dit-elle, embarrassée, mais je considère que c'est mon rôle de veiller à la moralité de ce qui se passe dans ma maison.

Je dois la regarder complètement ahurie, car elle m'adresse un sourire désolé et réconfortant.

— Il a ramené une fille du club. Et… tout le voisinage les a vus s'embrasser avant qu'elle reparte en taxi, ce matin.

Mon estomac se serre douloureusement. La sensation de manquer d'air m'asphyxie.

Il a osé !

J'essaie de me reprendre pour cacher à *Tía* Alma à quel point je suis blessée qu'il ait trahi sa parole.

— Quand je ne suis pas là, je m'en moque.

Je mens, je suis furieuse. Sur un rapide salut, je remonte à l'appartement. À chaque marche, ma colère grandit, elle explose la porte à peine franchie.

— Qu'est-ce que c'est que cette histoire ?

— Bonjour à toi aussi, me répond Slade avachi devant la télé. Les potins vont vite dans le quartier, on dirait.

— Nous avions un accord ! Tu ne devais pas ramener tes conquêtes chez nous.

— Tu n'étais pas là. Je ne vois pas en quoi ça t'a dérangé.

— Tu m'avais donné ta parole.

Il se lève et me toise comme si j'étais une gamine insolente osant tenir tête à un adulte.

— Tu es un Casanova, un *serial* baiseur. Tu n'as aucun respect pour les femmes.

À ces mots, Slade blêmit, mais je suis trop énervée pour y prêter attention. Je continue :

— Le soir où tu es rentré saoul, tu t'es même vanté d'être une bête de sexe, tant tu as une haute opinion de tes exploits.

— J'étais ivre, tente-t-il de m'interrompre.

— En fait, je m'en fous de savoir combien de pétasses tu te tapes. Mais on avait un accord. Tu ne devais pas ramener ces nanas ici.

— Je suis désolé que tu le prennes comme ça. Je ne pensais pas que ça te dérangerait à ce point.

Il voit ça comme un simple « dérangement », alors que j'ai l'impression qu'il a trahi ma confiance, tout ce qui nous liait. J'ai mal à en hurler et il me fixe comme une petite fille faisant un caprice pour avoir un bonbon.

J'inspire pour tenter de me calmer et parvenir à annoncer la conclusion qui me semble évidente :

— Il vaut mieux que je déménage, qu'on se sépare…

— Non ! s'écrie-t-il, me coupant la parole.

Poings serrés, regard rageur. Une fraction de seconde, il me fait peur, mais il se reprend aussitôt pour argumenter :

— J'ai eu un coup de *blues*. Je ne pensais pas que ça aurait autant d'importance à tes yeux. Ça ne se reproduira plus, je te le jure. On ne va pas foutre notre vie en l'air pour ça ? Des amis, ça se pardonne une erreur.

Ma gorge est de nouveau horriblement douloureuse. « Une amie », je ne suis que cela pour lui, rien d'autre. Une profonde déception, un sentiment d'injustice, de perte me frappent sans que j'ose en identifier la cause. Je le repousse au fond de mon cœur.

Jalousie ! Le mot m'est revenu à l'esprit, comme après ma rencontre avec Liz, la soirée au club… Je le chasse de toutes mes forces. Je ne suis pas prête à me poser des questions sur ce qu'il y a d'ambigu dans notre relation.

Slade soupire et passe la main dans ses cheveux courts.

— J'ai du respect pour les femmes, ne crois pas le contraire. Simplement, je ne suis pas le genre de mec avec qui une fille peut construire quelque chose.

— Ce n'est pas une raison pour te conduire de cette façon.

— Je ne mens jamais. Les nanas qui couchent avec moi ne cherchent pas autre chose, elles n'attendent rien d'autre.

Il a l'air si triste en disant cela que ma colère retombe et mon cœur se serre. Il ne se rend pas compte qu'il y a un regret dans sa voix. Il souhaiterait, au fond de lui, qu'une femme « attende » quelque chose, mais il ne se l'autorise pas.

Tout est lié au secret auquel Liz a fait allusion, la clé de sa relation catastrophique avec ses parents, et pas à son passage en prison.

— J'aime notre vie. Je ne veux pas que ça change. Je refuse de tout perdre pour une erreur. Tu es la seule personne importante pour moi.

Il a planté son regard bleu inquiet dans le mien et me touche profondément. Slade se montrant vulnérable, fragilisé…

La nana pour laquelle nous nous disputons est déjà oubliée, alors qu'il désire que nous restions ensemble… en toute amitié. La douleur qui me brûle l'estomac flambe une nouvelle fois, mais je l'étouffe. Elle est trop dangereuse pour que je l'analyse, je ne suis pas prête à faire face à la complexité de son origine.

Il me faut un moment pour me reprendre, contrôler mes émotions et réfléchir à la situation.

Est-ce que je souhaite quitter cet appartement ?

Est-ce que je peux lui pardonner une bêtise, surtout si elle est due à un coup de cafard ?

— Si tu recommences, je déménage !

Il m'adresse un grand sourire qui me crucifie.

— Ça ne se reproduira pas, je te le jure.

— Et tu vires ton stock de capotes de la salle de bains, je ne veux plus les avoir sous le nez.

Slade se mord la lèvre et hoche la tête, avant que je réalise que je me suis trahie en dévoilant que j'avais ouvert son placard.

Lui tournant le dos, je déballe sur le comptoir les restes que la mère de Marina m'a donnés. Je les dispose dans le micro-ondes pour le dîner sous son regard soudain très intéressé.

— Est-ce que je peux te poser une question embarrassante ?

— Je ne t'ai jamais rien caché, même pas le pire à mon sujet, me fait-il remarquer.

— Pas sur toi… c'est à propos d'Enrique.

Il s'immobilise et me fixe d'une drôle de façon.

— J'ai eu l'impression qu'il observait Diego bizarrement alors qu'il a à peine regardé Marina, et l'autre jour au club, il n'a prêté aucune attention aux femmes, y compris à celles qui lui faisaient du rentre-dedans. Est-ce qu'il pourrait être… gay ?

Il passe la main dans ses cheveux, soupire. Il n'a l'air ni surpris ni choqué par mon hypothèse.

— Tu ne dois le dire à personne, d'accord ? se décide-t-il à répondre. C'est à Enrique de l'annoncer, quand il sera assez fort pour affronter la situation.

— Oh… tu savais.

Slade hoche la tête. Leur complicité vient de là. Ils partagent tous leurs secrets. Entre mecs… entre frères.

« *Mi hermano* » entre eux, ce n'est pas qu'une façon de parler.

Chapitre 22

Gabriela

J'ai attaqué la fac avec joie et optimisme.

Marina est dans une autre section – elle fait des maths –, mais nous parvenons à nous retrouver presque tous les midis pour déjeuner ensemble sur le campus.

Cette existence complètement différente, où j'ai bien plus de liberté et d'autonomie qu'au lycée, où les profs nous parlent et nous demandent d'agir comme des adultes me convient à merveille.

Ma relation avec mon coloc est redevenue normale… enfin presque. Ça m'agace qu'il continue à travailler au *Blacklight* alors même que je sais pertinemment qu'il a besoin de son salaire. Il se passe des trucs dans ma tête et mon cœur qui ne devraient pas se produire.

C'est probablement la proximité entre nous, le fait de vivre ensemble et de bien s'entendre. Je cafouille dans mes sentiments entre l'amitié et quelque chose de plus fort. Mais ça va cesser, surtout maintenant que j'en suis consciente.

Il est comme un frère. Il doit le rester.

Pour la première fois depuis la mort de ma mère, tout va bien pour moi. Je suis bien logée, je mange à ma faim sans devoir mendier des bons alimentaires, je suis en sécurité.

Je veux que rien ne change dans mon existence avec lui.

Lors d'un cours sur la littérature espagnole du XVIIe siècle, je fais la connaissance de plusieurs autres étudiants, dont Miguel.

— Tu lui plais, me fait remarquer Marina après un pique-nique tous ensemble. Et lui, il ne sort pas de prison !

— Lâche-moi !

Ma meilleure copine s'est mise en tête que j'en pince pour Slade. J'ai beau affirmer le contraire, elle n'en démord plus.

— Tu ne pourrais pas vivre avec un mec si impressionnant et aussi spécial, s'il n'y avait pas un truc particulier entre vous.

— Oui, de l'amitié, de la confiance, du respect !

Contrariée par son insistance, j'accepte sans hésiter l'invitation au cinéma de Miguel.

Lorsqu'il m'embrasse, doucement, dans la salle obscure je ne suis pas surprise et je ne le repousse pas, curieuse de découvrir à quoi ressemble un véritable baiser, moi qui n'ai jamais attiré aucun garçon au lycée. Son intérêt me flatte et même plus que cela. J'aime l'idée de tomber amoureuse, de compter pour quelqu'un qui s'engagera dans une vraie et belle histoire avec moi.

Miguel me plaît, il a tout ce que je recherche chez un homme, la gentillesse et la tendresse. C'est un latino d'origine vénézuélienne, et sa famille, à qui il me présente dès le week-end suivant, se montre adorable.

Mieux que tout, il est d'accord pour attendre que je sois prête avant d'aller plus loin qu'un flirt. Je plane sur un petit nuage de félicité lié à ce premier amour, refusant d'écouter Marina qui me traite d'autruche et me prédit un *crash* violent.

— Tu as fait une scène à Slade pour un simple plan cul, tu vas voir comment lui va réagir à ton grand amour !

Par prudence – et à cause des idées tordues de Marina qui m'ont inquiétée –, je n'ai pas encore parlé de Miguel à mon coloc, alors que cela fait trois semaines que nous sommes ensemble et que tout va de mieux en mieux entre nous. Il faut que je le fasse.

Aujourd'hui, la prof de linguistique nous a donné un devoir en binôme. Je me décide à proposer à Miguel :

— Tu veux venir bosser chez moi ?

— Je vais enfin voir où tu vis, s'amuse-t-il en me prenant la main avant de me voler un baiser adorable.

Nous flirtons un peu dans le canapé avant de nous mettre au travail. Nous sommes installés au comptoir, nos manuels et nos ordinateurs devant nous quand la porte d'entrée s'ouvre derrière moi me faisant sursauter.

— Slade !

— Bah oui ! Quelle surprise que je rentre chez moi.

Il balance un regard bleu glacial, tout sauf amical sur mon petit ami qui me vexe. En plus, il est passé directement à l'espagnol – qu'il parle couramment à présent. Il y a de la provocation dans son attitude à l'égard de Miguel, il a l'air de dire : « Le *gringo*, il est chez lui ici, pas toi ».

— Tu es en avance d'au moins trois heures, j'ai le droit d'être étonnée de te voir.

— Une canalisation de flotte a explosé dans la rue. C'est l'inondation générale. L'atelier a fermé pendant que les pompiers pompent. Tu me présentes à ton… camarade.

Je n'apprécie pas du tout l'inflexion moqueuse de sa voix. Il va m'entendre quand on sera tous les deux.

— Miguel, mon colocataire.

— Enchanté.

— Moi de même.

Il écrase la main de mon petit ami, profitant de ce qu'il le dépasse d'une tête, affichant un sourire sadique.

Difficile de faire plus différent. Miguel ressemble un peu à Enrique, la gentillesse se lit sur son visage. Slade… c'est Slade. Même si ses cheveux ont repoussé, qu'ils sont à présent savamment ébouriffés et qu'il a retiré certains de ses piercings, il reste tatoué, impressionnant… pas facile.

— Je te l'emprunte deux secondes, annonce-t-il à Miguel.

Il m'attrape par le bras et m'entraîne à l'autre bout de la pièce. Parlant d'une voix basse et impérieuse, il me déclare :

— Je ne veux pas voir ce gars ici.

— C'est un copain de fac avec qui je fais un exposé.

— Tu me prends vraiment pour un con ? C'est ton mec. Tu crois que je n'ai pas repéré ton air niais chaque fois que tu réponds à tes textos, ou quand tu t'enfermes dans ta chambre pour glousser des heures au téléphone.

La colère manque de m'étrangler devant ses insultes.

— Et alors, ça te dérange ?

Quelque part, j'aimerais qu'il me dise que ça le contrarie sans bien m'expliquer pourquoi – je hais mes propres contradictions.

— Tu m'interdis de ramener mes gonzesses ici, donc tu ne m'imposes pas ton mec.

Au temps pour moi…

Il me libère le bras et recule d'un pas. Je n'aime pas du tout la façon dont il nous dévisage l'un après l'autre avant de balancer :

— J'ai des trucs à faire. À tout à l'heure. Miguel, au plaisir de te revoir, une autre fois.

La porte claque. Le message est clair : Miguel doit être parti lorsque Slade reviendra. Je l'enverrais bien bouillir, rien que pour emmerder ce despote, seulement ça va être difficile, ce sont les règles que j'ai édictées.

— Il est toujours aussi accueillant ? demande Miguel. Quand tu m'as raconté que tu avais un colocataire, je ne m'attendais pas à ça.

— C'est ce que tout le monde me dit.

— Il m'a fait mal, il pourrait…

Je l'interromps d'un geste.

— Il a eu des problèmes qui l'ont rendu méfiant. Il faut du temps pour qu'il fasse confiance. Mais il est très gentil avec moi. Je n'ai rien à craindre.

Miguel renifle, pas très convaincu.

Slade

Je suis en rogne. Tout va de travers en ce moment.

La reprise des cours ne s'est, en elle-même, pas trop mal passée. J'ai perdu, mais en bossant je suis convaincu que je vais rattraper le niveau. Les profs sont plus ou moins ravis de me revoir, mais tous me laissent ma chance.

Le souci n'est pas là.

Mon histoire, mon passage en prison, a fait le tour de la fac. La plupart des étudiants m'évitent, sauf les plus cons qui essaient de se faire une réputation « en cassant du taulard ». Ceux-là, c'est moi qui les évite. Ils sont faciles à repérer ; ils roulent des mécaniques.

Mais mon plus gros problème, ce sont les *prostiputes* qui me poursuivent. Ça dandine du croupion dès que je traverse le campus. Elles veulent toutes se payer le frisson *bad boy*. J'ai l'impression d'être un innocent renard poursuivi par une meute de chiennes affamées. La sensation est atroce.

De toute façon, il est hors de question que j'ai un plan cul à l'université. Je suis là pour obtenir mon diplôme, et dès que je l'aurai, je trouve un bon job qui me permettra de rembourser à Liz ce que je lui dois.

Cette dette sur mes épaules me dérange, elle me culpabilise, me rappelle à quel point j'ai été un imbécile.

À plusieurs reprises je suis passé devant le bar où a eu lieu cette stupide bagarre qui a bousillé ma vie. Quand je repense à ce qui l'a déclenchée, je me foutrais des baffes et des coups de pied au cul.

J'ai aussi croisé quelques-uns de mes ex-camarades de promo. Ces beaux messieurs sont maintenant en doctorat. Ils ne se sentent plus pisser tellement ils sont convaincus m'être supérieurs.

C'est marrant, quand je retire ma veste, la balançant négligemment sur mon épaule, exhibant mes tatouages de taulard et mes biceps d'ancien champion MMA devant ces ablettes gaulées comme des cure-dents, ils baissent tout de suite d'un ton et se rappellent soudain qu'ils ont des choses urgentes à faire à l'autre bout du campus.

En clair, je me fais snober par ceux que je pensais autrefois être mes égaux, mes pairs.

La haine.

Le pompon de tout ce souk étant quand même le jour où j'ai découvert que Gabriela avait un petit ami en l'entendant papoter allongée sur son lit avec ce crétin qu'elle appelait *querido.*

Je ne lui ai pas dit que je le savais, mais à la première occasion, il faut que je choppe son Miguel pour l'avertir que je lui défoncerai le portrait s'il fait le moindre mal à ma bébé-coloc.

Cet après-midi, alors que j'étais content de finir tôt pour passer du temps avec elle, il a fallu que ce mec soit dans ma cuisine.

La plaie !

Ça m'a foutu en pétard, à une virgule de me mettre en colère. Signal d'alarme non négligeable sur mon état d'esprit. Je dois absolument me contrôler – et me rappeler que je n'ai aucun droit sur Gabriela.

Le pire c'est que ce connard a l'air gentil, intelligent, serviable. Je ne peux même pas reprocher à ma coloc d'avoir choisi un naze ou un loser.

Une fois les quelques courses qui me restaient réglées, je reprends le chemin de la maison. J'espère que Miguel a dégagé la zone, je n'ai pas envie de me montrer aimable ou accueillant avec un type qui menace mon mode de vie.

Lorsque j'arrive, Gabriela est dehors, assise sur la balançoire, au téléphone. Pas besoin d'être un génie pour comprendre qu'elle est encore en train de roucouler avec son boutonneux.

Ça m'énerve.

Je grimpe à l'étage, choppe les poubelles – c'est mon tour de corvée – et je redescends au pas de charge. Définitivement de mauvais poil, je flanque un coup de pied dans le container qui refuse de s'ouvrir, envisageant de finir la soirée à la salle de sport du campus à taper sur un sac de sable.

— Laisse-moi deviner, dit en espagnol la voix moqueuse d'Enrique dans mon dos. Tu as les nerfs à cause du copain de Gabriela.

— Mêle-toi de tes affaires, *hermano*.

— Tu as fait en sorte de la dégoûter de toi, et maintenant tu es surpris de te prendre le boomerang dans la tronche, qu'elle se soit choisi un autre mec.

— Tu racontes n'importe quoi…

— Arrête ! Tu crois que je n'ai pas compris que tu as fait exprès de te faire choper avec l'hôtesse de l'air.

Je lui tourne le dos, mais ça ne stoppe pas Enrique.

— Je me pose quand même une question : pourquoi est-ce que tu fais tout pour que la gamine ne tombe pas amoureuse de toi ? Elle est géniale cette fille et vous vous entendez super bien.

— Tu viens de le dire, c'est une môme.

— Uniquement pour moi qui la vois comme une petite sœur. Ce n'est pas ton cas. Tu la veux dans ton pieux, ne le nies pas, je le lis dans tes yeux chaque fois que tu la regardes. Je ne comprends pas pourquoi tu as une telle trouille de ne pas assurer.

J'éclate d'un rire salace.

— Trouve-moi une seule nana que j'aurais laissée insatisfaite.

— Je ne te parle pas de cul, mais de sentiments, *hermano*, d'engagement. Tu la veux, mais j'ai l'impression que tu pétoches à l'idée que votre relation change

Enrique m'énerve, exactement comme un frère qui mettrait son nez dans ce qui ne le concerne pas. Il insiste ce salaud :

— Tu ne supporteras jamais qu'un autre mec la touche. Y a qu'à voir ta tête…

— Et si on parlait de Diego ?

Enrique se fige, m'adresse un regard mauvais.

— Il n'y aurait rien à raconter. J'ai maté, j'ai lancé des signaux et il les a ignorés. Fin de l'histoire.

— Pas sûr. Gabriela dit qu'il a demandé plusieurs fois de tes nouvelles à Marina.

— Ne détourne pas la conversation en essayant de me faire rêver. Ce n'est pas cool.

Ce qui n'est pas cool, c'est qu'Enrique soit si clairvoyant sur ce qui ne tourne pas rond dans ma tête.

Chapitre 23

Gabriela

La météo est pourrie depuis une semaine, un vrai temps de novembre, au diapason de l'ambiance à l'appartement.

Slade est d'humeur massacrante. Il rame en cours et dit que ça lui porte sur les nerfs. Il m'a tout de même affirmé que ses notes s'amélioraient. Je l'espère, il travaille si dur. Il passe trois fois plus d'heures que moi sur ses DM. Je croise les doigts qu'il arrive à rattraper le niveau.

Ce soir, Miguel a proposé de me ramener pour m'éviter de me faire tremper en attendant le bus.

Tout va super bien entre nous depuis presque deux mois qu'on est ensemble. On sort pas mal, on profite de toutes les activités du campus, le cinéma, le théâtre, les restos… J'ai même passé la fête des morts avec lui et sa famille.

En revanche, je suis allée seule voir ma mère. J'avais besoin de lui parler des trucs que j'ai dans la tête, de lui demander conseil, d'en appeler à sa protection depuis l'au-delà pour que je prenne les bonnes décisions pour mon avenir.

Le point qui grippe dans ma relation avec Miguel, c'est Slade. Ils se sont accrochés à chaque fois qu'ils se sont croisés. Miguel a du mal à comprendre que j'accepte de plier devant son exigence de ne pas laisser mon petit ami venir à l'appartement.

— Pourquoi cèdes-tu ? Tu es chez toi autant que lui !

— C'est moi qui lui ai imposé cette règle. C'est notre contrat.

Je ne veux pas me disputer avec Miguel, donc jusqu'à présent, je changeais de sujet chaque fois qu'il tentait de me parler de mon coloc. Mais aujourd'hui, j'ai pris une décision.

Je vais avoir une discussion avec Slade. Lui dire que je ne m'opposerai plus à ce qu'il ramène ses copines – façon polie de nommer ses plans cul –, et qu'en échange Miguel puisse dormir chez nous. J'ai envie que notre relation devienne plus sérieuse.

Miguel gare sa voiture devant la maison. Je me lance :

— Tu montes avec moi ?

— L'homme des cavernes ne va pas apprécier de me voir débarquer, me répondit-il en désignant la Chevrolet.

— Ne parle pas de lui de cette manière ! Vous êtes parti du mauvais pied, c'est ma faute. Je ne l'avais pas prévenu.

Nous nous précipitons à l'intérieur pour échapper à la pluie.

Au bruit de la porte, Slade lève le nez de son écran.

— Qu'est-ce qu'il fout là ? demande-t-il alors que Miguel n'a pas encore franchi le seuil.

— Il faut qu'on…

Mais je n'ai pas le temps d'en dire plus que mon téléphone se met à carillonner.

— Qu'est-ce que c'est que ce numéro ?

— Tu ne le sauras que si tu décroches, me nargue Slade.

C'est probablement de la publicité, et ce n'est pas le moment alors que je me prépare à une discussion importante, tellement difficile que je flanche. Je réponds.

— Ici le secrétariat du pénitencier d'État, êtes-vous Gabriela Martins, la fille de Todd Martins ?

— Oui, c'est moi.

— J'ai eu du mal à trouver vos coordonnées, Mademoiselle Martins. Je suis aux regrets de vous informer que votre père est décédé d'un arrêt cardiaque cet après-midi.

Un hoquet m'échappe. Je plaque la main sur ma bouche. Slade se lève d'un bond et se précipite vers moi, inquiet.

— La procédure veut que vous veniez reconnaître le corps et que vous nous indiquiez les dispositions que la famille souhaite prendre pour les obsèques. Le plus tôt sera le mieux.

Mon interlocuteur me donne les heures d'ouverture de l'administration. Lorsque je raccroche, je suis sonnée. Je tremble. Cette fois, je suis seule au monde. Je suis orpheline.

Un sentiment d'horreur me tombe dessus, Miguel me tend les bras en même temps que Slade. Je n'hésite pas une seconde. Je me jette contre lui, là où j'ai toujours été en sécurité. Il me serre. J'éclate en sanglots, me cachant dans son tee-shirt. Il me berce comme il l'a toujours fait. Lentement, son contact, sa chaleur, la force de sa protection apaise mon chagrin. Je renifle et relève la tête.

Planté à deux pas de nous, Miguel m'adresse un regard triste.

— Je vais t'emmener à la prison, demain, propose-t-il.

— Laisse tomber, je m'en charge. Tout ce qui concerne son père, c'est de ma responsabilité.

— Je ne vois pas en quel honneur.

Les yeux bleus de Slade virent au noir. Danger !

— Je vais y aller avec *Tía* Alma.

— Tu as raison. Tu as besoin de sa douceur, de sa gentillesse, pas de brutes dans notre genre.

— Parle pour toi, marmonne Miguel.

Mon coloc se raidit, et je préfère intervenir avant qu'il se fasse un plaisir pervers de démontrer à mon petit ami qu'il est capable d'être une vraie brute.

— Je vais lui demander si elle peut m'emmener tout de suite. C'est ma soirée de congé, autant en profiter. On a juste le temps.

Ma logeuse n'hésite pas une seconde. Nous embarquons dans son antique voiture. J'espère que Slade et Miguel ne vont pas s'accrocher.

La dépouille de mon père m'attend à la morgue de la prison, décharnée, presque méconnaissable.

— C'était un si bel homme quand il était jeune, murmure *Tía* Alma. Mais il avait un démon en lui qui ne l'a jamais laissé en paix. Ta maman a essayé de lutter pour le sauver. Mais personne n'avait ce pouvoir. C'était la volonté de Dieu.

Dieu aurait pu m'éviter l'enfer sur terre.

Je signe les documents d'identification. Quand la personne de l'administration me remet le devis pour l'enterrement, je manque de m'étouffer. Entre les frais de gardiennage du corps, le cercueil, la place au cimetière…

— Mais où voulez-vous que je trouve une somme pareille ? Je suis étudiante et boursière.

— Son père était en prison pour avoir essayé de l'assassiner, ajoute *Tía* Alma. Vous n'avez pas l'impression que votre demande est indécente.

— C'est vrai que vu comme ça… marmonne l'employé, gêné. Mais si vous ne pouvez pas payer, ce sera la fosse commune.

— Décidément, ton père t'aura compliqué l'existence jusqu'au bout. Nous allons trouver une solution, dit-elle au fonctionnaire.

Elle me guide vers la sortie.

— Je ne vais pas payer…

— Si tu ne le fais pas, tu te le reprocheras toute ta vie. Je te connais, tu es comme ta mère. La bonté chevillée au corps.

— Trop bonne, trop conne.

— Là, j'entends Slade.

— Des fois, je devrais être aussi dure que lui.

— Si c'est ce que tu crois à son sujet, tu te trompes.

— On parle du gars qui sort de taule, celui qui a plein de tatouages, et qui est plus têtu qu'une mule. Celui dont vous ne vouliez pas à la maison.

Tía Alma me sourit.

— J'ai honte de moi. Je l'ai regardé comme une femme effrayée au lieu de le voir avec mon cœur, comme tu l'as fait.

— C'est la raclée qu'il a mise à mon père qui me l'a rendue sympathique, pas autre chose.

— Dois-je te rappeler que toi, tu avais remarqué ses beaux yeux bleus ? Il suffirait de peu pour qu'il se transforme en un petit ami charmant.

La conversation dérape dans une direction qui ne me plaît pas. *Tía* Alma est comme Marina.

— La question ne se pose pas, j'ai Miguel. En plus, si mon père était accro à la came, Slade est addict au sexe. J'en suis malade quand je pense à la liste de ses conquêtes. Je refuse de n'être que l'une d'entre elles.

Tía Alma me regarde mettre ma ceinture de sécurité sans démarrer le moteur.

— Je désapprouve ces coucheries dénuées de sentiments, mais Slade est un gamin qui n'a jamais été aimé comme il le mérite et qui est persuadé d'être indigne d'une femme bien. C'est pourtant un homme fiable, courageux, travailleur. Fais-lui une place dans ton cœur, montre-lui qu'il vaut la peine, et il t'offrira la Lune.

Pour cela, il faudrait qu'il voie en moi autre chose qu'une sœur. Mon estomac se pince de culpabilité, me rappelant que Miguel, mon petit ami, attend de mes nouvelles.

Tía Alma se décide à mettre le contact et ajoute, l'air de rien :

— Demande à mon container poubelle de te raconter les coups de pied qu'il a pris quand Slade a découvert l'existence de ton copain. Enrique l'a vu faire.

Je préfère ne pas y songer, ne pas espérer quelque chose qui ne se produira jamais. J'appelle Miguel, soulagée d'apprendre qu'il a quitté la maison sans se disputer avec mon coloc.

Quand j'arrive à l'appartement, un mot est accroché sur le frigo :

Je rentre directement après les cours.
Je suis avec toi.
Slade
P.S. Je n'ai pas étripé ton crétin de jules.

Il arrive à me tirer un sourire alors que cela n'a rien de drôle. Après ma discussion avec *Tía* Alma une part de moi se demande si je ne devrais pas voir de la jalousie dans son attitude, mais mon côté pragmatique me dit que Slade veut avant tout que rien ne change dans notre vie.

Je tourne en rond jusqu'à son retour, n'ayant même pas envie de faire un gâteau pour tuer le temps.

Slade

Je me dépêche de rentrer sans même savourer le B+ que m'a mis le prof pour mon exposé, tant je suis inquiet pour ma bébé-coloc. Mes notes remontent, je suis sur la bonne voie, mais ce soir la priorité, c'est elle.

Je ne vais pas prétendre que la mort de son junky de père me chagrine, mais finalement je dois quand même une fière chandelle à cette épave, c'est grâce à lui que j'ai rencontré sa fille.

À l'appartement, je trouve Gabriela debout, plantée au milieu du salon, l'air perdu. Je pose mon sac et mon blouson – sans ranger.

— Viens là. Ne discute pas.

Elle se réfugie contre moi, dans mes bras, elle tremble.

— Raconte-moi.

Elle s'exécute, en reniflant légèrement. Elle se cache, mais je suis certain qu'elle pleure de nouveau dans mon tee-shirt. Ce qu'elle m'explique me scandalise.

— C'est une blague ? Le cercueil est en or massif ?

— Je ne sais pas comment faire.

Personnellement, je vote pour la fosse commune sans hésitation. Mais c'est Gabriela. Elle est douce, gentille, sensible et sa lumière qui illumine ma vie vient de la beauté de son âme.

— On va prendre l'argent sur ce que m'a prêté Liz.

— Mais c'est pour toi, tu en as besoin !

— J'aurai encore suffisamment pour payer les deux prochains semestres sans problème. En faisant des extras, on arrivera à gagner assez pour reboucher le trou.

— Je refuse…

— Tu n'as pas le choix. C'est important. Je te le répète encore une fois : on s'en sort ensemble, tous les deux.

— Je ne sais pas quoi te dire, murmure-t-elle, émue.

Moi non plus, je me sens soudain horriblement mal à l'aise devant son regard noir si doux, plein de larmes de reconnaissance.

— Si on appelait Enrique pour qu'il vienne voir un film avec nous, il mettrait de l'ambiance. Ça nous changerait les idées.

— D'accord.

Mon frère de cœur rapplique aussitôt. Informé de la situation par sa mère, il déploie tout son arsenal de blagues pour faire rire Gabriela.

Nous nous vautrons dans le canapé avec un assortiment de chips pour mater un DVD. Je ne suis pas fier de moi, mais je suis bien content qu'elle n'ait pas proposé à son précieux Miguel de nous rejoindre. Je n'avais pas envie de voir sa tronche de premier de la classe ce soir.

À la moitié du film, un poids pèse soudain sur mon épaule. Ma bébé-coloc s'est endormie, terrassée par trop d'émotions. Je la fais doucement pivoter pour qu'elle repose la tête sur mes cuisses, confortable. Je tire aussi le plaid sur elle.

— Tu es conscient que vous n'êtes pas que des colocataires, me demande Enrique à voix basse pour ne pas la réveiller.

— Qu'est-ce que tu racontes ?

— Regarde toi-même ce que je vois.

Je baisse les yeux sur Gabriela, ma main qui caresse tendrement ses cheveux.

— Je faisais pareil avec Liz.

— Ce n'est pas ta sœur. Tu le sais, elle le sait.

Enrique est sympa, mais il se mêle définitivement de ce qui ne le concerne pas.

— Tu baises un tas de gonzesses, poursuit-il, mais tu ne fais l'amour à aucune. Tu me dis que tu es incapable de t'attacher, de tomber amoureux, la vérité, c'est que tu l'es déjà.

— Ce que tu as fumé avant de venir, *hermano*, c'était vraiment très fort.

— Tu dégages les mecs qui essaient de l'approcher comme au club où tu as fait comprendre à tes collègues de ne pas la toucher.

Je renifle en refusant de répondre, puisque c'est exactement ce que j'ai fait. Mais Enrique se trompe sur un point, c'était pour protéger Gabriela de tombeurs aussi minables que moi, pas parce que je suis jaloux.

— Tu n'as qu'une envie depuis des semaines, c'est d'exploser la tronche de Miguel. Tu peux raconter ce que tu veux, tu attends qu'elle te donne ta chance.

— Enrique, ferme ta gueule, tu radotes et tu me saoules.

— Ouais, mais j'ai raison. Ça t'emmerde parce que ça va t'obliger à te remettre en question et à t'apercevoir que tu n'es pas le connard insensible que tu penses être depuis des années.

Chapitre 24

Gabriela

L'inhumation de mon père a lieu trois jours plus tard. Il fait un temps épouvantable. Une pluie froide s'abat sur le cimetière alors qu'un vent violent menace de retourner les parapluies.

Mes amis ont tenu à être à mes côtés. Tous les habitants de la maison sont là, sauf Eva qui avait « trop de travail ».

— Au moins, cette fois, elle ne nous emmerdera pas à jouer les stars et à coller Enrique, décrète Slade.

Antonio dans sa poussette bâchée montre déjà des signes d'impatience. Lucia est obligée de lui donner des gâteaux pour qu'il reste tranquille. Marina est présente avec toute sa famille. En revanche, Miguel est venu sans ses parents.

Aucun « ami » de mon père ne s'est déplacé.

Le corbillard arrive et s'immobilise au bout de l'allée. En quelques minutes, sous une pluie intense, les hommes des pompes funèbres disposent le cercueil sur le trépied. Le prêtre de la paroisse a accepté de se charger de la cérémonie à la demande de *Tía* Alma.

Je suis toute seule sous mon parapluie. Slade et Miguel risquaient de se disputer pour m'abriter et jouer le rôle du protecteur. Slade se plante à ma droite – l'air aimable comme il sait si bien le faire –, et Miguel à ma gauche. J'ai l'impression d'avoir des gardes du corps… et d'être sur le point d'attraper une bronchite.

Lorsque le prêtre m'y invite, je dépose une rose sur le cercueil.

— Tu n'auras pas eu une belle vie, papa. Je suis triste pour toi.

Les condoléances sont rapidement expédiées et nous nous dirigeons vers le parking où les voitures nous attendent.

Au moment, où tout le monde se sépare, Enrique et Diego se serrent la main plus longtemps que nécessaire, se sourient. Surtout, je les vois échanger leur numéro de téléphone.

Se pourrait-il que le frère de Marina… ?

Ça ne va pas plaire à ses parents qui rêvent pour leur aîné d'un grand mariage traditionnel et d'une ribambelle d'enfants. D'ailleurs, alors qu'il allait partir avec sa famille, Diego change d'avis et rejoint Marina dans sa petite Toyota récemment achetée d'occasion – sa fierté –, et qui est invitée à partager notre lunch que *Tía* Alma a préparé pour me remonter le moral.

— Tu viens ? me demande Slade.

— Je rentre avec Miguel.

Mon coloc retient de justesse une remarque désobligeante, mais je la lis dans ses yeux bleus lorsqu'il les braque sur mon petit ami assorti d'un geste d'avertissement.

— On t'attend chez nous.

Il a bien insisté sur le dernier mot…

Je lui tourne le dos sans répondre pour bien lui montrer que son attitude possessive et déplaisante à l'égard de Miguel, il peut se la garder.

Un soupir de plaisir m'échappe quand le chauffage de la voiture me réchauffe. Ce qui n'empêche pas un éternuement sonore.

— À tes souhaits, marmonne Miguel.

— Merci. Qu'est-ce qu'il y a ? Tu as l'air contrarié.

— Est-ce vrai que c'est ton coloc qui a payé l'enterrement ?

— Il m'a avancé l'argent. Pourquoi ?

— Maintenant, ce salaud te tient.

Son ton hargneux me fait sursauter.

— Qu'est-ce que tu vas imaginer ? On s'entraide tous les deux. C'est de cette façon qu'on s'est sortis des ennuis.

— Ça ne t'est pas venu à l'idée de me demander ?

— Slade me l'a proposé, je n'y ai pas pensé.

— Slade, Slade, Slade ! Toujours ce mec. Lorsque tu apprends la mort de ton père, c'est dans ses bras que tu te jettes. Dès que tu as un problème, c'est lui que tu appelles au secours.

— Je suis habituée comme ça !

— Il faudrait que ça change ; je suis là maintenant. Et que ce type se conduise comme un mari jaloux ne te dérange pas ?

— Il se prend pour mon grand frère.

— Si c'est ce que tu crois, tu es idiote.

Je fais un bond sur mon siège, dévisageant Miguel, scandalisée qu'il ait osé m'insulter.

— Je ne te permets pas de me parler de cette façon !

— Tu ne te rends même pas compte que votre relation est tordue. On ne couchera jamais ensemble parce qu'il ne t'y autorisera pas. Tu sais que lui se tape tout ce qui bouge. Il a une impressionnante réputation de tombeur au *Blacklight* !

Je ne m'attendais pas à une crise de jalousie de sa part, surtout aujourd'hui, qui est une journée de deuil pour moi. En plus, je le pensais capable de comprendre ce qui me lie à Slade.

— Je n'étais pas prête et tu avais accepté de me laisser du temps. Il n'a rien à voir dans cette décision. Qu'il soit un cavaleur, je suis parfaitement au courant, et ça ne me concerne pas. C'est seulement un ami.

Miguel renifle, en négociant le virage de la sortie d'autoroute.

— Même si c'était vrai, tu ne peux pas continuer à vivre avec lui. Tu bousilles ta réputation. Mes parents n'apprécient pas.

Première nouvelle. Comme ça, mon style de vie ne leur plaît pas alors qu'ils se sont pourtant montrés très gentils avec moi… Bonjour l'hypocrisie.

— Ma réputation ne paie pas le loyer. Lui, oui.

— S'il n'y a que ça, je peux emménager avec toi, me propose Miguel en m'adressant un soudain sourire conciliant.

— Et Slade, il devient quoi dans ton programme ?

— C'est son problème, pas le tien.

— Donc il m'a sauvée la vie, protégée de mon père au risque de retourner en prison, prêté ses économies pour que je puisse l'enterrer décemment, mais je dois le virer, c'est bien ça ? Le laisser dans une merde noire qui sera entièrement ma faute, sans me préoccuper de rien d'autre que de mon image dans le quartier.

Miguel se raidit sur son siège.

— Tout ça, ce sont des prétextes. Je t'ai dit que je pouvais te donner l'argent, tu pourras le rembourser.

— Et comme ça, je deviens dépendante de toi ?

Miguel gare brutalement sa voiture devant la maison.

— Tu le dégages ou nous deux, c'est fini.

Un grand froid me tombe dessus, m'emprisonne.

Une seconde, j'essaie d'imaginer ma vie sans Slade, sans sa protection, sa présence rassurante, ses petits mots collés sur le frigo, le respect qu'il montre pour mon intelligence chaque fois qu'il sollicite mes conseils ou demande mon soutien.

Je tente aussi de visualiser une nouvelle existence avec Miguel.

Est-ce que je serai plus heureuse ?

La journée était déjà assez chargée en émotions, sans qu'il me pose son ultimatum et m'oblige à faire face à mes contradictions, à mes doutes, à mes ambiguïtés.

Les mots peinent à sortir de ma bouche, mais ce sont les seuls que je peux prononcer.

— Nous deux, c'est fini.

Slade

Par la fenêtre du salon de *Tía* Alma, avec Enrique, nous voyons Gabriela sortir en courant de la voiture de Miguel, le visage ruisselant de larmes, et cet abruti s'élancer à sa suite.

— Qu'est-ce que ce connard lui a fait ?

Nous nous ruons vers l'escalier. Miguel va franchir le seuil à la seconde où nous arrivons. J'ordonne à mon frère :

— Tu l'empêches de monter.

Je grimpe quatre à quatre derrière Gabriela que je retrouve étalée sur le canapé en train de pleurer.

— Tout ça, c'est à cause de toi, hurle-t-elle, me jetant un des coussins à la figure.

Un bout de tissu rembourré ne va pas m'arrêter. Je l'attire dans mes bras. Elle commence par me résister, m'ajuste quelques tapettes qui ne risquent pas de me faire bien mal, avant de s'effondrer contre moi. Je la berce attendant que la crise se calme, sans trop chercher à comprendre les propos incohérents qu'elle marmonne. Il est plus ou moins question de rupture avec Miguel – bon débarras. Je ne vois pas trop où cela pourrait être ma faute, mais elle va m'expliquer.

Gabriela finit par se reprendre, essuie ses yeux et me repousse lentement.

— Ça va ?

— Si on considère que je viens d'enterrer mon père et de quitter mon petit ami en une heure, j'ai connu mieux.

— Pourquoi as-tu dit que c'était à cause de moi ?

— Miguel m'a fait une crise de jalousie à ton sujet. Il a exigé que je te vire de l'appartement. Ta présence nuit aussi à ma réputation, paraît-il.

— Je suis désolé qu'il t'ait infligé cette scène aujourd'hui. Je peux aller lui parler, lui dire de te laisser tranquille.

Gabriela m'adresse un sourire étrange.

— Demande à Enrique de le faire partir. Je refuse que tu l'approches. On est d'accord ?

— Tu crains que je l'esquinte ?

— Promets-moi de ne pas t'en prendre à Miguel. Je ne veux pas que tu aies des ennuis pour une bagarre.

Cela paraît lui tenir à cœur que je m'y engage, même si j'aurais bien aimé expliquer ma façon de penser à ce morveux. Je me contente donc de me poster en haut de l'escalier et de crier à Enrique de le dégager.

— Mais j'ai besoin de lui parler ! s'exclame Miguel.

— Tu te barres, riposte Enrique, épaulé par Diego pour bloquer l'accès à l'étage.

— Mais, c'est la faute de ce mec ! Pourquoi elle n'arrive pas à comprendre qu'il la manipule !

— Ce mec, comme tu dis, c'est mon frère et ici, il est chez lui. Toi, tu n'es plus le bienvenu.

Je les laisse se débrouiller. Gabriela a essuyé ses yeux et elle est en train de se maquiller pour cacher les dégâts.

— Les autres respecteront si tu ne descends pas.

— J'ai envie d'être avec eux. J'ai besoin de voir les gens que j'aime, surtout aujourd'hui. Et tu sais quoi ? J'en ai marre de pleurer dans tes tee-shirts, j'ai l'impression d'être une fontaine qui passe son temps à chouiner.

— T'inquiète, ça ne me dérange pas.

— Moi, oui.

Je la suis de près, parce qu'elle a beau jouer les dures, ma bébé-coloc n'est pas très solide sur ses jambes.

La journée l'a éprouvée.

Son ex – j'aime ce mot... – a vidé les lieux lorsque nous arrivons au rez-de-chaussée. Toute la famille entoure Gabriela. Chacun y va de ses blagues pour essayer de détendre l'atmosphère et lui remonter le moral. Personne ne mentionne Miguel, mais je remarque qu'elle coupe son portable.

Cet avorton doit tenter de la joindre. En lui balançant son ultimatum, il devait être persuadé qu'elle allait me dégager pour lui offrir la place.

Loupé, mon gars !

Gabriela et moi, on fonctionne en duo, ensemble, personne ne peut se mettre entre nous avec un chantage aussi minable.

Enrique a réussi à s'asseoir à côté de Diego à table. Incroyable, mais *Tía* Alma ne voit rien, ni les sourires ni les chuchotements entre son fils et le frère de Marina.

L'après-midi se déroule tranquillement. Nous regardons les albums photo, on plaisante, on se refait du café sans se presser. J'aime cette ambiance familiale que je n'avais jamais connue avant.

Pour attirer sa femme dans le canapé et profiter d'elle, Juan me colle mon petit pote Antonio sur les genoux.

— Tu vas finir baby-sitter officiel, *hermano*, me charrie Enrique.

Le minus se prend de passion pour les tatouages à l'intérieur de mes bras. Il gazouille en jouant avec l'ange et le démon.

— Pourquoi as-tu mis l'ange à gauche ? me demande *Tía* Alma. C'est la main droite qui est celle de Dieu.

— Moi, je sais ! intervient Gabriela. Il est gaucher, c'est avec cette main que Slade bénit ceux qui le contrarient.

Tout le monde éclate de rire.

— Très amusant, marmonne notre tante. Mais c'est presque du blasphème.

— Avoue que c'était drôle, maman.

Un moment plus tard, Gabriela vient me prendre Antonio. Je préfère détourner les yeux. La voir avec un bébé dans les bras me renvoie à des idées que je ne peux pas me permettre d'avoir à son sujet.

Alors que la journée se termine – et qu'il pleut toujours –, chacun rentre chez soi, mais juste avant que je quitte l'appartement de sa mère, Enrique m'attrape et m'attire dans un coin.

— Pourquoi ils se sont séparés ?

— Il semblerait que cohabiter avec un mec dans mon genre donne mauvaise réputation à Gabriela et les parents de monsieur s'en sont outragés.

Enrique ne paraît pas totalement convaincu.

— En tout cas, la voie est libre pour toi.

Cette fois, il m'énerve.

— Quand est-ce que tu vas comprendre ? Une fille comme elle mérite un homme bien qui soit amoureux d'elle. Je l'aime beaucoup, elle est mignonne, je suis sûr que je prendrai mon pied à la baiser, mais elle ne peut rien attendre d'autre de moi.

Mon ami me regarde un instant choqué avant de m'asséner :

— Il faudra bien un jour que tu arrêtes de te comporter comme un imbécile et que tu affrontes la vérité en face. Tu es fou de

Gabriela. Tu tuerais pour elle sans hésitation ni le moindre remords. Oui, tu veux la sauter, mais tu veux le faire chaque nuit de ta putain d'existence. C'est ça, être amoureux.

Je préfère le planter là, ou je risque de me foutre en colère. Et ça va faire mal.

Chapitre 25

Slade

Le week-end suivant l'enterrement et sa rupture avec l'autre mollusque, c'est l'anniversaire de ma bébé-coloc. Ça pouvait difficilement plus mal tomber question planning.

Gabriela est secouée, et même si elle n'en parle pas, je devine que Miguel la relance. On ne perd pas une fille si géniale sans réagir, surtout quand on s'est conduit comme le roi des crétins.

Marina passe beaucoup de temps chez nous. Ça me rassure, parce qu'avec le boulot, en ce moment je ressemble à un courant d'air. Je ne peux pas la soutenir autant que je le souhaiterais. La portée consolatrice de mes petits mots sur le frigo et des textos a ses limites.

Tía Alma lui a organisé une fête en famille, à laquelle Liz, Marina et Diego sont également conviés. Cette fois, Eva nous honore de sa présence. Vu la tête d'Enrique, il n'est pas ravi. Diego le cache mieux, ou alors il n'a pas encore pris la mesure de la manière dont cette fille colle son « ami ».

Ces deux-là n'ont pas franchi le pas, mais ça ne va pas tarder à la façon dont ils se tournent autour. Enrique m'a avoué que Diego a toujours un peu de mal à admettre dans quel sens il navigue à présent qu'il a pris conscience de leur attirance mutuelle.

Le frère de Marina s'en veut d'avance de faire de la peine à ses parents qui ne cessent de lui présenter des voisines, des nièces d'autres paroissiens… pour tenter de le caser.

Enrique patiente, mais je crois qu'il a bien choisi. Ces deux-là s'accordent sur tellement de points que je ne comprends pas comment il est possible que *Tía* Alma ne devine rien.

Soudain, je vois Gabriela couper son portable d'un geste coléreux et le ranger dans la poche de son jean.

— Le pot de glu ?

— Oh toi, ça va !

— Du calme. Tu te rappelles ? Je suis le gentil de l'histoire.

— Pardon, murmure ma bébé-coloc en posant sa main sur ma poitrine, au niveau de mon cœur. Miguel ne me lâche pas.

Je dois me retenir de ne pas refermer mes bras autour d'elle.

— Et aujourd'hui, pour ton anniversaire, c'est encore pire ? Il s'excuse ou il essaie de recoller.

— Les deux. Il s'en veut de s'être emporté. Il souhaiterait une deuxième chance. Il se dit prêt à faire un effort pour comprendre notre amitié et pour s'entendre avec toi.

— Tu vas le reprendre ?

Merde…

Je n'ai pas pu empêcher le ton de ma voix d'être acide. Gabriela m'adresse un sourire un peu triste.

— Non. Je n'étais peut-être pas si amoureuse que ça. Je me rends compte qu'il ne me manque pas vraiment. J'aimais surtout l'idée d'avoir quelqu'un dans ma vie, mais pas au point de le pardonner pour m'avoir traitée d'idiote.

— Sale con !

— Quand tu fais cette tête de tueur sanguinaire, s'amuse-t-elle, je saisis mieux pourquoi tu le faisais flipper.

— Très drôle. Tu ne veux vraiment pas que j'intervienne ?

— C'est à moi de régler ça. Tu as promis de ne pas t'en mêler.

— Mais tu me préviens si ça vire au harcèlement, d'accord ? Il y a des mecs qui ne supportent pas que la nana qu'ils considèrent comme leur propriété leur échappe.

— À table, s'exclame *Tía* Alma.

La présence d'Eva change tout. Elle s'arroge la place entre *Tía* Alma et Enrique, reléguant Diego entre Gabriela et sa sœur, ce qu'aucun des deux n'apprécie.

Elle fâche Juan et Lucia en une seconde, leur reprochant de faire d'Antonio un enfant trop gâté et capricieux, juste parce qu'ils lui ont donné un morceau de pain pour lui faire attendre sa purée.

La petite chérie à ses parents devrait d'abord se regarder dans une glace avant de parler.

De mon côté, une envie de distribuer des baffes me démange quand cette godiche conseille à Gabriela de reprendre Miguel, mais seulement après s'être fait offrir plein de cadeaux. Ma bébé-coloc lui ordonne de se taire d'un « ça n'est pas tes affaires », cassant et très étonnant dans la bouche d'une fille aussi douce et gentille qu'elle.

Sa présence plombe l'ambiance. Philosophe, Marina nous chuchote discrètement que toute famille a son boulet…

Au final, on passe quand même un bon moment.

Lorsque le gâteau arrive avec dix-neuf bougies, mon petit porte-bonheur fait un vœu et souffle avec enthousiasme.

— Qu'est-ce que tu as demandé ? veut savoir cette pie curieuse d'Enrique.

— Secret, lui rappelle Gabriela, jouant les mystérieuses.

Je parierai pour la réussite de ses études. C'est ce qui est le plus important à ses yeux, la clé de son avenir.

Elle s'attaque à la pile de cadeaux. J'ai commandé sur Internet un tapis de sport et un peu de matériel de fitness, ma bébé-coloc ayant dit qu'elle voulait profiter des cours sur le campus.

Son sourire ravi me confirme la justesse de mon choix et je me sens content de moi pour un présent finalement modeste. Elle se précipite pour m'embrasser. Ma bouche atterrit sur sa joue. Le problème, c'est que c'est ailleurs que j'ai failli la poser. Et j'en ai toujours terriblement envie. Gabriela ne s'en rend pas compte… et c'est bien mieux ainsi. En revanche, Enrique me regarde avec un air provocateur depuis l'autre côté de la table.

Après le café, des groupes se forment. Avec Diego, Enrique, Juan et mon petit pote, Antonio, nous nous installons au salon.

La conversation qui avait débuté sur les voitures de collection dérive pour atterrir, sans bien que je sache comment, sur mon passé de branleur d'une famille friquée.

— Je parie que tu faisais partie de ces connards qui font leur *spring break* à Cancún, me nargue Diego.

— Gagné ! Voyage en première classe, hôtel *all inclusive*, alcool à gogo. La dernière fois, je n'ai pas dessaoulé de la semaine. Je ne me souviens même plus comment je suis allé jusqu'à l'aéroport pour reprendre mon avion.

— Tu te camais ? demande Juan, suspicieux.

— Jamais, c'est pas mon kiff.

— Et les nanas ?

— Il vaudrait mieux ne pas aborder ce sujet.

Mon expression gênée les fait éclater de rire.

— T'es rentré puceau de tes vacances ? me nargue Diego.

J'avale une gorgée de bière, j'hésite à raconter, mais après tout, ça n'est pas un secret.

— J'avais quatorze ans quand j'ai dragué la prof de yoga de ma mère et qu'elle a accepté de m'apprendre certaines choses.

— Mais tu étais un gamin ! s'exclame-t-il, choqué.

— J'étais grand pour mon âge, curieux, et la nana pratiquait le yoga tantrique. Ça m'a donné de bonnes bases.

Mon air de satyre les fait rire, mais cette femme de trente-cinq ans n'aurait jamais dû céder aux avances d'un môme qui était au désespoir d'avoir vu son monde explosé et qui était complètement paumé.

— Donc, pour en revenir à Cancún ? insiste Juan, dont je sens bien qu'il désapprouve cette tradition.

— Je n'ai pas manqué de respect à une seule petite Mexicaine si c'est ce que tu veux savoir. L'hôtel était plein de nanas issues des meilleures universités d'oncle Sam, venues pour picoler et se faire enfiler. Je m'en tapais trois ou quatre par jour, n'importe où et dans toutes les positions.

— T'es un malade, *hermano*, soupire Enrique, dépité.

— J'étais un opportuniste, mais surtout un vrai connard. Je me prenais pour Superman à les sauter à la chaîne, alors que c'était juste pitoyable. Je n'ai pas de quoi être fier de moi.

— Sans compter que tu aurais pu te chopper une merde, ou te retrouver marié avec un gosse, fait remarquer Enrique.

— Aucun risque. Même bourré, j'ai certains réflexes de protection, si tu vois de quoi je parle.

Mon frère de cœur m'adresse un regard désabusé. Il est trop tôt pour que je lui explique la petite expérience que je mène à cause de notre dernier accrochage.

J'ai réfléchi – ça m'arrive – à certaines des choses qu'il m'a dites. Je suis parvenu à la conclusion déplaisante qu'il a raison. Je me suis toujours vu comme un raté, un loser, un inutile. L'enfant non désiré, celui qui était de trop, partout, tout le temps. C'est ce que mes parents m'ont incrusté dans la tête. Mais aujourd'hui, ma vie a profondément changé. Je me suis créé une véritable famille, je compte vraiment pour eux.

Pour améliorer l'image que j'ai de moi-même, je dois modifier les comportements venant de mon passé.

Enrique me bassine avec les sentiments, l'engagement, mais j'ignore complètement si je suis capable d'aimer sincèrement, d'aller au-delà d'une attirance physique. Je ne suis pas certain de savoir ce que cela veut dire « être amoureux ».

Si je le découvre, cela me rendra peut-être digne d'une fille comme Gabriela. Mais on n'y est pas…

Gabriela

Les mecs ne m'ont pas vu derrière la porte de la cuisine, ils ne se sont pas rendu compte que j'entendais leur conversation.

J'ai préféré partir quand Slade a commencé à dénombrer les nanas qu'il s'est « enfilé » – élégante expression. Ça m'a serré le cœur. Comment peut-il être à la fois si courageux, travailleur, honnête, et un enfoiré de cette envergure avec les femmes ?

Sa relation catastrophique avec sa mère n'est pas la seule explication. Il y a aussi cette initiation précoce à la sexualité alors qu'il n'était guère plus qu'un gamin…

Liz m'intercepte à ce moment me sortant de mes pensées.

— Ça va ? Tu as l'air bizarre.

— Fatiguée. J'ai beaucoup de boulot.

— J'ai hâte d'être à la fac avec vous. J'espère juste que je ne tomberai pas sur l'ex-fiancée de Slade. Il paraît qu'elle est tutrice dans la section que je vise.

Je loupe une respiration avant d'arriver à coasser :

— Ton frère a été fiancé ?

— Il ne t'en a jamais parlé ? C'est papa qui lui avait présenté Grace, la fille d'un de ses associés. Ils n'étaient fiancés que depuis peu quand il a été arrêté, la date du mariage n'était même pas fixée.

Elle l'a plaqué avant le procès. C'est une sale garce. Je n'ai jamais pu la supporter.

Je commence soudain à entrevoir une autre raison, plus complexe au comportement de Slade avec les femmes.

Un tableau sombre et assez flippant : une mère défaillante et peu aimante, une première fois bien trop jeune et une fiancée qui l'abandonne au pire moment.

C'est sûrement ça, le cocktail complet qui explique son attitude, son refus de s'engager, d'offrir son cœur qu'il cache derrière ses manières de Don Juan sans aucun scrupule.

Inconsciente des pensées qui m'agitent, Liz me chuchote :

— Mon grand-père a demandé de ses nouvelles. Tu crois que ça lui ferait plaisir de le savoir ?

Liz se lance aussi à me raconter les dernières lubies de sa mère qui la contrarient et lui font souhaiter d'atteindre au plus vite ses dix-huit ans pour venir vivre avec nous.

J'ai honte, mais je ne l'écoute pas vraiment, mon attention se portant sur Slade toujours assis sur l'accoudoir du canapé, Antonio dans les bras.

Il est craquant quand il oublie de jouer les gros durs. Je ne peux pas m'empêcher de sourire en les regardant.

— Fais gaffe, tu vas tomber amoureuse, me murmure soudain Marina à l'oreille. Mais c'est peut-être déjà fait…

— N'importe quoi !

— On en reparlera.

Chapitre 26

Gabriela

La journée se termine. Slade et Marina m'aident à remonter mes cadeaux. Je n'ai jamais été aussi gâtée. J'hésite, mais je me lance :

— Est-ce que ça te dérangerait que Marina dorme ici, ce soir ?

— Ça dépend. D'abord, tu retires tous les objets dangereux et ensuite, elle jure de ne pas tenter de m'assassiner, nous charrie-t-il.

— C'était un accident, plaide Marina en rougissant jusqu'à la racine des cheveux. Je ne le referai plus, je…

— Je blague ! l'interrompt-il. C'est d'accord.

À cet instant, on frappe à la porte.

— Eh, là-dedans ! s'exclame Enrique entrant les bras chargés de boîtes, suivi par Diego avec des bouteilles. J'ai convaincu ma mère de nous filer les restes pour une dînette « entre jeunes ».

— En clair, vous vous incrustez, se marre mon coloc.

En deux minutes, le couvert est mis sur la table basse par les mecs, pendant qu'avec Marina nous nous occupons de réchauffer le repas. Nous sommes condamnés à manger assis par terre, car nous n'avons pas assez de tabourets autour du comptoir.

Au final, cela donne un côté camping très sympa.

— Ça ne te dérange pas qu'on parle uniquement en espagnol ? demande soudain Diego à Slade.

— Non, c'est un stage en immersion génial. Je suis devenu bilingue en moins de six mois. Il y a encore quelques trucs qui m'échappent, mais avec le contexte, je saisis l'essentiel.

— Et ça fait bien sur ton CV ! Un *gringo* qui s'exprime en espagnol, c'est plus chic qu'un latino qui jacasse l'anglais.

— Jaloux !

Les blagues fusent, l'ambiance est top. Mais soudain Marina tourne un regard perdu vers moi. Elle vient de voir la main d'Enrique se poser quelques secondes sur la cuisse de son frère. Je lui fais un signe péremptoire de se taire. On en discutera plus tard.

— Ce n'est pas que je m'ennuie, mais ma journée n'est pas terminée, il faut que j'aille bosser, annonce Slade après le café.

Il doit partir au club. Mon estomac se serre, parce qu'il va encore aller pêcher une fille.

— Si on allait s'éclater aussi ? propose Enrique.

— Sans moi, j'ai du boulot demain, un bouquin de six cents pages à finir et la présentation à écrire pour lundi matin.

— Pas mieux, soupire Marina. J'aurais pourtant bien aimé.

— Alors, ça sera une sortie entre mecs, dit Diego en fixant étrangement Enrique.

Avant de partir, ils nous aident à débarrasser et lavent la vaisselle.

— Pour des latinos machos, ils sont finalement plutôt fréquentables ! dit Marina, pince-sans-rire.

— Je ne suis pas latino, rappelle Slade.

— Y a pas pire qu'un converti ! Allez, filez !

— Vous avez prévu une soirée filles avec un DVD guimauve, avouez ! s'amuse Enrique. C'est pour ça que vous nous virez !

— Dehors !

La porte est à peine refermée que Marina se tourne d'un bloc vers moi :

— C'est quoi ce que j'ai vu ?

Je m'affale dans le canapé, fatiguée.

— La vie d'adulte.

— Pourquoi mon frère s'est laissé faire ? Il…

— Il en avait envie, il a même apprécié et surtout il aurait aimé ne pas avoir à se cacher. Tu n'avais jamais rien remarqué ? Que Diego n'est pas attiré par les femmes.

Marina s'effondre à côté de moi.

— Non, complètement aveugle, comme mes parents. Ils vont devenir fous en l'apprenant. Ils risquent de le flanquer à la porte… Enfin, je n'espère pas…

— Et toi ?

Elle prend le temps de réfléchir.

— Je clame depuis des années que je soutiens les homosexuels. C'est l'occasion de mettre mon comportement en adéquation avec mes principes.

— Ton frangin en aura besoin quand ça va se savoir. Avec Enrique, ils ne pourront pas se cacher éternellement.

Marina reste un moment silencieuse, à fixer le plafond.

— Slade est au courant ?

— Il l'était bien avant moi.

— Ça ne lui pose pas de problème ?

Je me redresse en détendant mes épaules.

— Il est bien plus tolérant que tu ne le penses. Il est même assez ouvert d'esprit pour être en coloc avec une fille.

— Ça, c'est un autre sujet. Et il est bien plus qu'en coloc avec toi, il n'y avait qu'à observer ses réactions face à Miguel.

— Celles d'un grand frère.

— Tu te trompes. Un frangin, ça ne prend pas une mine de tueur psychopathe pour effrayer un gentil garçon. Ça surveille de loin. C'est protecteur et un peu intrusif, mais pas jaloux et possessif.

— On parle de Slade, le mec qui change de nana plus souvent que de tee-shirt, qui me voit en tant que « bébé-coloc ».

— On parle du gars qui vit avec toi, qui veille sur toi, qui était prêt à aller en taule pour te sauver de ton père, qui t'a filé ses économies pour l'enterrer et qui doit travailler comme un dingue pour payer sa fac à cause de ça.

Marina prend une grande inspiration, et se lance :

— Et toi ? Tu en es où avec lui ?

— Nulle part !

— Je ne te crois pas. Si tu ne ressens rien pour lui, pourquoi tu ne supportes plus ses aventures, alors que ça ne te gênait pas au début, ça te faisait même marrer ?

— Ce n'est pas moral.

— On s'en fout de la morale dans les histoires de cœur. Regarde mon frère, il est en train de s'affranchir d'années de pression pour qu'il se marie à une jolie petite Mexicaine et donne naissance à l'héritier du nom. Tes sentiments ont changé, et maintenant tu es jalouse, parce que tu voudrais Slade pour toi.

Cette fois, les bras croisés, je refuse de répondre.

— J'ai beaucoup réfléchi ces derniers mois, poursuit ma meilleure amie, à cause de ton père. J'ai grandi brutalement. Je pense que tu es exactement comme moi, tu as peur de lui.

— Pardon ?

J'ai fait un bond dans le canapé.

— On est des gamines. On se pâme devant des acteurs de séries, on glousse en reluquant les beaux gars de la fac, on lit des romans érotiques, mais on ne va pas plus loin.

— Et Miguel ?

— Un flirt. Tu l'as dégagé à la seconde où il a tenté de t'éloigner de Slade.

— Excuse-moi de ne pas avoir vécu les choses comme ça !

— N'empêche que j'ai raison. Ton coloc, c'est un vrai mec, un mâle adulte. Tu as la trouille de ce qu'il pourrait te demander, de ne pas être prête, de ne pas être à la hauteur de ses attentes.

— En imaginant que ce soit exact, cela ne change rien au fait qu'il me voit comme sa petite sœur.

— Ce n'est pas comme ça qu'il te regardait tout à l'heure.

Marina m'énerve. Je n'ai pas envie de parler avec elle de tout ça alors que Miguel vient encore de m'envoyer un message pour me souhaiter une bonne nuit.

Pourquoi je n'arrive pas à lui pardonner alors qu'au fond, il est gentil et qu'il tient à moi ? Est-ce vraiment à cause de Slade ?

Je suis incapable de trouver la réponse à cette question, tout est trop flou dans mon cœur, dans ma tête. Je change de sujet :

— On le regarde ce film ?

— Oui ! Allons baver sur un acteur super bien roulé avec des abdos en tablette de chocolat, même si je suis certaine que le mec qui dort dans la chambre à côté de la tienne a les mêmes, avec en plus des tatouages sexy de vrai dur.

Je lève les yeux au plafond. Je ne vais pas aller lui en parler alors que j'essaie de ne pas y penser !

Le soleil est brûlant et je suis bien sur mon transat à bronzer quand, soudain, une ombre me recouvre. Des gouttelettes d'eau fraîches se dispersent sur ma peau, me faisant sursauter.

Je me redresse d'un bond.

— Ce n'est pas drôle.

— Pourquoi ? Tu as la chair de poule, me répond une voix grave et sexy qui me fait frissonner.

Sans mes lunettes de soleil, je ne vois pas son propriétaire, il est en contre-jour. La seconde suivante mon arroseur se penche sur moi pour m'embrasser.

Sa bouche a un délicieux goût de sel de mer, de vacances. Je glisse mes doigts dans ses cheveux. Lorsqu'il pose sa main mouillée, presque froide sur mon ventre, je sursaute une nouvelle fois. Avec audace, il la faufile dans la culotte de mon maillot de bain. J'essaie de le repousser.

— Arrête !

— Personne ne nous voit. Dans trois secondes, je te promets que tu seras aussi trempée que moi…

— Slade, arrête !

Au moment où il enfonce ses doigts encore plus loin, là où je n'ai jamais laissé un homme me toucher, je me réveille brutalement. Me redressant dans mon lit, je me sens toute bizarre, flouée, volée… je voulais qu'il le fasse.

J'en avais terriblement envie…

Lorsque Slade se lève à midi, il est complètement dans le gaz, les yeux cernés, le teint blafard. Il s'assied à table après avoir marmonné un bonjour presque inaudible.

Comment réagirais-je si un jour il me faisait des avances ? Qu'est-ce que j'éprouverais à sentir ses grandes mains solides sur mon corps ? Cela serait sans doute très différent de mon rêve.

Soudain la réalité me revient en pleine face ; il a dû se taper une fille cette nuit, sans songer à moi et à mes petits états d'âme.

Lorsque je le vois grimacer en tendant le bras pour attraper son verre, ma première idée est « bien fait », avant que ma conscience me rappelle à l'ordre.

— Tu t'es fait mal ?

Il s'étire. Je dois me contraindre à garder les yeux fixés sur son visage alors que ma vision périphérique me montre que son tee-shirt remonté dévoile la ceinture de son jean et une partie de ses abdos parfaits. Je me surprends à avoir envie de les caresser.

— On a dû sortir un groupe de merdeux. Ils semblaient penser que les filles n'attendaient qu'après eux pour se faire peloter en mode Néandertal. Un de ces cons se prenait pour Jacky Chan, il m'a foutu un coup de pied dans les côtes.

— Qu'est-ce que tu as fait ?

— Je lui ai montré que je levais la jambe plus haut. Il s'est pris ma godasse en pleine tronche.

Un soupire m'échappe. Champion de MMA.

À peine le déjeuner terminé, il s'éclipse pour faire la sieste. Par la porte entrouverte, je ne peux pas m'empêcher de l'observer lorsqu'il retire son tee-shirt, dévoilant son dos, ses tatouages, y compris ce magnifique dragon hypnotique.

Les paroles de Marina me tournent dans la tête. Pourrait-elle avoir vu juste ? Que je sois si « bébé » que je n'ai pas compris que j'étais amoureuse de Slade, et ça depuis longtemps ?

Se pourrait-il que mon absence d'expérience m'ait rendu aveugle à mes propres sentiments ? Que j'ai peur de tout ce qu'impliquerait une relation avec lui ?

J'en suis à flirter gentiment alors que lui est un mec, un vrai… En plus, si mon inconscient fantasme sur lui, même dans mes rêves, il va falloir que je me pose sérieusement des questions sur mon avenir… notre avenir.

Chapitre 27

Gabriela

Noël arrive et rien n'a changé dans ma vie. Miguel a fini par comprendre que je ne reviendrai pas sur ma décision. Il m'a tristement souhaité bonne continuation, en me disant que sa porte restait ouverte, qu'il m'aimait encore.

J'ai l'impression de vivre en attente de quelque chose d'indéfinissable et ça m'énerve… En plus, Slade est quasiment invisible depuis mon anniversaire, ce qui ne m'aide pas à voir clair dans mes sentiments. Ses cours lui prennent beaucoup de temps, il a toujours ses jobs à l'atelier et au club, mais depuis le début des vacances, il en a un autre : il bosse pour la compagnie de limousines de monsieur Hollander.

De mon côté, je fais des extras dans les boutiques du centre commercial pour les inventaires de fin d'année, mais aussi pour emballer des cadeaux de Noël. Chaque dollar que j'économise me sert à rembourser Slade.

La culpabilité me ronge de lui avoir emprunté cet argent et de le voir se crever au boulot, même s'il est au top de l'élégance quand il va jouer les chauffeurs de luxe. En veste noire – qui marque sa carrure et fait ressortir ses yeux bleus –, chemise blanche, cheveux blonds bien coiffés, et pour le côté canaille, juste le piercing de son sourcil, il est à tomber.

Marina, Lucia et même Eva sont d'accord.

En début de semaine, j'ai eu Liz au téléphone, elle m'appelle souvent, probablement pour créer des liens. Elle veut s'assurer que nous ne changerons pas d'avis et que nous allons l'accueillir à la rentrée prochaine. J'avais à peine décroché qu'elle s'emportait :

— Mon frère m'agace !

— Qu'est-ce que Slade a fait ?

— Pas lui, mais cet idiot de Robert. Il a pris ma voiture sans me le dire et à accrocher un bus ! C'est quand même un truc qu'on ne peut pas louper au milieu de la route. Cette espèce de… a mis mon nom sur la déclaration d'accident. Mon grand-père a été obligé d'intervenir, parce que mon père lui donnait encore raison ! C'est son troisième crash de l'année, la compagnie d'assurances allait le virer – d'ailleurs elle l'a fait –, il fallait lui éviter ça et tant pis pour moi. Je te jure que je ne supporte plus cette famille.

Liz aurait aimé fêter Noël avec nous, mais sa mère l'a embarquée pour une semaine de ski à Aspen.

— Si je n'y vais pas, elle va me faire vivre un enfer au retour. Je vais encore passer mes journées, seule sur les pistes.

— Personne ne vient avec toi ?

— Mon père s'enferme dans le bureau pour bosser à ce qu'il dit, ma mère bronze sur la terrasse, et Robert écume les boîtes de nuit. Il ne se lève jamais avant trois heures de l'après-midi avec la gueule de bois. C'est Slade le sportif, c'est lui qui m'a appris. Il me manque…

— C'est l'heure ! s'exclame mon coloc en me sortant de mes pensées. *Tía* Alma va nous attendre. Et j'ai vu Diego garer sa voiture devant la maison.

Notre tante adoptive a tenu à organiser le réveillon, réunissant tous les membres de notre drôle de famille. Même Diego et Marina seront là, ayant négocié d'être avec leurs parents demain midi, tout comme Lucia, Juan et Eva.

Slade et moi, nous serons au travail…

Nous sommes dans l'escalier, nos cadeaux dans les bras quand, soudain, nous entendons hurler derrière, sur la terrasse. Sans nous concerter, nous déposons nos paquets sur les marches et nous nous précipitons, nos voisins aussi.

C'est Eva qui a crié, elle est hystérique

— Je t'ai vu l'embrasser ! hurle-t-elle à Enrique en désignant Diego.

— Tais-toi !

— T'es qu'une pédale, une pauvre tarlouze ! Tu me laisses croire depuis des mois que tu t'intéresses à moi…

— Mais n'importe quoi ! Je t'ai dit un nombre incalculable de fois qu'il n'y aurait jamais rien entre nous.

— Tu as juste oublié de me dire que tu es pédé !

Tía Alma sort à cet instant-là. Enrique se pétrifie. J'hésite sur la manière de faire taire Eva qui continue de hurler et de vomir des insanités. Un coup d'œil vers Slade me montre qu'il est à deux doigts de coller son poing dans la tête de cette emmerdeuse, mais Lucia est plus rapide.

Elle inflige une paire de gifles cinglantes à Eva.

— Tu vas fermer ta grande gueule, sale petite conne. Enrique t'a dit cent fois qu'il n'était pas intéressé. Tu n'écoutes rien, mademoiselle la chouchoute de ses parents à qui tout est dû. Ici, on est tous au courant pour lui et Diego, et nous sommes très heureux pour eux.

Slade

L'intervention de Lucia a coupé le sifflet à Eva quelques secondes, mais je la vois se ressaisir et s'apprêter à remettre ça. Alors, sur un ton froid, j'annonce la couleur :

— Si tu ouvres encore ton claque-merde, c'est moi qui vais te le fermer, ça te fera beaucoup plus mal qu'avec Lucia. Enrique est chez lui ici, pas toi. Si ça ne te plaît pas, tu dégages, personne ne te retient. Tu peux faire tes valises.

Eva me regarde avec des yeux exorbités de peur.

— Mais c'est un menteur, un…

— TA. GUEU. LE ! C'est assez clair ?

Je m'approche d'elle, l'air mauvais. Sur un piaillement de poule effarouchée, elle s'enfuit en criant :

— C'est sûr que je vais déménager !

— Bon vent. Ça nous fera du bien, s'exclame Juan. Je vais surveiller qu'elle fait ses valises. Je vais même l'aider.

— Je viens avec toi, dit Lucia, confiant Antonio à Gabriela.

Tía Alma est tétanisée par ce que son cerveau de mère peine à assimiler. L'attrapant par le bras, je la fais entrer dans son salon. Les autres nous suivent et ferment la baie vitrée. Nos histoires de famille ne regardent pas les voisins.

— Est-ce que c'est vrai ? demande-t-elle à Enrique quand elle réussit à retrouver sa voix. Toi et ce garçon, vous…

— On est amoureux, répond courageusement son fils.

— C'est contre nature, explose-t-elle.

Je me sens obligé d'intervenir.

— *Mi Tía*, c'est ton fils ! Ton fils unique. Qu'est-ce que tu souhaites pour lui ? Une existence d'enfer sur terre ? Un mariage où il sera malheureux à en crever et où il rendra encore plus malheureuse une pauvre fille qui passera sa vie à s'interroger sur quelle faute elle a pu commettre pour qu'il n'arrive pas à l'aimer ?

— C'est contre nature ! répète-t-elle en serrant ses mains l'une contre l'autre dans un geste de désespoir qui me fait mal pour elle.

— Qui a dit ça ?

— Dieu lui-même !

— Dieu ou les curés qui prétendent parler en son nom ?

— Tu blasphèmes !

— Non, je pose une question. Qui ?

Tía Alma bloque. Son regard va de moi, qui suis planté devant elle, à Enrique et à Diego. Pour marquer son soutien à son petit ami, Diego ose lui prendre la main et la serre. Marina et Gabriela viennent se placer à côté d'eux.

Antonio gazouille, ne comprenant pas pourquoi les adultes sont si sérieux alors qu'un joli sapin clignote et qu'il y a plein de bonnes choses à manger sur la table basse qui ne demandent que l'attention de ses petites mains potelées.

— Enrique, il vaut mieux que tu partes, que tu…

— Non !

Là, je crois bien que j'ai hurlé. Tout le monde a sursauté, et Antonio a eu peur. Il se recroqueville dans les bras de Gabriela, les larmes aux yeux, pauvre bébé. Je reprends plus doucement :

— *Mi Tía*, si tu chasses Enrique, il sera comme moi, tout seul, à la rue, dépendant de la gentillesse des étrangers qui croiseront sa route, en danger de faire de mauvaises rencontres. Tu veux être comme mes parents ? Être une égoïste qui se débarrasse d'un enfant qui ne correspond pas à ses plans, à ses ambitions ?

— C'est un coup en traître, râle-t-elle.

— Tu préfères plier devant le qu'en-dira-t-on des voisins que de suivre l'amour que tu portes depuis des années à ton fils qui t'a offert tant de satisfaction ? Laisse-le être heureux. Bénis-le. Protège-le encore une fois de ton amour, de ta bonté…

— Ça va, arrête, murmure-t-elle, les yeux remplis de larmes. Vous étiez tous au courant ?

Nous hochons la tête de concert. Puisqu'elle semble accepter la situation, je pousse mon avantage :

— Puisque Eva quitte la maison, Enrique pourrait emménager dans le studio du deuxième étage.

— Je…

— *Mi Tía*, il doit prendre son indépendance. Il est adulte. Il a passé l'âge de vivre avec toi, même si je peux comprendre que tu avais envie de le garder.

— Je peux payer le loyer, intervient Enrique.

— Je ne te ferai pas payer, ronchonne *Tía* Alma bousculée.

— J'y tiens. Tu as besoin de cet argent, et de cette façon, ça sera vraiment chez moi.

— Tu pourras recevoir ton… ami, murmure sa mère sans pouvoir cacher son amertume.

— C'est mieux pour eux que de baiser sur le siège arrière d'une voiture ou dans un hôtel merdique aux risques de se faire surprendre et tabasser.

— Slade ! s'exclame Gabriela, choquée par mon vocabulaire.

— Il faut appeler un chat un chat.

À cet instant, Juan et Lucia passent la porte.

— Eva est partie. Nous avons récupéré ses clés, et nous lui avons dit qu'elle serait remboursée du reste du mois.

— Je m'en occuperai, décide Enrique. Après manger, vous m'aiderez à monter mes affaires là-haut ? J'emménage.

— Seulement si tu jures de ne pas faire des fiestas d'enfer, ta chambre est juste au-dessus de la nôtre, exige Lucia.

— Promis !

Nous prenons les choses en main, alors que *Tía* Alma reste dans le canapé, sonnée.

— À table, s'écrie Marina en apportant les entrées.

Nous entretenons la conversation avec le même flot de blagues qu'à chaque réunion de notre famille. Diego et Enrique gardent une certaine distance, ne montrant pas trop clairement la nature de leur relation pour laisser le temps à une maman traumatisée, mais aimante de s'habituer.

La séquence d'ouverture des cadeaux donne lieu à une joyeuse pagaille. Mon petit pote, Antonio, ne sait plus où donner de la tête en courant après tous ces papiers colorés et ces jolis rubans scintillants qui le mettent en joie.

— On dirait un chaton, s'extasient les filles en le couvrant de bisous à chaque passage.

— Slade t'a offert quoi ? demande Marina.

Je préfère me détourner. Ce n'est pas le présent du siècle. Je n'avais pas beaucoup d'argent. J'ai pris un bonnet, une écharpe et des gants à l'effigie de l'université. J'espère que ça lui plaira quand même un peu.

En revanche, le cadeau de Gabriela me touche en plein cœur. C'est un bouquin sur les combats de la fédération régionale de MMA. J'en reste sans voix en découvrant que je suis nommé à l'intérieur, il y a mon palmarès et la photo d'une de mes victoires.

Ça me fait tout drôle de voir un souvenir de cette période… avant les ennuis, avant ma vie avec elle.

— Ça te plaît ? me demande-t-elle timidement.

— Tu n'imagines pas à quel point !

C’est là que je dérape, encore une fois ! Je me penche et je l’embrasse… sur la joue, mais au ras des lèvres parce que j’ai corrigé la trajectoire d’extrême justesse.

À une fraction de seconde près, c’était la cata.

Je serre les poings pour contenir l’envie qui me brûle le sang de prendre sa jolie bouche rose, de la plaquer au mur et… de lui faire les choses indécentes dont je rêve presque chaque nuit.

Même si je n’arrive pas à savoir ce que je ressens pour elle, le désir est une composante importante de cette émotion que je ne maîtrise pas.

C’est ça ou bien la petite expérience que je mène depuis plusieurs semaines me pousse à sauter sur tout ce qui bouge. Ça démontrerait que, définitivement, je suis un connard irrécupérable.

Pour en avoir la confirmation, je me tourne vers Marina. Je l’observe, la déshabille du regard. La fille est mignonne, bien plus sexy dans sa robe que ma bébé-coloc avec son jean, et…

Rien.

Effet libido zéro. Un seul coup d’œil vers Gabriela suffit à agiter une nouvelle fois mes hormones.

Enrique a raison. J’ai un énorme problème qui ne cesse de s’aggraver, maintenant que Gabriela est adulte dans sa tête et de plus en plus belle dans son corps.

— Putain, t’as fait des combats en MMA et tu ne me l’as jamais dit ! s’exclame Enrique en m’arrachant le livre des mains, me ramenant au présent.

Les questions pleuvent et les blagues recommencent à fuser.

Après le café, mon frère va s'asseoir près de sa mère, tout le monde comprend qu'ils ont besoin de s'expliquer calmement, alors nous nous installons à l'autre bout de la pièce, discutant tout en les surveillant du coin de l'œil.

La journée se termine bien mieux qu'elle n'a débuté.

— Eh, *hermano* ! N'oublie pas que tu nous dois une pendaison de crémaillère !

— C'est prévu, répond Enrique en ouvrant la porte de son nouveau « chez lui », suivi comme son ombre par Diego.

Marina et Gabriela se laissent tomber dans notre canapé au milieu de leurs paquets.

— Je vais prendre une douche avant d'aller bosser.

Façon polie de cacher que je dois aller soulager à la main un problème qui fait douloureusement pression contre la toile de mon jean, mais qui est heureusement dissimulé par mon pull.

Chapitre 28

Gabriela

Pour le réveillon du trente-et-un décembre, je travaillais comme extra dans un restaurant, Slade pilotait un groupe de hockeyeurs faisant la tournée des bars et des boîtes pour fêter la nouvelle année.

Nous avons juste échangé quelques textos durant la soirée :

Bonne année cher coloc. Bisous

Bonne année à toi aussi miss coloc.

J'en ai marre de ces cons

Ils sont aussi pénibles que ça ?

Obligé de m'arrêter.

Y en a un qui gerbe dans le caniveau

Tant que c'est pas dans la voiture

Il est tout de même rentré content de sa soirée avec plus de trois cents dollars de pourboires auxquels j'ai pu ajouter mes deux cent cinquante dollars. Je rembourse doucement, mais sûrement mes dettes. On va s'en sortir une fois de plus. Tous les deux, ensemble.

Ce midi, nous sommes invités à manger chez *Tía* Alma en compagnie d'Enrique. Mon colocataire termine de se préparer, tentant de discipliner une mèche blonde qui lui retombe dans les yeux.

— La plaie. Je galérais moins quand je les rasais.

— Mais tu es bien mieux comme ça.

Je me sens rougir alors qu'il m'adresse un drôle de regard dont je ne saisis pas bien le sens. Je préfère me détourner pour qu'il ne devine pas à quel point je deviens sensible à son physique, moi qui étais persuadée d'aimer les bruns latinos…

Sur la console de l'entrée, il y a mon bonnet, celui que Slade m'a offert pour Noël. Je ne sais toujours pas interpréter ce cadeau : budget riquiqui, ou machin sans investissement personnel acheté à la va-vite dans la boutique du campus ? La réponse me donnerait un indice de ce que je représente pour lui.

Nous descendons chez *Tía* Alma où, après de joyeuses embrassades de nouvelle année, nous nous installons à table. Le dessert arrive quand Slade qui est face aux fenêtres se fige.

— Diego vient de se garer devant la maison, annonce-t-il.

— Quoi ? sursaute Enrique qui se lève et se précipite pour aller ouvrir la porte à son petit ami. Qu'est-ce que tu as ?

Diego a l'air triste. Il attend d'être entré pour répondre.

— Mes parents avaient encore invité une voisine parce qu'elle était « parfaite pour moi ».

— Et ? demande Slade qui, comme nous, se doute de la suite.

— J'ai craqué. Je leur ai balancé que la pression qu'ils me m'étaient était insupportable, que je ne voulais pas d'une petite amie, mais leur présenter mon mec.

— Ils ont mal réagi ?

— C'est rien de le dire. Ils ont commencé par refuser de me croire, pensant que c'était de la provoc. Quand ils ont compris que j'étais sérieux, ma grand-mère a piqué une crise de nerfs, ma mère m'a traité de monstre dégénéré, et mon père m'a ordonné de faire mes valises. Elles sont dans la voiture. Tu peux m'héberger le temps que je me retourne ?

— Tu te doutes bien que ça ne pose aucun problème, répond Enrique en le prenant dans ses bras pour le serrer fort.

— Marina ?

— Je lui ai conseillé de se taire, de ne pas dire qu'elle était au courant. Je travaille, elle, en revanche, n'a pas fini ses études. Il faut qu'elle reste avec les parents. Elle veut essayer de leur parler et de les faire réfléchir quand ils seront calmés.

À cet instant, le téléphone de Diego bipe.

— Tiens, mon indic justement ! ironise-t-il avant de nous commenter ce que Marina vient de lui écrire. Ma mère se lamente en se demandant quel péché elle a commis pour que Dieu la punisse. Mon père a ordonné à mes sœurs de garder le silence sur ma déviance. Il espère que ça me passera et que je rentrerai dans le rang en comprenant quel est mon rôle en tant qu'homme.

— T'es pas sorti du sable, dit Slade.

— J'en ai bien l'impression.

— On va monter tes affaires chez moi, décide Enrique.

Les deux garçons ont à peine quitté la pièce que *Tía* Alma nous regarde l'air un peu désespéré.

— Ils ne vont pas s'installer ensemble, pas déjà ?

— *Mi Tía*, lui répond Slade avec une douceur qu'il emploie rarement, Enrique sait que tu n'es pas prête, et il commence tout juste à savourer son indépendance. Diego lui se cherche encore. Ils ne se mettront pas en couple tant qu'ils ne sont pas sûrs d'eux. C'est une solution de dépannage temporaire. Mais il faut que tu te prépares pour le jour où ton fils emménagera avec quelqu'un.

J'espère qu'il ne s'est pas trop engagé, et je suis un peu surprise qu'Enrique tienne le même discours à sa mère un quart d'heure plus tard. Je me penche discrètement vers mon coloc :

— Vous en aviez déjà parlé ?

— Oui, Enrique avait besoin de conseil sur la vie à deux.

— Nous ne sommes pas en couple.

— Mais faire des compromis, ça me connaît. Au fait, tu as encore laissé traîner ton bonnet dans l'entrée.

J'éclate de rire devant son sourire en coin et lui mets une tape sur la poitrine.

— Maniaque !

La sensation de ses pectoraux musclés sous mes doigts fait accélérer mon rythme cardiaque. C'est injuste. Pourquoi est-ce que je réagis si vivement à lui alors que je ne lui fais aucun effet ?

Le patron du restaurant a été tellement content de mes services au réveillon qu'il m'a recontactée. Je n'hésite pas, les pourboires me permettront de rembourser mes dettes deux fois plus vite.

Étonnamment, Slade n'est pas emballé.

— On n'est pas à cinq minutes pour les remboursements. Concentre-toi sur tes études. Il ne faut pas que tu rates ton année et que tu perdes ta bourse.

Sa réaction sent un peu le machisme déguisé. Il préfère me voir en cuisine plutôt que de bosser autant que lui.

— Tu me laisseras décider ce que je suis capable de faire.

— Ne te fâche pas ! Je m'inquiète, c'est tout. Promets-moi de ne pas te mettre dans le rouge, de faire gaffe à ta santé.

Ça, je peux lui promettre, et mon idiot de cœur s'affole à l'idée que Slade fasse attention à moi, que je sois importante pour lui.

Le samedi suivant, à peine sortie de la boutique, je me précipite pour assurer mon second job. À l'une des tables, un groupe de jeunes s'amuse.

— Bonjour, jolie Gabriela, clame celui qui doit être le leader, lisant mon prénom sur le badge. Je m'appelle Mario. Mes amis et moi, on voudrait de la tequila. On a de bonnes nouvelles à fêter !

Toute la soirée, Mario ne cesse de me faire des clins d'œil, de me proposer de me joindre à eux. Mais je décline. À la fin du service, je vérifie que personne ne me suit… rien. Je m'assieds près du chauffeur du bus pour être tranquille. Arrivée à ma station, j'ai la surprise de découvrir que Juan m'attend.

— Slade m'a demandé de t'escorter. Avec Lucia, nous sommes d'accord avec lui, ce n'est pas prudent que tu te balades seule à cette heure tardive.

— Je sais me défendre.

Mais je suis aussi émue que ma famille d'adoption fasse autant attention à moi. Malheureusement, une fois à l'appartement, le silence me rappelle que mon coloc n'est pas là. Il est au *Blacklight* à se battre ou draguer des filles peu farouches.

Après ma douche, je me couche, mettant mon coup de cafard sur le compte de la fatigue, refusant de sonder cette jalousie qui ne cesse de croître, me démontrant que mes sentiments sont bien plus complexes qu'ils ne le devraient pour celui qui ne veut être que mon ami.

Le lendemain, Slade – bien ensuqué – daigne nous gratifier de sa présence à la messe. C'est la première fois depuis des semaines qu'il renonce à sa séance de sport.

Lorsque les yeux des voisins, accusateurs, intolérants, se braquent sur Enrique et Diego, il se réveille soudain, se redresse et fixe sur les paroissiens un regard bleu les défiant d'émettre une seule remarque désobligeante.

Mode garde du corps activé.

Son attitude est formidable. Ce mec est génial… sauf avec les femmes. L'après-midi, il se retransforme en zombie et comate devant la télé jusqu'à l'heure de reprendre le volant de sa limousine. Le lendemain, je découvre un petit mot adorable sur le frigo, loin des habituelles notes pragmatiques :

Désolé pour hier, j'étais crevé.
J'espère que tu as bien récupéré pour
attaquer cette nouvelle année.
Je t'embrasse – Slade.

C'est le premier d'une longue série. S'il est quasiment invisible la semaine et ressemble à un courant d'air le week-end, il me laisse tous les jours des messages qui me font battre le cœur plus vite, au point que je me dépêche de me lever le matin pour les trouver, les garder… les collectionner.

Leur tonalité est si différente d'avant, presque intime. Comme si notre relation avait changé de nature.

Je ne sais plus où j'en suis. Je suis perdue.

Le soir où Marina vient nous rejoindre pour aider Diego à déménager – il a déniché un appartement pas très loin –, je sollicite discrètement son avis.

— C'est super ambigu, conclut-elle après les avoir tous lus avec attention. « J'ai hâte de passer plus de temps avec toi », « tu me manques », « j'ai envie d'entendre ton rire »… On a l'impression qu'il écrit à sa copine.

— Je craignais de me faire des films.

— Je ne suis pas dans sa tête, temporise-t-elle. Il faut que tu lui poses la question qu'il te dise honnêtement à quoi il joue.

Mais comment présenter les choses ? J'ai peur de me tromper, d'abîmer notre vie, la confiance qui nous lient.

— La Saint-Valentin approche, c'est peut-être l'occasion ?

— Imagine qu'on se plante…

— Imagine qu'on ne se plante pas. Annonce-lui que tu n'as rien de prévu. Il verra que la porte est ouverte. S'il t'invite, tu seras fixée.

Et je saurai si les sentiments que je cache au fond de mon cœur, si forts, si profonds que je n'ose même pas les sonder de peur de m'y noyer, ne sont pas condamnés à ne jamais se montrer… J'ai la trouille.

Slade

Ce matin, je manquais d'inspiration. J'ai juste écrit :

À ce soir – Slade XXX

J'ignore si Gabriela a compris le sens de mes messages, elle ne dit rien, se conduit comme d'habitude.

Où est passée la confiance en moi que j'éprouvais autrefois ?

Avant mon séjour en prison, je ne me serais pas pris la tête, je lui aurais sorti le grand jeu, mise dans mon lit et je l'y aurais gardée.

Là, j'hésite, je tergiverse, le doute me bouffe les nerfs.

Pourtant, hier soir, elle m'a annoncé qu'elle n'avait pas de rencard prévu pour la Saint-Valentin. Ça ressemblait diablement à une invitation… où je ne comprends plus rien aux femmes.

Cette fois, je suis au pied du mur.

Je vais me lancer, sans parachute, aux risques de bousiller notre vie. Si elle me dit « non », revenir en arrière sera compliqué, mais je veux tenter ma chance, essayer d'être avec elle, en couple, avoir le temps de découvrir si je suis amoureux sans craindre qu'elle rencontre un mec – je ne revivrai pas l'épreuve d'un autre « Miguel ».

Dans une belle boutique, son cadeau me coûte l'intégralité de ce que j'ai gagné ces derniers jours. Tant pis si ce n'est pas raisonnable.

Lorsque je sors de cours, la tête farcie d'équations, j'entends une voix féminine m'interpeller. Je commets l'erreur de me retourner.

Grace ! Pourquoi elle ? Pourquoi aujourd'hui ?

Mon ex-fiancée n'a pas changé. Élégante, sophistiquée, vêtue de fringues de marques hors de prix, ses cheveux longs, blonds, artistiquement coiffés, mais aussi les dents corrigées, la poitrine et les fesses refaites – j'ai vu les cicatrices de près –, en toc comme la plupart des influenceuses qui sévissent sur les réseaux sociaux, et qui sont ses idoles.

— J'avais entendu dire que tu étais sorti de prison et que tu avais repris les cours, me dit-elle en se plantant devant moi, son décolleté pigeonnant sous mon nez.

— Comme tu le vois.

Je fais un pas de côté dans l'intention de m'échapper. Mais elle me bloque de nouveau le passage. Pire, elle ose tendre la main et me caresser le torse. Même au travers de mon blouson, j'éprouve un frisson de répulsion. Je fais un bond en arrière.

— Je t'ai connu moins prude, mon chéri.

— Je ne suis plus ton « chéri » depuis que tu m'as largué par texto le lendemain de mon arrestation.

— C'était une erreur. Maintenant que tout est redevenu normal, toi et moi, on pourrait…

— Rien du tout.

— Je suis prête à te pardonner.

Là, c'en est trop. J'explose, oubliant que je ne dois jamais me mettre en colère.

— Tu me pardonnes ? Rappelle-moi pourquoi je me suis battu ce jour-là ? Parce que madame la pétasse a allumé un type qui ne voulait plus la décoller. La même pétasse qui a refusé de témoigner pour moi au procès, permettant au procureur de me faire passer pour un bagarreur dégénéré et sans cervelle.

Grace papillonne, ses yeux reflètent une âme aussi vide que celle de ma mère. J'ai soudain envie de lui faire du mal :

— Je ne t'ai jamais été fidèle. Tu étais la reine des cocues. Tout le campus était au courant, et tu souhaites remettre ça ?

Loin de paraître surprise, elle consacre deux longues secondes à admirer son vernis à ongles carmin.

— Tu étais à moi et tu ne m'aurais pas quittée pour une de ces connasses que tu baisais à la chaîne.

J'ai un haut-le-cœur. Cette fille est comme ma mère. J'avais beau m'en défendre, je marchais sur les traces de mon père, sauf qu'au lieu de me faire enfiler par mon assistant, j'aurais sauté mes assistantes.

Je me donne envie de vomir.

Le mec que j'ai été était vraiment une merde, un pauvre imbécile incapable de s'écarter du modèle familial malgré ses petites rébellions minables.

— Rien ne nous empêcherait de renouer…

— Mais si, il y a plein de choses qui s'y opposent.

Je me sens devenir mauvais, le besoin de lui faire mal me prend à la gorge…

— Mon séjour en taule m'a ouvert les yeux sur ce que je ne veux plus, comme une gonzesse avec des seins en plastique.

Grace blêmit. Elle n'aime pas qu'on lui rappelle qu'elle est refaite, elle est même très susceptible sur le sujet. Elle recule d'un pas et je dégaine l'argument suprême avec un plaisir jouissif :

— Tes informations sont incomplètes ; mes parents m'ont foutu dehors. Je n'ai plus un rond. Je suis pauvre !

Relevant son petit nez parfait – refait lui aussi –, elle me tourne le dos, outrée. Jamais la belle Grace ex-potentiellement-Tomkins ne s'abaisse à parler à un type s'il n'a pas – au moins – une carte Black ou Platinium.

Comment ai-je pu me fiancer, envisager de lier ma vie à une connasse de cette envergure ?

Je rentre en traînant les pieds, dépité, écœuré de moi-même, de ce que j'ai été, pas si convaincu d'avoir réellement changé.

Qu'est-ce qui se passera quand j'aurai à nouveau de l'argent ?

Est-ce que je reprendrais mes habitudes d'avant ?

Celles avec les nanas ne sont pas si loin, j'ai recommencé dès ma sortie de prison.

Gabriela est assise au comptoir. Petite fille sage en train de faire ses devoirs. Une évidence me saute à la figure : l'enfoiré que je suis n'a pas le droit de salir cette fille. Elle est devenue une belle jeune femme, mais plus que tout, son cœur est magnifique. Elle est pure – et pas seulement parce qu'elle est vierge –, elle a l'âme d'un ange.

Je regarde les tatouages au creux de mes bras.

L'ange et le démon.

Elle et moi…

Je vais dans ma chambre planquer mon cadeau derrière une pile de fringues. Nous mettre en couple était l'idée la plus débile et injuste que j'ai jamais eue de toute mon existence.

Chapitre 29

Gabriela

Je suis furieuse et triste en même temps. J'y ai cru, comme une pauvre gourde, ou plutôt comme une fille sans expérience, une gamine qui a rêvé d'un homme hors de sa portée.

Nous sommes le treize février, Slade ne m'a toujours pas invitée et il ne le fera pas. Depuis deux jours, il n'y a même plus de petits mots sur le frigo…

Pendant le dîner, il m'explique, inconscient de ma détresse :

— Monsieur Hollander m'a sollicité pour conduire. La Saint-Valentin est une soirée où les limousines sont très demandées. Il a besoin de tous les chauffeurs. Je pourrais me faire de gros pourboires, mais j'hésite, ça me contraindrait à sécher un cours important.

— Tu le rattraperas.

Il passe la main dans sa tignasse blonde en désordre – un geste que j'aimerais tellement avoir le droit de faire.

— On n'a pas eu de contrôle sur table dans cette matière et je suis quasiment certain que le prof va nous le coller demain.

— Tu t'inquiètes sans doute pour rien.

Il relève son visage et me fixe. Mon rythme cardiaque s'affole devant ses iris bleus et son air si délicieusement sérieux. Je me sens rougir et me cache derrière le rideau de mes cheveux.

— Ce type est un sadique. Il sait que presque tous les étudiants des cours du soir sont en couple et qu'ils n'auront qu'une hâte, rentrer chez eux. Il va le faire exprès pour nous emmerder, en nous rabâchant que le boulot doit passer avant le plaisir.

— Il est célibataire ?

— Seul, frustré, refoulé, aigri. Pas une nana ne pourrait supporter un connard pareil.

Rien à voir avec toi…

Mon ironie me fait mal.

— Je dois y aller. Je bosse au restaurant ce soir.

— Tu ne me l'avais pas dit.

Une dispute se profilant à l'horizon, je préfère filer.

— Appelle-moi, je viendrai te chercher ! me crie Slade avant que la porte claque derrière moi.

Je l'enverrai bien sur les roses, mais je sais déjà que je lui téléphonerai. Si cette « amitié » protectrice est l'unique chose qu'il m'offre, je ne suis pas encore assez courageuse pour y renoncer…

Le restaurant est plein. Je n'ai plus le temps de songer à mes états d'âme. Je me mets au boulot.

— Mais c'est la jolie Gabriela ! s'exclame une voix amusée.

C'est Mario et sa bande de copains. Il recommence avec ses clins d'œil et ses sourires engageants chaque fois que je passe à proximité de leur table. À la fin de mon service, j'attends l'arrivée de Slade près de la porte arrière, Mario vient me rejoindre. Il paraît soudain bien plus timide.

— Dites, demoiselle, est-ce que vous seriez libre pour la Saint-Valentin, et accepteriez-vous de dîner avec moi ? Je serais l'homme le plus heureux du monde.

— On ne se connaît pas et…

— … Ce sera l'occasion de faire connaissance ! Quoi de plus romantique qu'une belle histoire qui démarre à la Saint-Valentin.

J'hésite. Ça serait agréable de sortir, m'amuser, mais je vais perdre une soirée de travail. Mario attend ma réponse avec un regard plein d'espoir. Il ressemble un peu à Miguel…

Je jette un coup d'œil à ma montre. Slade n'est toujours pas là. Il doit traîner Dieu seul sait où, parce qu'il n'était pas à l'appartement vu le temps que ça lui prend pour arriver. C'est ce qui me décide.

Inutile que je continue de me faire des films sur un mec qui ne s'intéressera jamais à moi. Je vais m'offrir une soirée de liberté !

— C'est d'accord !

— Yeah ! Chez Mama Rosa ? Ça te plairait ? À dix-neuf heures ?

C'est un resto chic et cher dans le quartier résidentiel.

— Parfait.

— Alors, à demain, jolie Gabriela.

Mario s'éclipse pour rejoindre ses amis sur un sourire, après m'avoir volé un baiser sur la joue. Il s'écoule presque dix minutes encore avant que Slade ne daigne arriver.

— Ça va ? me demande-t-il lorsque je m'installe.

— Très bien. Mais je suis fatiguée et j'ai mal aux pieds.

— Tu pourras te reposer demain soir et…

— Je travaille demain.

Je l'ai interrompu brutalement avant de croiser les bras et me murer dans le silence. Il me regarde bizarrement et, sans insister, il démarre. Je lui ai menti, sans bien savoir pourquoi, mais à cet instant, il m'énerve, il m'agace.

— Tu as fait quoi ? s'écrie Marina le lendemain midi lorsque je lui raconte ma soirée.

— Je ne vais pas languir après Slade pendant des mois. Fini de jouer l'ado qui en pince pour une rock star.

— Ce n'est pas malin d'accepter un rencard avec un mec que tu ne connais pas pour te venger d'un autre. Là, tu te conduis comme une gamine.

Je refuse de répondre. Elle hésite, puis reprend la parole :

— Derek, tu sais le gars de la section chimie, il m'a invitée. Je vais lui proposer qu'on aille aussi chez Mama Rosa.

— Tu veux me surveiller ?

— Je ne connais pas plus Derek que toi Mario. En étant au même endroit, on se protégera l'une l'autre.

À contrecœur, je reconnais :

— Ce n'est pas idiot.

— Tu vois, j'ai grandi. Je ne vis plus chez les Bisounours.

En rentrant, je me demande comment expliquer à Slade que je mets ma plus belle robe pour aller bosser. Autant lui dire la vérité, et tant pis s'il n'est pas content. Il n'avait qu'à m'inviter !

Mais l'appartement est vide, monsieur n'est pas là. Il n'a même pas laissé un mot ou un texto pour m'informer s'il était allé en cours ou s'il a finalement préféré jouer les chauffeurs de luxe.

Marina vient me chercher en voiture. Nous nous séparons dès le parking. Mario m'attend. Il m'accueille avec le sourire et un adorable petit bouquet de fleurs.

— Comment va la plus jolie des Valentines ?

Il m'a déjà pris un verre de vin blanc. Aimable et attentionné, il m'avoue qu'il redoutait que je lui pose un lapin. Il se montre drôle, charmeur, amusant… Ma commande n'est pas encore passée que Marina, plantée devant la porte des toilettes, me fait signe. Craignant qu'elle ait un problème, je m'excuse et la rejoins.

— Qu'est-ce qu'il y a ?

— Quand Derek a vu Mario, il a dit « qu'est-ce qu'il fout là ce loser ? ». Ils habitent le même quartier et Mario fait partie d'une bande qui deale et qui trafique.

Un frisson me parcourt avant que je me ressaisisse.

— Slade sortait de prison quand on s'est rencontrés. Pour l'instant, Mario est très correct, je vais lui laisser une chance.

— Ce n'est pas prudent, marmonne-t-elle. On ne s'éloigne pas. Tu ne quittes pas le resto sans moi, d'accord ?

— Oui, maman.

Je trouve qu'elle en fait trop, mais c'est mon amie. De retour à table, Mario me sourit et nous reprenons notre conversation. Au bout d'un moment, je dois bien admettre qu'il me pose beaucoup de questions et qu'il s'arrange pour ne pas répondre à celles qui le concernent. Plus la soirée avance, plus il fait allusion à ce que nous allons faire après dîner. Son programme m'apparaît de plus en plus clairement : aller danser et finir la nuit ensemble.

J'essaie de lui faire entendre en douceur que je ne suis pas partante.

— J'ai cours demain, pas de sortie nocturne pour moi.

— Il faut que tu te lâches. Tu es trop sérieuse, ma belle.

Il commence même à être désagréablement insistant. D'un geste discret, je fais signe à Marina de me suivre aux toilettes – le QG secret de toutes les filles en difficultés !

— Appelle Slade ! Demande-lui de venir te chercher.

— Tu veux rire ? D'abord, il doit être occupé et pour qu'il me fasse la leçon, non merci. De toute façon, je suis capable des me défendre.

— Tu ne feras pas le poids face à ce genre de mec. Ton coloc est le seul qui pourra avoir le dessus sur Mario, et tant pis pour ta fierté, peste ma meilleure amie.

Elle insiste tellement que je lui propose un compromis.

— Regarde, je prépare un texto. Si la situation dérape, je l'envoie dans la seconde.

Marina lit par-dessus mon épaule. J'écris que j'ai un problème avec un type qui me colle et l'adresse du restaurant.

— Rajoute « dépêche-toi, je t'en supplie ! ».

— Un peu mélodramatique, non ?

— On s'en fout. Ça le fera arriver plus vite.

Lorsque je reviens à table, Mario a retiré sa veste. Les tatouages sur ses bras me sautent aux yeux.

— Tu n'aimes pas ? demande-t-il avec une nonchalance feinte.

— Pas ce genre-là. Ça, c'est le symbole du pénitencier d'État. Le demi-cercle représente six mois d'incarcération. Là, deux passages au mitard.

Il se raidit et son sourire se fissure.

— Étonnant qu'une jolie poupée bien élevée sache ça.

— Je connais quelqu'un qui est allé en taule.

Mario se penche vers l'avant et m'adresse un nouveau sourire, retors, qui n'a plus rien de gentil, révélant une nature inquiétante.

— Je suis un vilain garçon, comme tu l'espérais. Ne me dis pas le contraire, tu cherchais le grand frisson en acceptant l'invitation d'un inconnu. Alors, arrête de faire ta mijaurée, on va aller rejoindre mes potes. Ils nous attendent pour faire la fête.

— Il n'en est pas question ! Je ne bougerai pas d'ici.

Tout en parlant, j'appuie sur la touche envoi de mon téléphone dissimulé sous la table. Au même instant, le serveur pose nos desserts devant nous.

— En plus, nous n'avons pas terminé de manger.

J'attrape ma cuillère, décider à y aller très lentement pour laisser le temps à Slade d'arriver, priant qu'il ait reçu mon message.

— Si ça te fait plaisir, ma belle. Prends des forces, me nargue Mario en attaquant sa glace. Tu vas en avoir besoin avec des gaillards comme nous.

Un frisson de peur me parcourt lorsque je repère ses potes derrière la vitrine qui nous guettent. Je lance un regard inquiet vers

Marina. Elle se penche vers Derek pour lui expliquer la situation. Il jette à plusieurs reprises des coups d'œil dans notre direction.

Dans ma poche, mon téléphone reste muet. Pas d'appel. Pas de texto. L'espoir de voir arriver Slade s'amenuise chaque seconde.

— Tu as fini ? s'impatiente Mario.

— Je n'irai nulle part avec toi et tes copains, je te l'ai déjà dit.

— En te faisant offrir un resto de ce prix, tu te doutais bien qu'il y aurait une contrepartie, ma belle, me nargue-t-il.

— Non ! Je pensais que tu étais un homme bien.

— Les mecs bien ne font pas jouir les salopes dans ton genre.

Mario m'adresse un sourire mauvais, avant de se diriger vers le comptoir pour régler à la caisse. Je ne peux pas sortir ou ses potes m'attraperont, mais je ne suis pas plus en sécurité à l'intérieur. Derek me fait signe de les rejoindre et je m'empresse de me réfugier derrière leur table.

Mario s'avance vers moi d'un pas conquérant.

— Tu lui fous la paix, s'interpose Derek en se levant.

— Et qu'est-ce que tu vas faire, pauvre mec ?

La seconde suivante, Mario lui décoche un crochet dans le ventre qui le plie en deux. Il me saisit par le coude et agrippe Marina en même temps.

— Deux pour le prix d'une. Quelle soirée géniale !

J'essaie de le frapper alors que Marina crie, appelle au secours, mais pas un des clients ne bouge, pas plus que le personnel, tétanisé. Mario nous traîne dehors. Il pousse Marina dans les bras d'un de ses potes.

— Lâche-moi tout de suite, je…

Il m'embrasse. Sa langue force la barrière de mes lèvres en me faisant mal, alors que j'arme mon coup, me préparant à le cogner de toutes mes forces.

— Lâche-la ! tonne une voix grave, menaçante que je désespérais d'entendre.

Mario se tourne, sûr de lui, mais se fige en découvrant mon coloc, visage fermé, poings serrés. Impressionnant. Mauvais. Dangereux.

— Cette meuf, c'est mon rencard de Saint-Valentin. Tout est cool.

— Sauf que cette fille est sous ma protection. Elles le sont toutes les deux. Retire tes sales pattes avant que je t'y oblige.

Mario hésite sur le comportement à tenir. Ce n'est pas le cas d'un de ses potes qui fonce sur Slade, l'attaquant en traître.

Esquive. Coup de pied au plexus. Bruit de côtes cassées. Vol plané. K.O.

Un de moins. Celui qui retenait Marina charge à son tour.

Coup de boule. Nez explosé. Sang qui gicle. Uppercut pleine tête. K.O.

Slade se tourne à nouveau vers Mario et répète :

— Lâche-la.

Mario me libère et dégaine un couteau avec un sourire sadique, alors que je fais un bond pour m'éloigner de lui.

Au même moment, Derek sort en titubant du restaurant, il nous fait signe de le rejoindre. Avec un calme absolu, Slade retire son blouson et me le lance, révélant ses tatouages similaires à ceux de Mario.

— Je savais bien que je t'avais déjà vu quelque part ! s'exclame celui-ci. On était en taule à la même époque. L'ancien champion de

MMA, l'unique combattant invaincu sur le ring durant toute sa détention. Tu étais une légende là-bas.

— Si tu me connais, tu crois pouvoir me battre avec ton canif ?

— On est encore quatre !

— Tu es seul, rectifie Slade toujours aussi imperturbable. Les autres sont en train de chier dans leur froc parce qu'ils ont compris que je vais te pulvériser et qu'après, ce sera leur tour.

La suite va très vite. Je distingue mal dans la semi-obscurité du parking. Coups de poing, de pied, éclat métallique de la lame de Mario lorsqu'elle reflète brièvement la lumière des réverbères.

Sur un ultime coup de coude en pleine figure, Mario s'effondre le visage en sang.

Les trois derniers mecs s'éparpillent sans demander leur reste. Derrière la vitrine du restaurant les clients applaudissent, ceux-là mêmes qui n'ont pas bougé le petit doigt pour nous aider.

Slade se retourne, son regard bleu m'épingle durement.

Chapitre 30

Gabriela

Slade n'a pas dit un mot depuis qu'il nous a fait monter *manu militari* dans la Chevrolet avant l'arrivée de la police.

— Et ma Toyota ? s'est exclamée Marina.

— Tu la récupéreras demain. On se tire avant de finir la nuit au poste à cause de vos conneries.

Il irradiait une telle colère qu'elle n'a pas osé insister.

Personne ne parle de tout le trajet. Nous nous arrêtons d'abord déposer Derek. Sa voiture est également restée sur le parking du restaurant, mais il paraît surtout content de rentrer sain et sauf.

— Encore merci pour ton intervention, mec, intéressante soirée. Je dirais même qu'elle est mémorable.

La portière claque derrière lui.

— Pas sûre qu'il accepte de me revoir, soupire Marina, dépitée. Dommage, il est super gentil.

Lorsque nous nous garons devant chez ses parents, ma meilleure amie se contorsionne depuis le siège arrière pour embrasser Slade sur la joue.

— Je n'ai jamais été aussi heureuse de voir arriver quelqu'un de toute mon existence. C'était la panique, je ne veux plus jamais revivre ça. Je te suis éternellement reconnaissante. Et si tu donnes des cours d'autodéfense, je m'inscris tout de suite.

Slade hoche la tête, sans desserrer les dents.

Nous attendons pour redémarrer qu'elle soit bien rentrée. Nous n'avons pas atteint le bout de la rue que je reçois un texto :

Tu as de la veine d'avoir ce mec dans ta vie. Épouse-le.

Les larmes me brûlent les yeux. Slade n'est pas « dans » ma vie. Il se maintient aux frontières de l'amitié. Il ne souhaite pas plus. Et ça me fait mal à en hurler.

Je ne peux plus me voiler la face, continuer à nier et à faire l'autruche. Depuis la première seconde où il a pris soin de moi, révélant une personnalité plus complexe et attachante que le physique de brute derrière lequel il la dissimulait, je suis tombée amoureuse de lui, complètement, totalement.

Il est dans mon cœur, dans ma tête, dans mon sang. Je ne respire que s'il est près de moi, et j'en crève qu'il ne veuille pas de la gamine que je suis pour être autre chose qu'une coloc qui lui prépare des petits plats sympas et lui tient compagnie devant la télé.

Arrivé chez nous, il claque la porte de l'appartement avec une telle violence que j'en sursaute. Toute la maisonnée va comprendre que ça barde comme jamais.

— Tu as été stupide ! Une irresponsable, m'insulte-t-il, jetant rageusement son blouson sur le canapé.

— Je ne te permets pas !

— Ce connard a une réputation épouvantable dans tout le *barrio*, et toi, tu acceptes un rendez-vous de Saint-Valentin avec lui.

— Je l'ignorais !

Je ne vais pas avouer m'être montrée trop naïve. Je me le reproche bien assez sans qu'il en remette une couche.

— Tu prétends aller au boulot, tu me racontes des craques pour aller rejoindre ce mec que tu connais à peine, juste parce qu'il t'a débité deux compliments. Une vraie ado puérile. Je te pensais plus mûre que ça !

Cette fois, je me défends.

— Avec Marina, on avait choisi le même resto pour ne pas nous retrouver seules, et nous protéger mutuellement. Nous n'avons pas été idiotes !

Slade renifle, admettant l'argument.

— Il n'empêche que tu m'as menti !

Pas faux… Je contre-attaque, marre qu'il crie.

— De toute façon, je suis majeure. Je sors avec qui je veux.

— Alors, ne m'appelle pas au secours quand tu es sur le point d'être violée !

J'attrape l'un des coussins du canapé et le balance de toutes mes forces. Slade l'écarte d'un geste, l'envoyant dans le mur.

— Tu te calmes !

Deuxième coussin, direction son visage, si froid, qui me juge alors que tout est sa faute. Il lui suffisait de ne pas me faire rêver, me donner de l'espoir avec ses petits mots trop tendres, pour ensuite tout me reprendre et m'abandonner. C'est à cause de lui, si j'ai menti, si je me suis mise en danger.

Au lieu de me consoler de la peur de ma vie, mon imbécile de coloc me traite de gamine. L'homme que j'aime plus que tout me hurle dessus, comme si j'étais son irresponsable petite sœur. Mario, au moins, avait remarqué que je suis une femme !

Je suis malheureuse à en crever et Slade, lui, ne veut pas de moi. Il évite le second coussin avec la même facilité que le premier. Il fonce vers moi et me saisit par le haut des bras.

— Maintenant tu arrêtes ton caprice et tu redeviens la fille raisonnable qui partage cet appart avec moi.

La rage, la colère, le chagrin explosent en moi.

— J'en ai marre d'être raisonnable, d'être sérieuse. J'ai dix-neuf ans, et ma vie est chiante comme la mort. Je trime, je bosse et je travaille. C'est tout ce que je fais. Personne ne se préoccupe de ce que je ressens, que je sois malheureuse.

Son regard vire au noir.

— Parce que tu n'es pas heureuse avec moi ?

Répondre à côté m'évite de dévoiler mes pauvres sentiments.

— C'est trop demander de m'amuser de temps en temps.

— Si tu trouves qu'une tentative de viol, c'est un amusement, on n'a pas la même notion de la rigolade.

Je m'apprête à lui hurler dessus, lorsque ses phalanges rougies captent mon attention. Il a encore dû se battre à cause de moi. Il pourrait avoir des ennuis, perdre sa liberté conditionnelle, retourner en prison. Ma colère retombe comme un soufflet.

— Je te demande pardon. J'ai essayé de gérer toute seule, mais je ne contrôlais plus rien.

Il soupire et m'attire contre lui. Il me serre fort. Enfin, il me console, montre des sentiments plus tendres… même si ce n'est que de l'amitié et que ça fait mal. Je passe mes bras autour de sa taille et cache mon visage dans le creux de son épaule. Honte, soulagement, ainsi qu'un désespoir dont je ne tiens plus à penser à l'origine me secouent. Slade me berce un moment.

— Calme-toi, c'est fini. Tu es en sécurité. Ça va aller, bébé.

La gifle est cruelle. Je le repousse de toutes mes forces.

— Tu crois que je ne sais pas que dans mon dos tu me surnommes ta « bébé-coloc ». Super l'humiliation !

— Je t'appelle aussi mon porte-bonheur. « Bébé », c'est gentil, ce n'est pas une moquerie.

— Tu ne comprends pas… Ça te ferait quel effet si je disais le taulard ou le loser en parlant de toi aux autres ?

Il m'attrape par les épaules, plante son regard étincelant de colère, dans le mien.

— Pas ça ! Pas toi !

— Tu me fais mal.

Ses doigts desserrent leur étau et il me fixe. Ses pupilles sont si dilatées que ses yeux sont devenus aussi noirs que les miens. L'instant suivant, quand sa bouche s'écrase sur la mienne. Je m'y attends, parce que c'est ce que je cherchais sans même en être consciente. Je désire plus que tout qu'il se comporte avec moi comme avec ces filles qui lui plaisent. Qu'il me donne ma chance d'être à lui, avec lui. J'en ai assez d'être raisonnable.

Pour une fois dans ma vie, j'ai envie de commettre une folie. Je le veux lui.

Son baiser est possessif, profond, passionné, ravageur… Je n'ai jamais été embrassée de cette manière et je ne fais rien pour calmer le jeu, au contraire. Je m'agrippe à sa nuque pour qu'il s'incline plus, tout en me hissant sur la pointe des pieds.

Je lui donne tout ce qu'il demande et j'exige la même chose, avec une intensité égale. Le baiser dure, accompagné de caresses de plus en plus indécentes. Sentir les mains de Slade sur mes hanches est délicieux surtout quand il s'approprie ma taille, redessine mon dos qui se fait souple. Mon cou ploie de plaisir. Mon corps se colle au sien, cherche à se fondre dans sa chaleur, alors que des gémissements m'échappent.

Du bout des doigts, je suis chacun des muscles qui soutiennent sa colonne solide, avant de m'accrocher à ses épaules puissantes comme si ma vie en dépendait.

Soudain, un coup de klaxon dans la rue nous ramène à la réalité. Haletant, Slade éloigne légèrement sa bouche de la mienne, tente de se ressaisir.

— Il faut qu'on arrête…

— Non ! Je te l'interdis.

Mes mains plongent avec délectation dans ses cheveux – j'en rêve depuis si longtemps –, l'attirant vers moi. Je mords sa lèvre pour lui faire comprendre ce que je veux. Il cède.

Il resserre sa prise autour de moi et me soulève avec facilité pour me mettre à sa hauteur. C'est génial, mes pieds ne touchent plus terre, moi non plus. J'ai l'impression d'être légère comme une plume, de voler, de flotter.

Il me porte dans ma chambre. Je brûle d'impatience alors qu'il me dépose sur mon lit, sans interrompre notre baiser ni retirer ses mains de mon corps. Il s'allonge contre moi. Sa chaleur m'entoure, me protège de mes appréhensions. Sa main remonte le tissu de ma robe, caresse toujours plus haut. Je frissonne et j'en perds le souffle, tendue, désirant bien plus. Mais je le sens de nouveau hésiter. Je force ma pudeur, mon manque d'expérience. J'attrape le bas de son tee-shirt pour le lui enlever.

— Doucement, tu vas le déchirer…

Il s'en débarrasse lui-même. Presque avec timidité, je pose les paumes sur sa poitrine, parcourant ses pectoraux, ses abdominaux parfaits, découvrant de petites cicatrices sur son torse qui me font mal pour lui. Je glisse jusqu'à ces biceps, à ces tatouages étranges, comme une écriture, qui font le tour de ses muscles. Ça fait des mois que j'ai envie de connaître leur signification :

— Ce sont des runes vikings. Une formule magique pour me protéger pendant les combats, chuchote-t-il à mon oreille sans interrompre ses baisers.

J'oublie souvent cette facette de lui. Pourtant, je viens d'avoir une démonstration impressionnante de ce dont il est capable. Je devrais avoir peur, mais c'est tout l'inverse.

— À moi, murmure-t-il sensuellement.

Il m'ôte ma robe avec une habileté montrant une grande habitude… mais ça, je refuse d'y songer. Cette nuit, il est à moi seule et rien n'a le droit de violer ce moment qui m'est réservé.

Slade plonge dans mon cou, il sème des baisers brûlants, experts, sur ma peau. Je sens l'attache de mon soutien-gorge qui se relâche. Ses lèvres partent en exploration sur mes seins nus.

— Tu es si belle…

Je souhaite tant qu'il le pense, qu'il ne le dise pas pour m'amadouer alors qu'il me retire ce qui me reste de vêtements.

— À toi.

Il me guide vers la ceinture de son jean. Un rire nerveux m'échappe en me battant contre son ceinturon que je parviens à détacher. Il préfère éjecter son pantalon sans mon aide, en revanche, il attire de nouveau mes mains sur ses hanches, sur l'élastique de son boxer.

— Tu décides si on va au bout, me dit-il avec une tendresse incroyable.

Je n'ai pas un dixième de seconde d'hésitation.

Lorsque nos deux corps se retrouvent nus, l'un contre l'autre, je me sens obligée de le prévenir, et je bafouille :

— Je… je ne l'ai jamais fait.

— Ne t'inquiète pas. On ira à ta vitesse.

Slade m'a répondu avec un sourire si doux et si tendre… Je ne pensais pas lui voir un jour une telle expression.

Mon cœur bat une chamade folle alors qu'il s'incline vers moi.

Chapitre 31

Slade

J'ouvre lentement un œil, éprouvant une sensation bizarre, comme si quelque chose n'était pas normal, pas à sa place ce matin.

Le soleil peut-être ? Il se lève, les rayons passent dans l'interstice des rideaux, or ma chambre est à l'ouest…

Mes yeux se referment et je serre les dents pour retenir la bordée de jurons qui me monte aux lèvres. Dans la catégorie erreur monumentale, je viens de décrocher l'Oscar.

Inutile de me retourner pour avoir la certitude que le corps doux et chaud collé contre mon dos est celui de ma bébé-coloc. Je suis dans la chambre de Gabriela, dans son lit, au milieu de son joyeux bazar.

C'est moi qui ne suis pas à ma place.

Inspirant profondément, je tente de calmer la valse de mes pensées qui s'affolent. Je suis catastrophiquement trop bien là où je me trouve. L'érection tenace qui m'a réveillé après un rêve d'un érotisme torride n'est que la conséquence de notre dérapage de cette nuit. Problème, elle ne désarme pas. Immobile, je lutte contre deux pulsions contradictoires.

La première est dictée par ma raison. Elle m'exhorte à fuir les lieux du crime, à le nier pour que rien ne change dans mon existence. Je veux garder la vie que nous avons construite avec Gabriela, et surtout m'en tenir à ma décision de ne pas la laisser croire que je peux tomber amoureux, ce qu'une fille aussi merveilleuse mérite.

La seconde vient de mes reins. Elle me pousse à me retourner et à profiter de cette adorable nymphe contre moi, lui apprendre d'autres jeux encore plus torrides que ceux de cette nuit. Mes mains me démangent de la toucher, de me réapproprier sa peau. Elle était une amante si naïve, spontanée, tellement passionnée…

Mon corps conteste que je l'empêche de savourer le contact de sa belle alors que ma conscience me torture.

Hier soir, Gabriela était choquée par l'agression qu'elle venait de subir. Dans la foulée, je l'engueule et lui inflige une crise de jalousie – il faut appeler les choses par leur nom.

J'ai hurlé parce qu'elle m'avait menti, mais aussi, car je me suis senti trahi. J'aurais eu une réaction identique si elle était sortie avec le plus gentil gars de l'université en m'avertissant avant, comme un mari qui se découvre cocu.

L'idée qu'un autre homme la touche me donne des envies de meurtre. C'est viscéral, ça me brûle de l'intérieur. J'entends déjà Enrique me faire la leçon, me rabâcher que je suis amoureux. Mais ça, je n'en sais rien. Je suis tellement largué dans ma tête, dans mon cœur, depuis tant d'années, que je suis incapable de décrypter mes émotions. Ce qui est clair, c'est que je suis possessif, mais cela n'a rien à voir, ce n'est pas le même sentiment. Pour preuve, mon père pique des crises lorsqu'il soupçonne ma mère d'avoir un amant, et pourtant, il n'a aucune affection pour elle. La possessivité, c'est juste ne pas vouloir qu'un autre touche à nos jouets.

Fragilisée et inexpérimentée, Gabriela n'avait aucune chance de pouvoir me dire non. J'ai honte comme jamais dans mon existence, je me le reprocherai éternellement.

Cette nuit, je lui ai pris quelque chose que rien ne pourra réparer. Cette innocence merveilleuse qu'elle réservait à l'homme de ses rêves. Je l'ai volée. Je l'ai savourée et j'en frissonne encore de plaisir en repensant à ce que j'ai ressenti d'être le premier.

Ma seule excuse – si on peut dire –, c'est que j'ai eu la peur de ma vie à la réception du texto me suppliant de venir à son secours. J'étais sur le chemin du retour depuis le campus, cela m'a fait gagner quelques précieuses minutes. Autrement, je serai arrivé trop tard. Rien qu'à l'idée de ce qui aurait pu advenir, des pulsions meurtrières me courent dans le sang.

D'ailleurs, j'ai failli achever cette petite crevure, il s'en est fallu d'un cheveu. C'est la pensée de me retrouver en taule, loin de Gabriela, ne plus pouvoir la protéger qui m'a arrêté.

Incertain, indécis… et franchement perdu, je choisis de ne pas bouger, d'attendre que ma bébé-coloc se réveille. Je dois trouver une idée géniale pour sauver ce qui peut l'être de notre mode de vie. Je voudrais tellement ne pas lui faire de mal.

Gabriela

Après avoir plongé comme une masse, le corps saturé de plaisir, l'esprit planant sur un merveilleux nuage de bonheur, je me suis vite réveillée et n'ai pas réussi à me rendormir.

Je n'ai pas l'habitude d'avoir collé contre moi quelqu'un qui prend les trois quarts du lit et bloque la couette – m'empêchant de m'enrouler dedans comme un sushi !

C'est aussi l'énormité des erreurs que j'ai commises hier soir qui m'a perturbé. Accepter de sortir avec un mec que je ne connaissais pas vraiment était la première. Ensuite, mentir à mon coloc parce que mon petit ego était froissé relevait de l'idiotie crasse, digne d'une gamine de douze ans. Marina avait raison.

En revanche, faire l'amour avec Slade, ça je ne le regretterai jamais. La force de ce que j'ai ressenti dans ses bras, la passion dont il a fait preuve, le plaisir qu'il m'a fait découvrir, tout ça était cent fois plus intense que dans le plus hot des romans érotiques que j'ai pu lire.

Seulement, j'ai aussi couché avec un homme qui n'ouvre pas son cœur. À aucun moment au cours de la nuit, même dans les moments les plus intimes, il n'a prononcé de mots d'amour.

Slade n'est pas capable d'offrir autre chose que son corps.

Je l'ai compris lorsque j'ai tenté de lui avouer à quel point j'étais amoureuse, de lui faire cadeau de mon cœur, de ma vie, et qu'il m'a embrassée pour m'empêcher de parler.

Il m'a de nouveau fait l'amour, me coupant le souffle pour être certain que je ne dise rien qu'il ne voulait pas entendre.

C'est horrible, mais je dois accepter qu'il ne soit jamais autre chose que mon ami, mon coloc sexy et impressionnant, et un ex-amant m'ayant fait le présent d'une première fois merveilleuse.

À cette idée, des larmes me piquent les yeux. Je me reprends, refusant de pleurer. Hier soir, je n'ignorais pas qu'il y avait un risque à le provoquer, à lui céder. J'aurais pu l'arrêter d'un mot, mais je ne le voulais pas.

Cette nuit était ma nuit, celle dont je rêvais.

Sachant comment Slade traite ses conquêtes, j'ai peur de ce qui va se passer quand il va se réveiller, qu'il fasse ses bagages et qu'il ait détalé avant la fin de la matinée.

Ça, je ne le supporterai pas.

C'est d'ailleurs étonnant qu'il se soit endormi près de moi. D'un autre côté… il me tourne déjà le dos.

Même s'il ne veut pas de moi comme compagne, je désire plus que tout continuer à vivre avec lui. Ça me fera mal de jouer les amies, mais moins que de le perdre complètement. Un jour, je serai assez forte pour m'éloigner de lui.

Mais pas tout de suite.

Collée à lui, les yeux fixés sur le dragon qui me nargue, j'engrange les souvenirs des derniers instants de mon rêve, profitant de sa chaleur, de la puissance de son corps encore quelques minutes, quelques secondes…

Une pensée dérangeante me traverse l'esprit :

Et si j'étais allée dormir dans le canapé…

Cela aurait facilité les choses. Il aurait compris que je n'attendais rien de sa part.

Au changement dans le rythme de sa respiration, Slade se réveille. Il ne se lève pas d'un bond, ne disparaît pas. Il reste sans bouger un long moment. Je n'ose pas parler la première. Il finit par tirer sur la couette pour la remonter.

Je me raidis dans l'attente de ce qu'il va m'annoncer.

— J'ai déconné, murmure-t-il. Je m'excuse pour t'avoir piqué une crise. Tu as raison, tu es adulte. Avec Marina, vous aviez pris des précautions sensées pour assurer votre sécurité. Je suis désolé pour ce que je t'ai dit sous le coup de la colère.

Un instant, j'ai cru qu'il allait me demander pardon pour avoir couché avec moi, comme à une gamine influençable à qui il aurait pu imposer son désir.

— Tu as été obligé de te battre, ça t'a… énervé.

Il ne se tourne toujours pas pour me regarder, et je n'ose pas le toucher pour l'y inciter, alors que je suis contre son dos, nos peaux en contact.

— Cette nuit, c'était… chouette, mais c'était une erreur. On n'aurait pas dû.

Le coup que je prends au cœur est dangereusement violent.

— Je n'ai pas envie de déménager, poursuit-il d'une voix presque neutre, mais je comprendrais si tu souhaites que je parte… Tu me dis si tu veux que je fasse mes valises.

Je serre les lèvres pour contenir le chagrin qui me submerge.

La nuit la plus importante de ma vie, la première fois magique qu'il m'a offerte était juste « chouette » pour lui.

La glace au chocolat, c'est chouette.

Une séance de cinéma avec tous les potes, c'est chouette.

J'aurais espéré que ces moments précieux pour moi avaient un peu plus de valeur qu'un banal « chouette » à ses yeux.

Un instant, j'hésite, non pas à le laisser partir – cette idée est insupportable –, mais à lui demander pourquoi il refuse aussi obstinément d'envisager une aventure entre nous. Nous nous entendons bien, on pourrait au moins essayer.

Je m'oblige à me reprendre, à cesser de rêver à l'impossible. Je ne m'abaisserai pas à lui faire une scène, comme nombre d'autres filles ont dû lui en infliger avant moi. Cela ne servirait à rien. Slade ne cède ni aux contraintes ni aux menaces, pas plus qu'au chantage affectif, ses parents en savent quelque chose.

Je dois m'habituer à l'idée de figurer sur son tableau de chasse, même si j'ai peut-être une place un peu à part.

Maigre consolation.

Je l'aime tellement. S'il devinait le dixième de la puissance de l'amour que je lui voue, il fuirait à l'autre bout du monde. Pour rester près de lui, je dois redevenir sa gentille petite bébé-coloc…

Mais ça fait mal.

J'ai envie de hurler de douleur.

Je mobilise toute ma volonté pour me concentrer. Lorsque je sens que je contrôle de nouveau mes nerfs et que ma voix est claire, qu'elle ne tremblera pas, je dis, lentement :

— Ce n'est pas la peine que tu partes. On fera comme s'il ne s'était rien passé. On oublie cette nuit.

— C'est d'accord, on oublie. On n'en reparlera jamais et personne ne le saura. C'est notre secret, je te le promets.

Slade se lève et sort de ma chambre, sans me regarder.

La seconde suivante, je me flanque l'oreiller sur la tête pour étouffer le bruit de mes sanglots et celui de mon cœur qui tombe en lambeaux.

Chapitre 32

Slade

Après la longue douche glacée prise pour me punir de ma connerie, j'ai avalé deux aspirines pour stopper une migraine galopante.

Impossible de rester dans l'appartement. La proximité de Gabriela me perturbe. Son parfum, sa voix, le moindre de ses mouvements réveillent mon désir. Son petit air triste et déçu me fait culpabiliser de ne pas être à la hauteur de ce dont peut rêver une fille comme elle. Malgré ma promesse d'oublier, j'ai des images dans la tête qui vont être difficiles à bannir.

Mon corps – qui se moque de mes résolutions – est toujours attiré par elle comme par un aimant. Il la désire comme un malade. Je suis parti pour des mois d'abstinence, parce que je ne me vois pas toucher une autre femme. C'est juste impensable.

C'est étrange, mais quelque part au fond de moi, je regrette que Gabriela n'ait pas revendiqué tous les droits sur mon cœur, ceux que je n'ai jamais accordés à personne. En fait, peut-être que j'attendais qu'elle prenne la décision pour moi, qu'elle décrète que nous étions désormais un couple. Qu'elle m'avoue être amoureuse. Elle ne l'a pas fait, parce qu'elle ne l'est pas, simplement curieuse de sauter le pas avec un mec en qui elle a confiance et qui n'allait pas la décevoir.

Je me sens floué.

Crétin !

Dans l'espoir un peu vain de me revisser la tête dans le bon sens, je vais me cacher sous le capot de ma voiture.

— *Holà*, dit soudain une voix à côté de moi.

Un frisson d'inquiétude me parcourt lorsque je reconnais le détective Santiago, le jeune flic de l'histoire avec le père de Gabriela. Il n'est pas là pour rien. Si Mario a porté plainte, je suis mal barré, adieu ma liberté conditionnelle à quelques semaines de la fin de ma peine.

— Vous êtes au courant qu'il y a eu une bagarre sur le parking de chez Mama Rosa hier soir ?

— Tout se sait dans le *barrio.*

— Ce n'est pas la réponse à ma question, dit-il, sarcastique.

J'essuie mes mains sur mon chiffon alors qu'il observe les ecchymoses sur mes phalanges.

— Deux filles se sont fait malmener par Mario Mendez, un petit caïd qu'on connaît bien, et sa bande de losers. Le copain de l'une d'elles s'est ramassé un coup, mais avant que le patron du resto ne nous appelle, ce qu'il a fait avec un grand excès de lenteur d'après les témoins, un Viking a débarqué et collé une branlée à cette fine équipe dont trois ont fini à l'hosto, très amochés.

— Les pauvres… Ils doivent être traumatisés.

Je me mords la lèvre, regrettant ma remarque ironique. Mais je n'aime pas ce terme de « Viking », c'est le surnom que me donnent les collègues du club depuis que ma tignasse a repoussé.

— Vous êtes le seul mec du quartier qui corresponde à la description avec votre taille, vos yeux bleus et encore plus maintenant qu'on voit vos cheveux de ce beau blond si… nordique.

— Jaloux ?

— Envieux. Ado, je rêvais de ressembler à Travis Fimmel[9]. Ces crétins s'en sont pris à la petite, c'était une des filles, pas vrai ?

Je hoche la tête, pas la peine de mentir. Entre les vidéos surveillance et mon ADN collé sur la tronche de ces nazes, il pourra me coincer très facilement.

— À jouer des poings pour elle, un jour vous aurez des ennuis.

— Ils ont porté plainte ?

— Non, ils souffrent tous d'une crise d'amnésie. Ils ne se souviennent plus pourquoi ils étaient là. Mario jure même qu'il ne se rappelle pas avoir mangé chez Mama Rosa. Ils se doutent qu'au premier mot contre vous, les deux filles et le gars que vous avez secourus témoigneront, et vu les casiers qu'ils se baladent, ça ne serait pas bon pour leur avenir…

Il reste un instant silencieux, fixant les fenêtres de la maison, comme s'il cherchait à deviner où se trouve Gabriela, avant de ramener son attention sur moi.

— En tout cas, j'espère que vous l'avez engueulée pour s'être laissé embobiner par ce sale type.

---

[9] Acteur australien héros de la série Vikings (Ragnar Lothbrok).

— On s'est expliqués. Ça ne se reproduira plus.

— J'ai une chance d'être invité à manger si je continue à jouer les flics sympas ?

Je me hérisse à la seule idée que ce mec – qui a déjà reluqué Gabriela d'un peu trop près – s'approche d'elle à nouveau si peu de temps après qu'on est…

— Il ne vaut mieux pas. Je vous l'ai dit, on s'est expliqués.

— Ç'a été houleux ?

— Je risque d'être au régime sandwich pendant un moment.

Il éclate de rire et commence à s'éloigner, avant de lancer par-dessus son épaule :

— Eh, fais gaffe à la poêle à frire !

Gabriela

Cela fait trois jours que ma vie a basculé de la joie la plus intense au désespoir le plus profond.

Ce week-end, Slade a été égal à lui-même. Je n'ai presque pas dormi lorsqu'il était au club, me faisant des films, m'interrogeant à propos de la fille qu'il allait se choisir. Brune ou blonde ? Si elle allait me ressembler, m'inventant aussi des scénarios où il rentrait et me demandait pardon de ne pas avoir réalisé qu'il était amoureux de moi. Et, immanquablement, je me suis traitée d'idiote, de gamine romantique.

Dimanche, il a zappé la messe pour aller courir avec Enrique, qui avait besoin d'air. Il était souriant, sympa… absent.

Je reprends la fac épuisée, le moral dans les chaussettes.

Marina ne met pas une demi-seconde à comprendre que je vais mal quand je la rejoins à la cafeteria pour le déjeuner. Elle m'attire dans un coin tranquille. Elle ne me pose pas de questions, mais me raconte son week-end pour me changer les idées.

— Ma mère a dépensé cinquante dollars en cierges pour demander à Dieu de ramener Diego dans le droit chemin. Elle n'a pas apprécié quand j'ai émis l'hypothèse que mon frère est peut-être tel que Dieu l'a prévu.

— Tu m'étonnes. Donc rien ne s'arrange de ce côté ?

— Mon père ne veut même plus qu'on prononce son prénom devant lui.

Parmi les gens que j'aime, certains ont des problèmes autrement plus graves que mes pauvres petits états d'âme. Je me reproche de l'avoir oublié.

— Tu as pu récupérer ta voiture ?

— Un de mes cousins m'a emmenée la chercher discrètement. J'ai préféré ne rien raconter à mes parents ou je me serais fait consigner pour les cinq prochaines années.

Avec sa mimique, elle réussit à me tirer un sourire.

— Pas faux. Et Derek ?

— On a discuté, ce matin. Il a dit qu'il ne savait pas trop s'il était assez costaud pour remettre ça, mais il y réfléchit.

— Je suis contente pour toi.

— Il a trouvé que Slade est sacrément flippant quand il est en colère. Il s'inquiétait de nous avoir laissées repartir avec lui. Je lui ai assuré que ton coloc se ferait couper en rondelles plutôt que de toucher à un seul de tes cheveux. J'espère que je ne me suis pas trompée. Vous en êtes où tous les deux ? Parce que, excuse-moi d'être honnête, tu as une tête de zombie dépressive.

J'hésite, mais je craque. J'aurais tant aimé que ma mère soit là pour me conseiller, me soutenir. *Tía* Alma serait trop choquée et elle nous obligerait à nous marier dans la minute. Et je ne me vois pas en parler avec Enrique !

— Slade m'a engueulée… bien comme il faut. Il a dit que j'étais une gamine irresponsable.

— Il abuse, ou alors, c'est sa façon de piquer une crise de jalousie. Tu l'as provoqué pour le pousser à réagir, lui faire payer de ne pas t'avoir invitée.

— C'est faux !

C'est ma défense qui sonne faux. C'est bien ce que j'ai fait.

— Il s'est passé quoi après ? insiste Marina qui me connaît trop bien et devine que je cache quelque chose.

— On s'est disputé et on a…

Gênée, je plonge dans ma barquette de frites.

— Vous vous êtes embrassés, ou tu me parles d'autre chose ?

Je vire rouge écarlate.

— L'autre truc.

— Et ?

Cette simple question allume ma colère.

— Rien ! Juste : désolé, on n'aurait pas dû, redevenons amis.

Je me lève d'un bond et balance le contenu de mon plateau dans la poubelle, l'appétit coupé, avant de retourner me laisser tomber sur ma chaise.

— Cet abruti m'a présenté ses excuses en me promettant que ça ne se reproduirait pas. Que c'était un accident.

— Il n'a pas déménagé ?

— Il m'a demandé si je voulais qu'il parte, mais ça ne lui pose aucun problème de rester tellement tout ça a peu d'importance à ses yeux. Je suis un nom de plus sur la liste des nanas qu'il a baisées.

— Ça m'étonnerait. Il a changé ces derniers mois. Il suffit de le regarder pour s'en rendre compte. Et puis, il a défoncé la gueule de Mario avec un peu trop de rage pour que cela soit juste par amitié. Je te rappelle que je l'ai vu faire.

Je renifle, pas convaincue.

— J'ai une question sérieuse, me dit-elle en me prenant la main. Qu'est-ce que tu ressens pour lui ? Vraiment ? Ça fait des semaines que tu évites le sujet, que tu réponds à côté. Est-ce qu'au moins tu le sais ?

Un rire triste m'échappe.

— Amoureuse au dernier degré. Malheureuse à en mourir. Ça te va ? Je suis assez honnête ?

— Au lieu de pleurer : agis !

— Comment ?

— Oblige-le à sortir du déni, du confort tranquille de votre petite vie de couple bien organisée.

— On n'est pas…

— Si, et vous êtes heureux ensemble. Ça crève les yeux.

L'image de Slade me demandant durement « tu n'es pas heureuse avec moi ? » s'impose soudain à mon esprit. Marina pourrait-elle avoir raison ? A-t-il peur de perdre ce « bonheur » ?

— Il ne supporte pas qu'un autre t'approche, mais tant qu'il ne sera pas face à un ultimatum, il ne franchira pas le cap. Il résistera parce qu'il a la frousse.

— On parle de Slade.

— On parle d'un mec qui reconnaît que ses parents ne l'ont jamais aimé, qui ne s'est lié à personne avant toi…

— Il a été fiancé.

— Et elle est où cette gonzesse ? Elle était où quand il était en taule ? Pour la première fois de sa vie, Slade a quelqu'un auquel il tient. Il ne veut pas prendre de risque. En plus, c'est un gars qui ne sait pas dire « je t'aime ». Je te parie ce que tu veux qu'il ne l'a jamais dit à personne.

— Je fais quoi ? Je me jette à ses genoux et je le supplie de nous laisser une chance ?

— Non, me répond Marina avec un sourire machiavélique. On va la jouer autrement.

Chapitre 33

Gabriela

Toute la semaine, je tergiverse. Marina a-t-elle raison ?

Slade a-t-il peur de perdre la vie que nous partageons, cette ambiance familiale qu'il n'avait jamais connue et qu'il adore, au point d'être prêt à sacrifier ce qu'il ressent pour moi ?

Ou alors, ma meilleure amie fait-elle totalement fausse route ? Ne suis-je qu'une gamine naïve, éprise d'un mec qui a apprécié de la sauter une fois, mais qui ne souhaite rien d'autre ?

J'oscille entre ces deux options et cela m'épuise.

Mon coloc, lui, est redevenu exactement comme avant.

La seule chose qui soit certaine, c'est que je suis amoureuse, passionnément, jusqu'aux tréfonds de mon âme et de tout mon cœur. Je me reproche d'avoir été longue à la détente, mais à présent, j'assume mes sentiments dans toute leur profondeur et leur complexité, et je sais enfin ce que je désire pour mon avenir.

C'est lui que je veux.

Nous sommes vendredi soir, dix minutes après que Slade soit parti pour le club, Marina arrive. Il ne nous faut pas plus d'un quart d'heure pour enfiler les robes que je nous ai ramenées de la boutique, nous coiffer et nous maquiller.

— À nous le *Blacklight* !

Slade

— Charlie à Slade, grésille la voix de mon collègue dans mon oreillette, est-ce que tu peux venir à l'entrée ?

Je fais signe à Logan de me relayer pour surveiller un groupe de militaires qui picole un peu trop avant de rejoindre la porte VIP.

— Ces deux filles disent qu'elles te connaissent.

Lorsque les nanas qu'il me désigne se tournent dans ma direction, j'en reste scié. Marina et Gabriela arborent des robes au top du sexy – loin de leurs sages tenues de graduation –, chacune mettant en avant les atouts de celle qui la porte. La poitrine de Marina va faire loucher tous les mecs du club, et les longues jambes de Gabriela les feront trébucher.

— C'est O.K, laisse-les passer.

Elles sourient, radieuses, lorsque Charlie les autorise à entrer.

— Je peux savoir ce que vous faites là, toutes les deux ?

— On fête nos bonnes notes aux partiels, m'annonce Marina.

— Vous avez déjà eu vos résultats ?

— Non, répond ma bébé-coloc avec un sourire resplendissant de ses lèvres pulpeuses maquillées d'un rouge… beaucoup trop rouge. On a décidé d'attirer la chance.

— Le fiasco de la Saint-Valentin ne vous a pas suffi ?

Merde, je ferais mieux de me taire !

Mais loin de s'offusquer, les deux complices me sourient.

— On a corrigé les erreurs. Pas de rencard. Juste nous deux.

— Et la cavalerie à portée de voix, ajoute Marina.

J'ai envie de les tuer. Sublimes comme elles sont, ces gamines sont inconscientes du carnage qu'elles vont faire à l'intérieur.

Ce n'est pas mon rôle, mais je les pilote jusqu'au bar.

— Eh, Gabriela ! s'exclame Jonas. Content de te revoir ! Tu me présentes ta copine ? Qu'est-ce que je vous sers ?

Mon collègue ignore mon regard d'avertissement. Elle n'est que ma coloc, je l'ai assez répété. Je n'ai donc rien à dire, sauf si je me décide… Cette soirée qui promettait d'être calme est en train de virer au cauchemar.

Une heure plus tard, je constate que, parfois, j'ai horreur d'avoir raison. Gabriela et Marina s'éclatent. Belles et irradiant la joie de vivre, elles attirent tous les mecs. J'ai déjà été obligé d'intervenir trois fois, et aussi d'envoyer Logan. J'enrage sans rien pouvoir faire que surveiller pour limiter les dégâts.

— C'est amusant…

Mon boss est planté derrière moi, les mains dans les poches de son élégant costume.

— Quand je t'ai embauché, tu avais un look de tueur à gages, le comportement d'une brute, et celui d'un type en rut.

Inutile de répondre tant la description est exacte.

— Tu m'as étonné quand j'ai appris que tu vivais avec une môme pas encore sortie du lycée que tu ne touchais pas. La deuxième surprise a été le jour où tu l'as amenée et qu'il s'est avéré que cette fille était un joli petit lot avec un cul d'enfer.

— Où vous voulez en venir ?

— Disons à tes cheveux qui ont repoussé, à tes piercings qui ont presque tous disparu. Au fait que tu ne fréquentes plus la salle de pause depuis des semaines… et que ce soir, tu ne lâches pas des yeux la bombasse en robe sexy qui est sur la piste de danse, même si tu l'appelles toujours ta bébé-coloc.

Je hausse les épaules sans trouver quoi répondre.

— Tu es conscient qu'elle t'envoie un message, là ?

— Je ne vois pas lequel.

Monsieur Hollander éclate de rire.

— Je suis rangé depuis vingt-cinq ans, mais je sais encore reconnaître l'ultimatum d'une femme furieuse. Ta jolie Gabriela te somme de te décider à régulariser votre relation ou elle portera son intérêt ailleurs. Elle te montre que ce n'est pas le choix qui lui manque.

Sur cette déclaration, mon boss s'éloigne. Ce qui m'énerve, c'est qu'il a probablement raison. Gabriela danse les bras levés, attirant tous les regards, mais elle jette de fréquents coups d'œil dans ma direction pour vérifier que je l'observe.

Au retour de ma pause – je suis sorti prendre l'air pour m'éclaircir les idées –, les filles ne sont plus sur la piste de danse. Elles sont au bar où Jonas leur prépare avec force sourires séducteurs des cocktails colorés. Passant par les *backstages*, j'arrive près d'elle, masqué par les paravents, quand une voix s'exclame :

— Brenda, la serveuse du lounge, m'a dit que c'était toi la meuf de Slade en ce moment, c'est vrai ?

Surpris, je jette un œil sans me montrer. Je n'ai jamais vu la nana qui vient de parler… ou je n'y ai pas fait attention. Gabriela lui répond avec un calme souverain :

— Ce ne sont pas tes affaires.

— Tu dégages, je le veux.

Gabriela éclate de rire. Elle toise la fille de la tête aux pieds.

— Tu crois que tu as ce qu'il faut pour me le prendre ? Bon courage, je vais bien me marrer à te regarder te ridiculiser.

La gonzesse part furieuse. Je vais pour m'élancer, mais à la même seconde, Jonas alpague Brenda qui passe à proximité avec son plateau.

— Mais t'es malade ! Pourquoi as-tu envoyé cette nympho agresser Gabriela ?

— Il faut bien que la bébé-coloc apprenne la réputation de son chéri ici, ironise-t-elle. Qu'elle sache que les clientes se refilent le mot que c'est une bête de sexe.

— T'es qu'une salope, tout ça parce qu'il refuse tes avances.

Se libérant d'une secousse, Brenda s'éloigne. Je m'occuperai de son cas plus tard. Ça va lui faire mal. Je rattrape les filles.

— Tout va bien ?

— À merveille, dit Gabriela en se raidissant, j'ai…

Mais il était écrit que jamais je ne saurais ce qu'elle allait me dire. L'un des G.I. que je surveillais depuis le début de la soirée balance son poing dans la figure d'un autre type, dans la seconde, ça dégénère en bagarre générale. Avant de me jeter dans la mêlée, j'ai juste le temps de hurler :

— Allez vous planquer derrière le bar !

Il nous faut plus d'une heure et demie pour neutraliser les mecs – un militaire bourré est toujours un gus entraîné, et lorsqu'ils sont six, c'est six fois plus compliqué –, et les sortir par la peau du cul du club, avant de les remettre aux flics. Tout ça sans compter les blessés les plus amochés qu'on évacue vers l'hôpital.

Bref, un enfer, un vrai bordel.

Un soulagement sans nom me parcourt lorsque je retrouve enfin Gabriela – et accessoirement Marina. Elles sont restées sagement avec Jonas qui leur enseigne l'art de la préparation des cocktails. Elles l'aident même à servir depuis que le calme est revenu.

— Je me suis fait sept dollars de pourboire, s'amuse-t-elle en me montrant ses billets avec un sourire.

Ça, c'est avant qu'elle découvre l'état de mon arcade sourcilière. Un mec m'a arraché mon piercing durant la bagarre. Malgré les deux points de suture que m'a posés un ambulancier et la compresse, la blessure saigne encore.

— C'est pas vrai ! marmonne-t-elle en faisant le tour du bar à toute allure. Penche-toi !

Je m'exécute n'aimant pas voir de l'inquiétude dans ses yeux.

— Oh, le gros dur, il obéit à une gamine ! s'esclaffe Brenda au moment où elle palpe doucement les dégâts.

Énervé, excédé, je lui adresse un doigt d'honneur tout en attirant Gabriela contre moi. Je l'embrasse brièvement, avec une passion non dissimulée. Elle se laisse faire, mais en plus, elle se cambre contre moi, posant sa main sur ma poitrine, me rendant mon baiser, me revendiquant ostensiblement par son attitude.

— Je savais bien que vous deux, c'était pas clair ! s'amuse Jonas, hilare, alors que Brenda s'éloigne, furieuse.

— Votre attention tout le monde, clame monsieur Hollander à cet instant en grimpant sur le bar. On a deux gars à l'hôpital et des blessés. L'équipe de sécurité est trop réduite pour continuer dans de bonnes conditions. Le club doit fermer, je vous prie de nous en excuser et de sortir dans le calme.

— On te suit jusque chez toi, Marina. D'accord ?

Les deux amies échangent un regard avant d'acquiescer. Dans la voiture, un silence tendu tombe entre nous deux. Mon boss avait raison. J'ai embrassé Gabriela alors qu'elle est venue me provoquer, reconnaissant devant tous qu'elle m'appartient – ou plutôt que je suis à elle corps et âme. À présent, elle attend que je me décide à rendre notre histoire officielle, que je m'engage.

J'ose à peine me dire que si elle a fait ça, c'est qu'elle a des sentiments pour moi… Mes mains en tremblent, mon cœur cogne comme un fou. Je me lance maladroitement :

— Tu es très belle, cette robe te va très bien.

Mais au lieu de me remercier, elle me répond :

— Je t'ai mis du rouge à lèvres.

— Ça ne me dérange pas. Tu pourras recommencer quand on sera rentrés chez nous, autant que tu veux.

Son regard se rive sur moi. Je souhaiterais qu'elle s'exprime, me parle. Je ne sais pas quoi lui dire. La charge émotionnelle du moment me tétanise de trouille, même si j'ai eu un violent déclic lorsque je me battais et que j'ignorais si elle était à l'abri…

Deux fois en deux jours à craindre pour sa sécurité, c'était trop pour moi. Les verrous de glace qui bloquait l'accès à mon petit cœur traumatisé d'enfant mal aimé ont explosé.

Je me suis pris une déferlante de sentiments dans la figure tellement énorme que j'ai failli me noyer dans la puissance de l'amour fou que je lui porte. Je suffoquais presque dans l'ambulance en attendant de pouvoir la rejoindre. J'ai dû lutter contre l'envie démente de la prendre dans mes bras, de la serrer de toutes mes forces quand je l'ai vue si belle, si parfaite, en train de rire.

Nous laissons Marina lorsque le garage de ses parents se referme sur sa Toyota. Nous roulons en silence jusqu'à la maison.

Gabriela monte l'escalier devant moi. Est-ce qu'elle le fait exprès d'onduler des hanches comme ça ou n'ai-je jamais voulu voir avant ce que révèle cette robe moulante et excessivement courte ?

Une fois la porte close, j'hésite un instant avant d'en arriver à une conclusion toute simple. Au lieu d'essayer de me montrer romantique, concept qui m'échappe totalement, il me suffit d'être moi, comme d'habitude. Gabriela me connaît mieux que personne, c'est ce « moi » qu'elle désire.

Je l'attrape par la taille et l'embrasse avec toute la passion que j'éprouve pour elle. En réponse, elle noue ses bras à mon cou. J'approfondis notre baiser la soulevant. Sans aucune timidité, elle referme ses jambes magnifiques autour de mes hanches. Je n'ai pas la patience d'aller plus loin que le canapé. Elle non plus.

Chapitre 34

Slade

Dormir dans le canapé avec Gabriela, ce n'est pas la première fois, mais cette nuit, c'est elle qui s'est nichée dans le creux de mon épaule. Le plaid nous réchauffe, masque nos corps nus et enlacés.

Un sourire idiot s'affiche sur mon visage. Un tel sentiment d'évidence m'habite. Pourquoi ai-je douté si longtemps ? Pourquoi me suis-je laissé dominer par la peur ? Parce que je n'ai pas eu beaucoup d'amour et d'affection dans mon existence ?

Hormis ma petite sœur, personne ne s'est beaucoup soucié de moi, sauf depuis que je vis ici. J'ai une tante adoptive qui me materne, un pote qui a décrété que je suis le frère qu'il n'a pas eu, des voisins qui ressemblent à des cousins, et une délicieuse petite coloc qui nous a trouvé cet appartement, et qui est devenue la superbe jeune femme partageant à présent ma vie.

L'assistante sociale avait raison, Gabriela était une ado quand nous avons emménagé ensemble. Inconsciemment, j'ai attendu qu'elle grandisse. Si j'avais ouvert les yeux plus tôt, je nous aurais épargné l'épisode Miguel. Et si j'avais été moins pétochard, le rodéo de la Saint-Valentin aurait aussi été évité – là, j'ai vraiment merdé.

Il fait frais, Gabriela pourrait s'enrhumer. Très doucement, je me dégage de son étreinte. Elle ronchonne dans son sommeil, me cherche. J'adore. Je la porte jusqu'à son lit. À peine sous la couette, elle s'enroule dedans, disparaît en dessous.

— Tu as envie d'être un peu seule, je crois.

Je pose un baiser sur le sommet de son crâne.

Après la douche, j'éprouve le besoin de prendre l'air. Il fait un froid piquant, mais ça sent le printemps. La journée s'annonce magnifique. Assis sur la balançoire, je profite de la vue sur le jardin. Tout est calme autour de moi, mais aussi dans ma tête, dans mon cœur. Je suis en paix. Je suis heureux même s'il reste quelques ajustements à faire.

Tía Alma sort de chez elle, me découvre, surprise, et me rejoint d'un pas décidé.

— Qu'est-ce que tu fais là ?

— Je réfléchis au futur.

C'est de l'humour tordu, elle ne peut pas le savoir.

— Il faut que tu ouvres les yeux, *Arturo.* Ton avenir, c'est Gabriela. J'ai entendu parler de ce qui s'est passé à la Saint-Valentin. Tu ne supportes pas qu'un homme s'intéresse à elle.

Eh merde…

Je ne veux pas discuter des changements dans notre relation avant que nous nous soyons mis d'accord avec ma bébé-coloc. *Tía* Alma attend quelques secondes ma réponse, mais voyant que je reste silencieux – j'ai beau me racler les méninges, la nuit a été courte, je manque d'idée –, elle poursuit :

— Tu es allé jusqu'à ramener une autre femme pour la dégoûter de toi. Pourquoi es-tu si convaincu d'être indigne de son amour ? Si tu la respectais en tant qu'adulte et que tu la laissais choisir ? Et si tu admettais que c'est ce que tu désires depuis des mois ?

Comment je garde mon secret sans mentir ?

— *Mi Tía*, tu as songé que si on devient un couple, alors il y aura des « concubins » dans ta maison.

— Tu espères me choquer alors que tu as réussi à me faire accepter l'homosexualité de mon fils ?

Celle-là, je ne l'ai pas vu arriver.

Décidée à me convaincre, elle poursuit :

— Tu ne t'es jamais dit que si tu avais eu cette idée délirante de proposer à une jeune fille que tu venais à peine de rencontrer cette coloc, c'est parce qu'il s'est produit quelque chose entre vous à la seconde où vos regards se sont croisés. Que si la petite t'a suivi, c'est qu'elle le ressent aussi.

Ce n'est peut-être pas faux… Qu'est-ce qui s'est passé dans ma tête lorsque j'ai appliqué la boule de coton sur la lèvre abîmée de Gabriela ?

— Tu as trouvé un moyen pour ne pas vous éloigner l'un de l'autre, de vous mettre mutuellement en sécurité le temps de pouvoir assumer votre histoire d'amour.

Est-ce que j'ai vraiment fait ça ? J'étais à un moment de ma vie où je n'étais pas prêt à m'engager. Pareil pour Gabriela. Mais je n'étais pas non plus capable de la regarder m'échapper.

Inconsciemment, nous nous sommes donné l'opportunité de guérir, et de grandir.

Ou alors j'ai eu un coup de bol monstrueux, totalement dû au hasard. Gabriela ne me porte-t-elle pas chance depuis la première seconde ?

Gabriela

Je me réveille seule dans mon lit.

Pas besoin d'une longue explication pour comprendre que Slade se défile, encore une fois. Pourquoi ai-je cédé à ses avances ? Ce que je désire plus que tout, c'est un avenir commun, pas un plan cul aussi grandiose soit-il – parce que le sexe avec lui, c'est grandiose... malheureusement.

Je me lève tristement pour préparer mon petit-déjeuner.

L'appartement est vide, silencieux. J'espérais avoir une conversation à cœur ouvert avec lui. C'est idiot et naïf, mais je souhaite lui dire que je l'aime de tout mon cœur, de toute mon âme, qu'il sache à quel point mon amour est sincère, profond. Au moins serais-je honnête et n'aurais-je aucun regret s'il prend la fuite, incapable de m'offrir la même chose en retour.

Je termine de laver la vaisselle quand j'entends la porte s'ouvrir. Le blouson de Slade atterrit sur le canapé. Avant que j'aie le temps de réagir à cette ineptie – lui, larguant un vêtement sans le ranger ! –, il se plante derrière moi, ses bras passent de chaque côté de mon corps. Il m'arrache le torchon et le balance avec la même désinvolture que sa veste.

— Salut, toi !

Il me soulève avec un sourire canaille. Je lâche un piaillement – pas très fière de moi sur ce coup – en m'accrochant à son cou.

— Qu'est-ce que tu fais ?

— Devine.

Il me porte dans ma chambre et me pose sur le lit.

— Tu as trois secondes pour dire non, sinon je considère que tu es consentante et je te fais tout ce dont j'ai envie.

J'aimerais tant qu'il parle d'autre chose que de sexe. Pourtant, je hoche la tête pour tout lui accorder, m'offrir un ultime voyage vers le paradis, me promettant de tout lui dire… après.

Je plane. La redescente va être brutale et se terminer par un crash quand Slade m'annoncera qu'on s'est bien amusés, mais que c'est fini. Je ne suis pas certaine que j'aurai le courage de le supporter une seconde fois.

Il s'étire, bascule vers moi, le coude sur le matelas, la tête appuyée dans sa paume, animal magnifique, sensuel et dangereux.

— Est-ce que je peux apporter mes affaires dans ta chambre, ou c'est encore trop tôt pour toi ?

Saisie de surprise, je me redresse d'un bond, plaquant le drap contre ma poitrine nue. Je le dévisage doutant d'avoir bien entendu et de ce que cela signifie. Slade tend la main pour repousser une mèche de mes cheveux avec une tendresse si évidente que je ne peux pas m'y tromper.

Il précise d'une voix étrangement basse :

— Dans mon plumard, il y a eu une autre fille, alors que ton lit, c'est le nôtre. Et puis, ta chambre est la plus agréable des deux…

Je reste tétanisée alors que l'angoisse paraît sur son visage, dans ses yeux. Il attend ma réponse.

— Sérieusement ?

Il hoche la tête.

— Tu me parles de vivre en couple, ou je me fais des idées ?

— Je parle de m'incruster dans tes draps, dans ton avenir.

J'en ai le souffle coupé. La colère enflamme soudain mon tempérament latin.

— Tu ne pouvais pas juste m'inviter à la Saint-Valentin, au lieu de faire tout ce cirque ?

— C'était prévu, mais je me suis dégonflé, avoue-t-il.

Il se lève d'un bond, file dans sa chambre et revient avec un paquet entouré d'un ruban doré. J'espère qu'il n'a pas remarqué la façon dont je me suis rincé l'œil sur son corps nu. Il a des fesses…

— Je t'avais acheté un cadeau.

Il me le tend cérémonieusement. Je le déballe pendant qu'il se rallonge contre moi. C'est un ensemble de lingerie en dentelle noire incroyablement sexy. J'en rougis.

— Ce n'est pas vraiment un cadeau… conventionnel pour une première soirée romantique ensemble.

— Je sais, mais je rêvais de te voir avec… Seulement, j'ai flanché. Ce jour-là, avant de rentrer chez nous, j'ai croisé mon ex sur le campus. La nana qui m'a largué quand je me suis retrouvé en prison. On a discuté quelques minutes.

La fameuse « fiancée », celle dont je redoute les dégâts qu'elle a pu faire dans son cœur.

— Tu es toujours amoureux d'elle ?

— Tu veux rire ? Je ne l'ai jamais été, pas une seconde. Grace était le prix à payer pour essayer de grappiller quelques miettes d'approbation et d'affection parentales. Mais ce que j'étais à l'époque m'a explosé à la figure. Je me suis senti indigne de toi.

Un profond sentiment de soulagement me parcourt. Je fais tout pour lui dissimuler ma joie d'être débarrassée de l'ombre de cette rivale venue du passé.

— À ce moment, reprend-il, j'osais à peine envisager un truc, genre *sexfriend*. Je n'arrivais pas à me projeter plus loin et après cette désagréable confrontation avec le crétin que j'ai été, il m'est apparu que tu méritais mieux.

Il songeait bien à une liaison sans engagement. Seulement, j'ai l'impression que sa proposition d'emménager dans ma chambre n'a rien à voir.

— Ce que tu m'offres aujourd'hui, c'est un vulgaire plan cul ou je me fais des illusions en pensant qu'il y a plus ?

— Il y a plus, beaucoup plus, murmure-t-il.

— Amour, avenir, fidélité ?

— Exactement ça.

Il se laisse retomber sur le dos, avant de se frotter le visage.

— À l'instant où nos routes se sont croisées, ma vie a changé. Tu me portes chance, mais ça va bien plus loin que ça. Quand je te regarde, j'ai le sourire. Le soir, je suis pressé d'arriver ici, chez nous, de te retrouver, de te voir, de te parler, et je crève d'envie de te toucher depuis des mois, d'être dans ton lit, dormir dans tes bras, que tu m'accordes le droit d'être le seul à me glisser entre tes jambes. Lorsque tu es là, je suis heureux. Avec toi, je suis devenu quelqu'un de meilleur, mais je ne sais pas si ce sera suffisant. Tu mérites tellement mieux…

Je ne l'ai jamais vu si peu sûr de lui alors que ses explications ressemblent de plus en plus à une belle déclaration d'amour.

— Je n'ai jamais été fidèle, parce que je n'ai jamais été amoureux. Mais avec toi, ce sera différent. Toi, je t'aime comme un dingue, plus que tout. Seulement, je crains que tu n'arrives pas à me croire.

Je tends la main, caresse doucement ses cheveux. Il se frotte contre ma paume, comme un petit chiot en manque d'affection – l'image de Slade en créature fragile me ferait presque sourire, c'est bien une pensée de fille amoureuse.

Il n'empêche que son passé de tombeur volage a de quoi faire hésiter n'importe quelle femme un peu sensée.

— Je n'ai touché personne depuis des mois, dit-il soudain, tournant ses beaux yeux bleus pleins de doutes vers moi. Tu m'obsèdes. Je ne veux que toi dans mon lit, dans ma vie.

— Tu espères me convaincre avec un argument de ce genre ?

Il hausse les épaules, fataliste.

— Je n'ai pas d'autre preuve à t'offrir.

Chapitre 35

Gabriela

Toi, je t'aime comme un dingue.

Ce n'est pas la déclaration d'amour du siècle, mais venant de Slade, c'est juste… magique.

— Je suis d'accord pour que tu amènes tes affaires ici.

Le sourire qui éclaire son visage est comme le soleil qui apparaît après la tempête. Merveilleux.

— Alors, tu m'aimes ? C'est bien ce que ça veut dire ?

Il y a un espoir fou dans sa voix, mais en même temps un tel doute que les larmes d'émotion me montent aux yeux.

— Évidemment que je t'aime, passionnément. Autrement tu ne serais pas dans mon lit. Je ne sais même pas quand je suis tombée amoureuse de toi, mais c'est là. Tu prends toute la place dans mon cœur, dans ma vie. Je te veux pour avenir.

Le sourire rassuré et tendre de Slade est ma plus belle récompense. Sans avertissement, il se jette sur moi. Ses mains glissent, me caressent, alors que sa bouche joueuse me démontre qu'il adore m'embrasser. Lorsque sa jambe se faufile entre les miennes, me montrant clairement ses intentions, je pose les paumes sur sa poitrine pour le repousser doucement.

Slade soupire, dépité, mais se laisse faire.

— Attends, on a encore des trucs à régler sur tout ce qu'il va falloir modifier dans notre vie.

— Rien ne va changer ou presque, me contredit-il.

— Tu rigoles ?

Slade roule et m'attire sur lui. Je me tortille pour trouver une position confortable, profiter de la délicieuse sensation de la densité de ses muscles et de la vigueur de son désir.

— Réfléchis, petite bébé-coloc. Depuis des mois, quand on est invités, c'est toujours tous les deux. Toutes les sorties sympas, on les fait déjà ensemble. Je ne prends aucune décision importante sans t'en parler d'abord et inversement. Tu fais à manger, moi la vaisselle et on partage le ménage. La seule différence, c'est qu'il n'y aura plus qu'une paire de draps à laver au lieu de deux. Au final, il n'y aura que deux ou trois bricoles à modifier, mais pas plus.

— Vu comme ça…

— En plus, *Tía* Alma, Enrique, tout le monde nous poussent dans les bras l'un de l'autre depuis le début. Notre histoire ne va surprendre personne.

Je frotte ma joue contre son torse, tout cela est-il si simple ?

— Je dois ranger ma chambre ou tu vas péter un câble ?

Il éclate de rire, son regard d'azur balayant mon bazar.

— Je suis d'humeur conciliante, si ton souk reste de ton côté du lit et n'envahit pas le mien, je ne dirai rien.

— C'est lequel mon côté ?

— Je ne sais pas.

— On pourrait tirer à pile ou face ?

À la seconde où je prononce cette phrase, je réalise que, désormais, il faut que je fasse attention aux mots que j'utilise avec lui. Un éclat affamé s'allume dans ses yeux bleus.

L'instant suivant, Slade me retourne comme une crêpe.

— On va tirer ça autrement. Ce sera celui vers lequel tu tourneras la tête quand tu vas jouir !

Techniquement, nous n'aurions pas dû mettre plus d'une dizaine de minutes à transférer les affaires de Slade de sa chambre à la mienne. Seulement mon petit ami – j'ai encore un peu de mal à réaliser qu'il m'a enfin ouvert son cœur – a une conception très spéciale du travail d'équipe.

En clair, chaque fois qu'il a pu, il m'a jetée sur le lit pour une démonstration des « deux ou trois bricoles » qui ont changé dans notre relation. J'ai définitivement perdu toute innocence, mais j'y ai gagné la conviction d'être une femme aimée avec passion.

Slade aime dominer dans du sexe intense, brûlant, mais il apprécie aussi de se laisser faire et même de se laisser attacher. Il est capable de montrer, à certains moments, une tendresse tellement incroyable qu'il pourrait me faire pleurer. Il adore aussi être derrière moi, et là… Il est presque midi lorsque Marina téléphone. Je dois ramper par-dessus Slade – qui en profite – pour atteindre mon portable. À la seconde où je décroche, Marina me demande :

— Alors, ça s'est passé comment ? Vous en êtes où ?

Mon amour me fait signe « non ». À son visage sérieux, je comprends qu'il ne veut pas que je parle de nous.

— On a discuté, mais c'est trop tôt pour tirer des conclusions.

— Oh, je suis désolée ! s'exclame ma meilleure amie, me faisant culpabiliser. À la façon dont il t'a embrassée hier soir, j'ai cru qu'il s'était décidé.

— Ne t'inquiète pas, tout va bien. J'ai bon espoir.

Il me faut encore quelques minutes pour la rassurer avant de pouvoir raccrocher sans avoir l'air de me précipiter.

— Pourrais-tu m'expliquer pourquoi je viens de mentir ?

Il parcourt sensuellement mon cou avant de me positionner plus agréablement sur lui.

— Tout le monde se mêle de nos affaires depuis la première seconde où on a emménagé ensemble. Tu n'as pas envie qu'on ait un peu de temps pour nous, sans pression, sans conseils, sans injonction péremptoire de « régulariser ».

— Toi, tu as discuté avec *Tía* Alma.

— Ce matin. Je me suis encore fait sermonner. *Tía* est persuadée depuis des mois que je suis amoureux de toi. Elle essaie de me convaincre d'arrêter de faire l'idiot. J'ai fait le con, pas vrai ?

Je l'embrasse pour effacer son petit air chagrin. Au démarrage, je n'avais prévu qu'un bisou, mais une fois commencé, j'oublie tout.

On se bricole un repas de midi à la va-vite. Je suis obligée d'aller travailler alors qu'il a un devoir à terminer. En sortant, je croise

Enrique qui se conduit… normalement. Slade a raison, protéger quelque temps notre histoire est une bonne idée.

Lorsque je rentre, mon amour m'attend. Il m'annonce :

— Tu as besoin d'une douche.

Inutile d'avoir un décodeur pour comprendre qu'il a l'intention de la prendre avec moi.

Après un dîner – plutôt bien préparé par Slade qui n'est pas aussi nul qu'il le prétend depuis des mois – pris dans le canapé dans une tenue et une position propres à scandaliser *Tía* Alma, il faut, une nouvelle fois, revenir au monde réel.

— Ça m'emmerde d'être séparé de toi, gronde-t-il, bouclant son ceinturon. On n'a même pas eu une soirée tous les deux.

— En amoureux ?

Mon petit ami – j'adore ce mot – me balance un regard de travers. Parler de sentiment, ça ne sera probablement jamais simple pour lui, pourtant il me répond :

— Oui, en amoureux.

— Et si je venais avec toi ?

— Pour te faire draguer quand tu seras toute seule ?

— Je peux appeler Marina.

— Génial, on recommence le cirque d'hier.

— Quel râleur ! Alors, on emmène Enrique et Diego ?

— Pour le coup, la discrétion, ce sera loupé. Enrique est incapable de tenir sa langue, tout le quartier sera au courant pour nous avant la fin de la messe.

Il est trop mignon – il faut vraiment être follement éprise pour trouver ce gars immense, tatoué et bagarreur avec des points de suture dans le sourcil « mignon ». Je me hisse sur la pointe des pieds pour l'embrasser.

— J'ai une autre idée.

— J'adore quand tu susurres ça contre ma bouche, mais là, bébé-coloc, je n'ai plus le temps.

J'éclate de rire en me reculant d'un pas.

— Arrête de m'appeler comme ça.

— Jamais, c'est délicieusement pervers. J'ai une bébé-coloc chérie dans mon lit, s'amuse-t-il en me pinçant les fesses.

Suivre le fil de mes pensées n'est pas simple quand il joue les obsédés.

— Si tu suggérais à monsieur Hollander que je bosse au bar. Je ne demande pas de salaire, mais en contrepartie Jonas m'apprend le job, et les pourboires que je ramasse sont pour moi.

— Et comme ça, tu me gardes à l'œil ?

— Je me dévoue pour te protéger de toutes ces femmes qui te prennent pour un mec facile.

Ma proposition va me faire empiéter sur son univers, pourtant il accepte sans hésiter.

— Va te préparer pendant que je l'appelle, et dépêche-toi ou on va être en retard.

Je ne suis pas ressortie de la chambre qu'il crie :

— Il est d'accord. Mets ton jean moulant et le crop top blanc sans sous-tif, comme l'autre fois. Jonas en sera malade que tu fasses plus de pourboires que lui.

— Tu ne seras pas… jaloux.

— Sachant que tu es à moi, tu crois qu'il y aura un seul mec assez con pour t'approcher, répond-il avec un sourire carnassier.

À peine arrivés au club, monsieur Hollander nous convoque.

— Je trouve que l'idée d'avoir une jolie fille sexy derrière le bar est très bonne, nous dit-il. Excellent choix de tenue d'ailleurs. En revanche, je ne veux pas de manifestation d'affection réciproque entre vous devant les clients.

La surprise doit se lire sur mon visage, au point que mon nouveau patron se sent obligé de s'expliquer.

— Une partie de l'image sulfureuse du *Blacklight*, ce qui draine la clientèle féminine, c'est l'attrait que représente les membres, jeunes et virils de mon personnel de sécurité, et que je ferme les yeux sur ce qui se passe, tant que tout cela a lieu entre adultes consentants.

Pendant que notre boss parle, Slade fixe le plafond, et je dois me retenir de rire.

— Quand un club est connu pour attirer les femmes, les hommes rappliquent aussitôt derrière.

— Et c'est le jackpot pour le tiroir-caisse ?

— Exactement. Vous comprenez vite. La… défection de Slade ces derniers temps ne s'est pas remarquée, car sa réputation est trop bien installée, mais il ne faudrait pas qu'on apprenne que sa régulière tient le bar. Ça nuirait aux affaires.

Je m'amuse de l'air embarrassé de mon mec, surtout que je viens d'avoir la confirmation qu'il était hors-jeu depuis un moment, comme il me l'a dit.

— Donc pas question de passer tes pauses assis au coin du bar à la regarder comme un merlan frit.

— J'avais saisi, grogne mon amour.

— Slade, l'interpelle monsieur Hollander alors que nous sortons du bureau. Non seulement c'est une bombe, mais en plus elle est intelligente. Je ne peux même pas t'en vouloir.

En apprenant mon recrutement, Jonas est ravi.

— Depuis le temps que je réclame quelqu'un de plus ! Le Viking et toi, vous êtes vraiment ensemble ?

— C'est Slade que tu appelles comme ça ?

— Tu connais un autre mec blond, pas commode avec des runes tatouées sur la peau ?

Le Viking… j'aime beaucoup. Ça lui va bien, Jonas a raison.

— On n'a pas le droit de le montrer devant les clients.

— D'accord. Un conseil d'ami, méfie-toi de Brenda. Elle n'a pas digéré que Slade refuse de coucher avec elle.

— Elle pourrait se venger sur moi ?

— Possible.

Dès le démarrage de la soirée, je suis sidérée par le nombre de types qui sont prêts à se contenter d'une bière ou d'une tequila – je ne fais pas les cocktails – juste pour me mater de plus près. J'ai l'impression d'être une pâtisserie en vitrine, pas très agréable comme sensation, mais ma cagnotte atteint des sommets.

— Tu as du succès, constate Slade en venant chercher une bouteille d'eau à sa pause, pas vraiment ravi.

— Comme ça, on est à égalité.

Il répond à mon clin d'œil par une grimace complice. Comme Jonas le craignait, Brenda s'en prend à moi. Elle me plante certaines commandes pour le carré VIP et revient en m'insultant, prétendant que je fais n'importe quoi. Au troisième plateau retourné et qui va m'être facturé – le barman paie les erreurs de sa poche – je vois rouge. Je suis gentille, mais je suis une latina au sang chaud et j'ai grandi dans un foyer. J'y ai appris des trucs dont on ne se vante pas.

À la pause, je m'arrange pour la suivre dans les toilettes du personnel sans qu'elle me voie. Au moment où elle se lave les mains, je la pousse violemment contre le mur. Du coude, j'appuie sur le bouton déclenchant la soufflerie brûlante, tout en lui écrasant le visage contre le carrelage et en la maintenant par une clé de bras.

— Je crois que nous sommes parties sur de mauvaises bases toutes les deux. Règle un, Slade m'appartient, tu piges ?

Elle finit par hocher la tête, incapable de se libérer de ma prise.

— Règle deux, si tu me fais chier, tu souffres. Tu piges aussi ? Règle trois… il ne vaut mieux pas que tu cherches à la connaître.

Je la relâche brusquement et elle s'effondre par terre, la figure rouge écarlate, à moitié asphyxiée.

— Mais t'es cinglée comme meuf !

— Voilà, tu as compris le concept. Plante-moi encore une commande et je te ferai vraiment mal.

Sur cet avertissement, je retourne travailler, seulement à la fermeture du club, je suis de nouveau convoquée par le boss.

— Brenda prétend que tu l'as agressée.

Je pivote et je la détaille d'un regard moqueur.

— Elle n'a pas beaucoup de marques.

— Tu m'as mis la tête sous le sèche-mains !

À la même seconde, la porte du bureau s'ouvre à la volée sur Slade, dangereusement furieux, suivi de Jonas.

— C'est quoi cette histoire de plateaux que tu as merdés pour faire virer Gabriela, exige de savoir mon amour de coloc en se plantant devant elle, l'air vraiment mauvais.

Brenda blêmit de peur et monsieur Hollander se tourne vers elle, très curieux d'entendre sa réponse.

— C'est pas moi. Elle… elle s'est gourée.

— Jonas ? interroge le boss.

— Le premier, je ne sais pas. Mais les deux autres, j'ai pointé avec Gabriela, à sa demande, avant qu'ils partent en salle. Ce qu'elle avait préparé correspondait à ce que Brenda avait énuméré.

La colère flambe dans les yeux de notre patron.

— À combien s'élève le manque à gagner ?

— Trois cent quatre-vingts dollars brut. Deux cent cinquante si on ne prend pas en compte les boissons qu'avec Gabriela on s'est débrouillé pour repasser.

— Brenda, tu es viré. Je ne veux plus te revoir dans mon club.

— Mais c'est elle…

— Insiste et je porte plainte.

Furieuse, flanquant un coup de pied au passage dans la porte, elle dégage. Notre patron se tourne vers nous.

— On ne s'ennuie pas avec vous deux.

— Pour leur défense, intervient Jonas, Brenda fout le bordel. En plus du harcèlement sur Slade, les autres filles m'ont signalé des vols dans leurs pourboires. On la soupçonnait depuis un moment.

— Vous auriez dû me prévenir avant. C'est à moi de régler ce genre de problèmes. Allez, tout le monde va se coucher, à vendredi les tourtereaux.

Chapitre 36

Slade

Une fois dans la voiture, Gabriela se laisse tomber sur le siège et ôte ses chaussures avec un soupir de soulagement.

— Il faut que j'achète des baskets plus confortables pour bosser au club, je ne sens plus mes pieds.

Son attitude me tire un sourire. Elle est mignonne à ne jamais se plaindre, à toujours trouver des solutions sans jamais se décourager face à l'adversité.

— Tu as gagné combien ce soir ?

— Deux cent trente dollars, j'avais presque de quoi rembourser si monsieur Hollander l'avait exigé. J'ai aussi récupéré sept numéros de téléphone de messieurs qui m'ont trouvée charmante.

— J'espère que tu les as jetés.

— J'adore quand tu es jaloux. Oui, ils ont fini à la poubelle.

On doit se tenir à distance en public, mais on est ensemble et nous avons trop galéré pour en arriver là pour que des connards se mettent entre nous. Elle me caresse doucement la joue.

— Je t'aime.

Panique à bord, changement de sujet :

— Tu as vraiment cramé la tronche de Brenda sous le séchoir ?

— J'ai été élevée dans un foyer. Je ne suis pas toujours assez forte contre un mec, mais les pétasses dans ce genre, je gère.

— J'adore l'idée que tu ne sois pas une petite chose fragile. On est bien assortis, Miss dure à cuire.

Elle pouffe de rire, flattée du compliment, tout en fermant les yeux de fatigue. Lorsqu'on arrive à la maison, je dois me retenir de la porter à l'étage. Ce serait une façon idiote de se faire griller. Mais une fois dans notre appartement, je l'attrape et la plaque contre moi pour l'embrasser lentement, profondément.

— Question, le câlin, tu le veux avant la douche, sous la douche ou après la douche ?

— On est obligé ?

Je me raidis et me recule d'un pas, blessé.

— Je ne te forcerai pas.

Gabriela m'adresse un sourire tendre et revient se serrer contre moi, prenant mes mains pour que je les pose sur elle.

— Ce n'est pas ce que je voulais dire. Il est cinq heures et demie, je suis crevée et surprise que tu aies encore envie de…

Sa pudeur apaise mon sentiment de rejet.

— J'ai des mois d'abstinence à rattraper par votre faute, petite demoiselle. Dis-toi qu'il va falloir un bon moment avant que je me calme. J'ai passé la soirée à me retenir de te sauter dessus à cause de ton maudit tee-shirt qui laisse deviner tout ce qu'il est censé cacher. Je suis complètement excité.

Elle se hisse sur la pointe des pieds et m'embrasse tendrement.

— Je vois ça, murmure-t-elle en me caressant. Je me sens trop sale pour jouer avec toi. Si on le fait après, on devra retourner se nettoyer. Le mieux, c'est sous la douche, en faisant attention de ne pas faire trop de bruit.

Cette fille est décidément magique.

— Championne du pragmatisme, même pour la baise.

— Ce mot… râle Gabriela en faisant la grimace.

Je la soulève pour l'emporter dans la salle de bains.

— Pour faire l'amour passionnément. Ce sera du sexe torride, mais avec tout plein de sentiments, et tu vas crier, promis !

Elle éclate de rire. Je crois que son coup de fatigue est passé.

Gabriela

Lorsque le réveil sonne, j'ai l'impression que je viens à peine de poser la tête sur l'oreiller. Slade grogne et se bouche les oreilles.

— C'était obligé ce truc qui braille de la musique de nazes ?

— J'aime la musique de nazes. Il faut qu'on se lève pour la messe. Tu as bien dit que rien n'avait changé dans notre vie, non ?

Il soupire, s'étire comme un grand félin séduisant.

— Je suis crevé. On ne peut pas dire qu'on est malade.

— Pas question de mentir à *Tia* Alma et d'attirer la poisse.

— Encore plus superstitieuse que moi, se moque-t-il alors que ses mains se promènent sur ma peau nue.

Pour toute réponse, je lui tire la langue. Vif comme l'éclair, il m'attrape et m'amène sous lui.

— J'ai encore le temps de te bénir moi-même.

J'éclate de rire, sans même penser à lui échapper, poussant même la complaisance jusqu'à nouer bras et jambes autour de lui.

— Je croyais que tu étais fatigué.

— Pas plus que d'habitude, et je suis réveillé maintenant.

Commencer mon dimanche par un câlin me plaît plus que je l'admettrais, mais avant, j'ai envie de le chahuter un peu. Je prends mon air le plus ingénu, le plus candide.

— Est-ce que tu es un bon coup ? Tu comprends, je n'ai pas d'expérience, je me pose des questions.

— Tu connais un seul mec au monde qui répondrait à sa copine : « je suis une brêle au pieu ? »

— Alors, soyons factuels, est-ce que tu es bien équipé ?

Slade se laisse tomber sur l'oreiller, cache ses yeux. Je dois me retenir de rire, je n'aurais jamais pensé parvenir à le faire rougir.

— Je suis grand, tout est en proportion chez moi.

— Donc, j'ai de la chance. Et pour le reste ?

— C'est pas vrai, tu ne me lâcheras pas. Oui, j'ai la réputation d'être un bon baiseur.

— Bien, ça correspond. Nos collègues étaient très contents de me raconter plein de choses, dont cette histoire de bête de sexe.

— Je vais les tuer !

Soudain, Slade me retourne à nouveau. Il plaque une main sur un de mes seins et pose sa bouche sur la rondeur de l'autre. Il l'embrasse, en lèche délicatement la courbure. Très vite, l'intensité de ses caresses me met mal à l'aise.

— Ma poitrine n'a rien qui mérite de tels égards.

Un rire grave monte. Slade relève la tête et me fixe moqueur.

— Tu n'as aucune idée de ce que ton corps provoque en moi, n'est-ce pas ? Il me fascine, il m'obsède depuis des mois. Je te dois des dizaines de douches froides.

Ses doigts se faufilent entre mon dos et le matelas.

— J'adore ta chute de reins, sa délicieuse cambrure quand tu la creuses pour me permettre de m'enfoncer en toi toujours plus profondément.

Je rougis alors qu'il se laisse glisser sur moi.

— J'aime ton ventre plat à la peau si lisse, parce qu'un jour il s'arrondira du bébé que nous ferons ensemble.

Cette fois, je manque une respiration. Je ne m'attendais pas à ce qu'il en soit déjà là dans ses projets pour notre avenir. Il glisse encore plus bas.

— Je raffole de tes jolies cuisses lorsque tu les serres autour de mes hanches pour que je te prenne plus vite, plus fort. Je fantasme sur tes chevilles posées sur mes épaules, m'offrant une vue divine, si excitante quand je suis en toi.

— En fait, presque tout mon corps te fait penser au sexe.

— Tout ton corps.

— Même mes orteils ?

Slade remonte, s'allonge sur moi, me laissant sentir son désir, tendu, rigide, imposant.

— Imaginons que j'aille jouer avec la peau ultrasensible de tes mignons petits orteils. Je vais te chatouiller jusqu'à ce que tu perdes le souffle, que tu me demandes grâce et quand tu te rendras, je te tuerai d'une autre manière. Comme ça !

Joignant le geste à la parole, il me prend, s'enfonce en moi. Je me cambre pour mieux l'accepter, qu'il aille plus loin, plus fort…

Slade est collé contre mon dos, caresse le creux de ma taille. Je me sens si bien avec lui, mais j'ai besoin qu'il prononce certains mots, parce que dans le genre mutique sur ses sentiments mon Viking se pose là.

— Tu n'éprouves pas l'envie irrépressible de me dire que tu m'aimes ?

— On cherche du romantisme ?

— C'est trop demander ?

Slade se met à rire avant de déposer un baiser dans mon cou. Il chuchote à mon oreille :

— Je t'aime, Gabriela, ma petite bébé-coloc, mon porte-bonheur. *Te quiero mi querida, mi corazón.*

Je frissonne de plaisir alors qu'il continue de me murmurer des mots adorablement doux. Je vais avoir un sourire complètement niais à la messe.

Chapitre 37

Slade

Avec Gabriela, nous avons choisi de garder le secret sur notre histoire, mais c'est un mot très excessif, vu le nombre de personnes de notre entourage qui considèrent nos relations comme hautement suspectes. Pour l'instant, ils respectent notre silence.

Ces moments de paix à vivre dans notre bulle nous ont permis de nous découvrir autrement, intimement, d'échanger nos pensées, d'ouvrir notre cœur. Enfin, surtout moi. La porte était sévèrement rouillée, mais il s'avère que mon petit cœur cabossé est toujours capable d'aimer.

Nous avons longuement hésité sur la façon d'annoncer la nouvelle à la famille. C'est Gabriela qui a eu l'idée de faire une fête pour la fin de ma période probatoire, ma liberté retrouvée, et de profiter de l'occasion pour officialiser.

Elle m'a même convaincu de convier mon grand-père. J'ai cédé parce que Liz m'a confirmé – répété, rabâché, seriné – qu'Arthur sénior s'inquiète de moi. À ma grande surprise, l'aïeul a d'ailleurs été le premier à accepter notre invitation.

Tout le monde sera là, y compris nos collègues du *Blacklight*. Monsieur Hollander a décidé d'offrir le buffet. Jonas a blagué en disant que nous allions servir de cobayes parce que c'est le traiteur que sa femme veut embaucher pour le mariage de leur fille !

J'ai aussi demandé au détective Santiago de se joindre à nous.

— Mais pourquoi ? s'est étonné Gabriela.

— Je lui dois d'être libre. Il a eu l'opportunité de me boucler deux fois, il m'a laissé ma chance.

Ma bébé-coloc d'amour est magnifique dans sa robe noire. Je ne peux pas m'empêcher de lui voler un baiser avant que nous allions retrouver nos proches.

— Le héros du jour ! s'exclame Enrique lorsque j'entre dans la salle paroissiale louée pour l'occasion. On a failli attendre ! Mais c'est que tu es au top du chic, *hermano*. Je suis déçu, tu as planqué tous tes tatouages.

Diego, derrière lui, se marre de ces pitreries. Tous les deux se cachent de moins en moins. Les personnes les plus ouvertes du quartier s'habituent – même le *padre* ! Pour les autres, comme dit *Tía* Alma : « c'est sans espoir ». Elle en a pris son parti.

Pour les parents de Diego, c'est compliqué. Nous les avions invités et ils avaient accepté de venir. Mais apprenant que leur fils serait présent, ils se sont désistés.

— Ça barde à la maison, nous a raconté Marina. Papa me fait la guerre depuis qu'il sait que je suis en contact avec mon frère. Maman me demande de ses nouvelles en douce. Elle s'inquiète. Elle est comme *Tía* Alma, prête à essayer de comprendre, mais mon père en fait une histoire d'honneur.

Et c'est triste.

Mon grand-père se dirige d'un pas conquérant vers nous.

— Gabriela, je te présente Arthur sénior.

Je vois sa surprise. Elle l'imaginait sans doute comme un petit bonhomme rabougri, aigri… En réalité, nous les Arthur, on se ressemble. C'est de lui que je tiens ma stature, mes yeux bleus et, paraît-il, cet air si charmant qui dit « vous n'avez pas intérêt à m'emmerder ».

— Je suis ravi de vous rencontrer, mademoiselle.

— Moi aussi, monsieur. Les rares fois où Slade me parle de sa famille, il est toujours question de vous, et il le fait avec respect.

— Cela me surprendrait beaucoup, mais vous êtes gentille. Je vous remercie de m'avoir invité, je me doute que c'est sous votre influence que ma tête de mule de petit-fils m'a téléphoné. Vous pouvez m'appeler Arthur, j'en serai honoré.

À cet instant, Liz nous rejoint et embrasse Arthur sénior avec une affection qui m'étonne un peu.

— Je dois t'avouer quelque chose, me dit-elle. Ce n'est pas mon argent que je t'ai donné. C'est celui de grand-père. Il souhaitait te soutenir, mais il avait peur que tu refuses.

Une bouffée de colère me saisit.

— Content de savoir que vous m'avez manipulé !

Je tourne les talons, furieux, mais Gabriela m'attrape le bras et me ramène de force.

— Écoute ce que ta famille a à te dire, m'ordonne-t-elle.

Si je n'étais pas aussi amoureux, je l'enverrais sur les roses.

— Le jour où tu as téléphoné pour demander de l'aide aux parents, grand-père était là, explique Liz. Robert a commis des erreurs de gestion, les actionnaires voulaient le virer, et papa désirait son appui pour sauver les miches de son fils préféré.

— Ton langage, gamine !

— Ne te prends pas pour maman ! riposte-t-elle en riant.

— Robert a été licencié, intervient Arthur sénior. Il a toujours été un bon à rien. J'ai juste retenu les chiens pour empêcher les poursuites qui auraient sali notre nom. Ton frère est au chômage. Vu comment cet imbécile est dépensier, je m'amuse de voir comment ça va se terminer.

— Tu trouves cette situation drôle ?

— Ironique plutôt. J'ai un fils unique en qui j'avais placé de grands espoirs qui est devenu un crétin doublé d'un menteur. Sans doute est-ce ma faute ? Je travaillais trop. J'ai compensé mes absences par de l'argent, des cadeaux… Au lieu de m'avouer la vérité sur son homosexualité, il a épousé une potiche incapable de s'occuper correctement de ses enfants.

— Tu savais ?

— Non, mais cela fait des années que j'essaie de comprendre ce qui ne colle pas dans le couple de tes parents. C'est ta remarque sur les douches collectives qui a été le déclic.

— C'est ça, le fameux secret qui t'a fait tant de mal, murmure Gabriela en se serrant contre moi.

J'enroule mon bras autour d'elle pour savourer son soutien, même si notre attitude dépasse largement le cadre de l'amitié.

— J'étais un ado quand je l'ai découvert, et ils m'ont presque détruit quand ils m'ont imposé le silence en me menaçant du pire si j'osais parler, surtout à grand-père.

— Ils me prennent pour un arriéré, peste l'aïeul. Je n'aurais pas été ravi, mais je n'aurais pas renié mon fils, moi, comme ton crétin de père l'a fait avec toi. Il aurait été si simple de m'expliquer.

— Je ne comprends pas bien, avoue Liz dont le regard passe des uns aux autres, perdue.

— Le mariage des parents est bidon. Nous sommes le produit d'un deal financier sordide, destiné à s'assurer le contrôle de l'héritage. Je te raconterai un jour comment je le sais, mais pas avant tes dix-huit ans, c'est classé X.

— Tous ces mensonges… Je te demande pardon, Slade, me dit Arthur sénior avec une sincérité indiscutable. Ton comportement était un appel au secours, et je ne l'ai pas compris. Je me le reprocherai éternellement même si tout s'arrange. Tu as trouvé le moyen de devenir un adulte volontaire et plein de bon sens même si la prison n'était pas la voie la plus simple… Si tu es d'accord, je voudrais prendre en charge les frais de tes études, officiellement cette fois. Tu n'auras pas à me rembourser ce que Liz t'a déjà transmis, et je financerai également l'année prochaine.

Par orgueil, je m'apprête à refuser, mais Gabriela est plus rapide que moi.

— Il accepte.

Elle se tourne vers moi :

— Tu vas démissionner de l'atelier, fini les blessures avec ces maudites machines.

— C'est au club que je ramasse le plus de gnons.

— Là-bas, je peux te protéger.

Cette fille est incroyable ! Il s'en faut d'une fraction de seconde que je l'embrasse devant tout le monde, dévoilant notre secret plus tôt que prévu. Je dissimule un sourire, bientôt je n'aurai plus à me retenir…

Gabriela

Je savoure mon punch tout en regardant Slade faire, comme d'habitude, le pitre avec Enrique. Je suis tellement soulagée. L'aide financière de son grand-père va lui permettre de lever le pied, de se consacrer à ses études, de se remettre vraiment au sport – bien que je préférerais qu'il trouve une activité moins dangereuse que le MMA.

On pourra surtout passer bien plus de temps ensemble et même envisager de partir en vacances avec nos économies – je rêve souvent que nous faisons l'amour sur une plage…

Slade pourra également faire retirer les tatouages qui le gênent, ceux dont il n'est pas fier. Il gardera sûrement l'ange et le démon. Il m'a déjà dit plusieurs fois que c'était l'image de nous deux.

— À quoi penses-tu ? me demande Marina.

— J'ai toujours été persuadée que je tomberais amoureuse d'un latino gentil avec qui j'aurais plein de points communs.

Elle détaille Slade d'un œil critique.

— Sûre ! Tu es loin du compte. Vous en êtes où ?

— Et tu en es où avec Derek ?

— Tu n'es pas drôle à ne jamais répondre. Je vais finir par croire que tu me caches des trucs.

— Derek t'appelle !

Elle me tire la langue et va rejoindre son chéri aux yeux aussi bleus que ceux de Slade. Son père qui rêve pour elle d'un mari mexicain va avoir beaucoup de mal.

Le détective Santiago semble, lui, s'intéresser à Liz avec laquelle il discute depuis un long moment. Lorsque Slade me rejoint, je lui en fais discrètement la remarque.

— J'ai vu. Je l'ai même charrié sur le fait que Liz est mineure.

— Qu'est-ce qu'il t'a répondu ?

— Qu'elle ne le sera pas éternellement. Qu'il est patient. Ce mec me plaît. Tu sais pourquoi ? Mes parents vont le détester !

Il y a peu de chance que ces mêmes parents apprécient la petite latina fauchée que je suis. Cela indiffère Slade qui a décidé de les rayer définitivement de sa vie.

Mon Viking continue d'aller de groupe en groupe, au sein de cette famille que nous nous sommes recréée. Il est à des années-lumière de ce type inquiétant, torse nu et au crâne rasé rencontré en pleine nuit dans le couloir sombre d'un immeuble sordide.

Il y a quelques jours, Slade m'a raconté sa conversation avec l'assistante sociale du lycée. J'en suis tombée des nues en découvrant qu'au bal de promo il avait déjà pris conscience que ses sentiments changeaient. Son attitude vis-à-vis de Miguel était donc bien de la jalousie. Mais madame Suarez avait raison, à cette époque, j'aurais été incapable d'assumer une histoire d'amour aussi puissante que la nôtre et plus encore de satisfaire les désirs de Slade. J'étais trop immature.

Heureusement qu'il m'a laissé le temps de grandir. Aujourd'hui, j'adore notre vie et je ne renoncerai pas à une seule minute de ce que nous partageons, surtout pas à nos nuits. Dormir dans ses bras, sentir son cœur battre sous mes mains, c'est magique. Sa présence contre moi chasse la solitude, cette peur qui me hantait depuis la mort de ma mère. Il me donne confiance dans le présent et envie de croire à notre avenir.

Je fais signe au traiteur. Slade invite tout le monde à passer à table. L'ambiance est aussi gaie que d'habitude. Arrive le moment dont nous avons convenu. Mon Viking interpelle sa petite sœur, suffisamment fort pour attirer l'attention générale.

— Liz, avec Gabriela, nous avons réfléchi. On préfère ne pas déménager. Nous sommes trop bien ici, en famille. On ne veut pas quitter notre appartement.

— Je ne peux plus emménager avec vous alors ? Je vais devoir…

— Attends. Nous nous sommes dit que les chambres sont grandes. On peut facilement s'y installer à deux sans être tassés.

La tête de Liz est impayable lorsqu'elle regarde son frère – d'ailleurs, Enrique l'immortalise en photo –, s'imaginant déjà devoir partager son espace vital avec moi, elle qui rêve d'avoir un peu d'autonomie, de liberté de mouvement.

À cet instant, Enrique explose de rire.

— Tu es vache de la faire marcher comme ça, Slade.

— Je suis son frère, ça fait partie de mon job.

— Tu n'auras pas à partager, dit-il à Liz. Ce que ton frangin est en train de nous annoncer, c'est que Gabriela et lui se sont enfin décidés à dire la vérité. Que tous les deux, ils n'utilisent plus qu'une seule couette. Ils sont ensemble.

Liz se tourne vers nous.

— Vous… deux ?

— Il semblerait.

— Alléluia ! s'écrie Diego.

— On ne s'en doutait pas du touuuuut, s'amuse Lucia. Notre chambre est à côté de celle de Gabriela.

Mon Viking prend son air le plus innocent pour demander :

— Nous faisons trop de bruit ?

— Slade ! s'exclame *Tía* Alma dont les principes se sont assouplis, mais n'ont pas disparu. J'espère que vous annoncez aussi vos fiançailles.

— Pas aujourd'hui. On organisera une grande fête cet été.

— Mais c'est prévu ? s'inquiète-t-elle.

— Oui, *mi Tía.* Mais pour le mariage, il faudra que tu patientes. On termine tous les deux nos études d'abord.

Elle soupire d'une façon comique qui fait rire l'assemblée. Tout le monde se lève – le traiteur se désespère –, il s'ensuit des embrassades, plein de questions auxquelles ni Slade ni moi n'avons la moindre intention de répondre, ainsi qu'une pluie de conseils que nous n'avons pas sollicités.

Jonas et ceux du club se vantent d'avoir été au courant les premiers. Marina boude une demi-seconde avant de me sauter au cou en s'exclamant :

— J'en étais sûre !

Derek charrie Slade d'un :

— Je comprends mieux pourquoi tu étais vénère à ce point à la Saint-Valentin, si tu avais déjà une idée en tête !

— Pas dans la tête.

— Slade, râle *Tía* Alma en l'entendant.

— Je parle de mon petit cœur amoureux, *mi Tía.* Et de rien d'autre…

— Mais bien sûr !

Tout le monde éclate de rire. Je finis par me réfugier contre Slade, là où je serai toujours en sécurité.

— Sauve-moi, ils sont fous ! On a une famille de cinglés.

Il resserre ses bras plus fort sur moi et me chuchote :

— Tu sais bien que je ne te lâcherai plus jamais.

Je glisse ma main sur sa nuque pour l'inciter à s'incliner et murmure à son oreille.

— C'est moi qui ne te lâcherai plus jamais.

J'ignore lequel de nous prend l'initiative d'embrasser l'autre, mais trois secondes plus tard nous nous faisons copieusement siffler et flasher.

— Un an ! s'exclame Enrique, toujours armé de son appareil photo. Ça fait un an qu'ils nous font tourner en bourriques ! On n'est que des amis, juré ! Juste des colocs. Non, mais rigole !

— C'était la vérité jusqu'à il n'y a pas si longtemps.

— Ouais, vous étiez surtout deux gros trouillards, incapables de vous décider.

— Tu râles parce que tu n'as pas été prévenu le premier.

— Pour ça aussi !

Le reste du repas se passe dans cette ambiance survoltée et joyeuse. Mais soudain, au dessert, *Tía* Alma annonce :

— J'ai réfléchi. Il n'en est pas question.

Tout le monde se fige. Slade ouvre la bouche pour contester.

— Une jeune fille ne vivra pas avec des concubins dans le péché, s'exclame-t-elle en retenant un sourire, amusée de nous avoir fait marcher. La chambre d'Enrique est inoccupée et dispose d'une salle de bains. Liz va venir avec moi. Elle y sera bien plus tranquille pour étudier qu'avec vous deux. Ça vous évitera aussi d'avoir à fermer les portes… la nuit.

Près de moi, Liz hésite. Elle essaie d'échapper à une mère abusive et se demande si c'est une bonne idée. Son frère lui adresse un clin d'œil.

— Rien à voir avec ce que tu as connu. Au pire, si ça ne fonctionne pas, tu pourras remonter tes affaires d'un étage.

— Alors, c'est d'accord.

Nouvelles exclamations de joie. Après le café, Slade s'arrange pour m'entraîner à l'écart, profiter de quelques minutes ensemble sans être dérangés.

— J'ai hâte d'être à ce soir. Cette jolie robe m'inspire plein d'idées coquines, chuchote-t-il à mon oreille d'une voix sensuelle, charmant démon tentateur, après m'avoir embrassée lascivement. Surtout que tu portes ton cadeau de Saint-Valentin en dessous…

— Comment tu le sais ?

Il m'adresse un sourire diabolique sans répondre.

— Avant, nous sommes invités au restaurant, avec *Tía* Alma, par Enrique et Diego. Ces deux-là ont un truc à annoncer.

— Mais on finira bien par rentrer chez nous, murmure-t-il en me mordillant doucement dans le cou. N'espère pas dormir cette nuit, petite bébé-coloc.

J'éclate de rire en frissonnant de plaisir et je l'attire à moi pour lui rendre son baiser, mes mains se faufilant sous sa chemise à la recherche de sa peau brûlante à laquelle je suis accro. Nous jouons un moment avant que la réalité ne revienne s'imposer, nous rappelant que nos invités nous attendent.

— Au fait, juste une question avant qu'on y retourne ; ton grand-père est très prévenant avec *Tía* Alma, non ?

— Donc il n'y a pas que moi qui l'ai remarqué ! s'amuse Slade.

— Tu es conscient que s'il venait à se passer quelque chose entre eux, Enrique pourrait devenir… ton oncle.

— Oh non ! Tout, mais pas ça !

J'éclate de rire devant son air catastrophé, avant de l'embrasser une nouvelle fois avec passion. Il est le plus beau cadeau que je pouvais espérer de la vie.

Vous avez aimé ce livre ?

Retrouvez-moi sur

www.paulinelibersart.com

Facebook : Pauline Libersart auteure

Instagram : @paulinelibersart

Et rejoignez mes lectrices privilèges en vous inscrivant sur :

https://sendfox.com/paulinelibersart

Vous recevrez **un roman inédit en cadeau**.
Vous pourrez participer à des concours, recevoir des goodies, des textes bonus et bien d'autres choses…

Découvrez les univers
de **PAULINE**

Sur ta route

Il y a des règles dans mon job. Prendre une autostoppeuse est interdit. Mais après la façon dont je me suis conduit avec Amber, j'ai accepté. Comment ai-je pu croire que cette fille adorable était une voleuse ? Et surtout, comment me faire pardonner par celle dont je suis en train de tomber amoureux ?
J'ai une semaine jusqu'à Seattle pour réussir, autrement je la perdrai.

Jeux Divins

Kyle aime les femmes à forte poitrine et sans aucune conversation. Il assume parfaitement son goût pour les bimbos qu'il oublie aussi vite qu'il les consomme.
Althéa est une jeune femme indépendante, intelligente, qui a souffert à cause d'un homme. Elle a les tombeurs comme Kyle en horreur.
Tout les oppose et pourtant ils se retrouvent seuls survivants d'un terrible naufrage, perdus sur un étrange îlot désert, contraints de s'entraider pour survivre, de se faire confiance… et plus si affinités.

Le temps du Labyrinthe

Coupable d'avoir provoqué un accident, Clothilde pense se réveiller à l'hôpital. Il n'en est rien ! Son esprit a quitté son corps. Elle se retrouve dans un endroit effrayant, un purgatoire où on lui accorde une chance de se racheter.
Il est le démon du Labyrinthe, créature sans nom, terrifiante et redoutée. L'agaçante petite Clothilde l'intrigue, elle refuse de le craindre et de trembler devant lui. Seulement, elle a aussi éveillé son intérêt…
L'aidera-t-il à se sauver ou la gardera-t-il pour lui ?

La passion du Comte

Londres 1866 - Entre le séduisant et mystérieux comte de Lichfield et la Perle de la saison, Cassandra Seymour, ce devait être un mariage parfait, mais Alexander abrège la lune de miel sans explication, se montrant froid et distant. Se sentant délaissée, Cassandra ne sait plus quoi penser. Son époux lui est-il infidèle ? Son mariage est-il voué à l'échec ? Décidée à se battre, elle ignore qu'elle va s'attaquer aux terribles fantômes qui hantent Alexander.

L'homme de la Sierra

Californie 1866 – Après la guerre de Sécession Amélie doit quitter Charleston pour la Californie. Suite à un accident de diligence, elle se retrouve seule et sans ressource au cœur des montagnes enneigées. Quand elle rencontre un cowboy taciturne, surnommé Dallas, elle accepte de partager sa vie et de le suivre dans son ranch…
Pourra-t-elle s'habituer à cette vie si différente de tout ce qu'elle a connu, aimer cet homme presque aussi sauvage que la Sierra ?

Tous les Romans de Pauline
www.paulinelibersart.com

Romances Contemporaines

Juste ma coloc

Sur ta route

Jeux de glace

Frères ennemis

Pari entre…

- 0.5 - Sans Toi
- 1 - Pari entre amis
- 2 - Pari entre amants
- 3 - Pari entre amours

Romantic suspens

Les prédateurs :

- Tiger – entre ses griffes
- Hunter – la traquer, la sauver

Nick & Sara

- 1 - Angel from Hell
- 2 - Save you from Hell
- 3 – Bonus

Dans la ligne de tir

Baltimore :

1 - Sous haute pression

1.5 - Pour un instant de vérité

2 - Sous haute protection

2.5 - Pour un instant d'incompréhension

3 - Sous haute tension

3.5 - Pour un instant de tendresse

Romances surnaturelles

Jeux Divins

Le temps du Labyrinthe

Romances historiques :

La Passion du Comte

Prisonnière des convenances

Miss Scandals

Pour l'amour de Thomas

Les hommes de la Sierra

1 - L'homme de la Sierra

2 - Les enfants de la Sierra

3 – L'héritier de la Sierra

Achevé d'imprimer en France
Dépôt légal – Novembre 2021

Imprimé en France
FRHW010720080824
40040FR00004B/18

9 791035 954826